真夜中のパン屋さん

午前1時の恋泥棒

大沼紀子

ポプラ文庫

Shibuya

三軒茶屋
Sangen jaya

真夜中のパン屋さん

午前1時の恋泥棒

contents

246

Komazawa-daigaku

Open 7

Mélanger les ingrédients &
Pétrir la pâte
——材料を混ぜ合わせる&
生地を捏ねる—— 17

Pointage & Tourage
——フロアタイム&折り込み—— 107

Découper des triangles &
Fermentation finale
——カット成形&最終発酵—— 203

Cuisson
——焼成—— 319

本書は書き下ろしです。

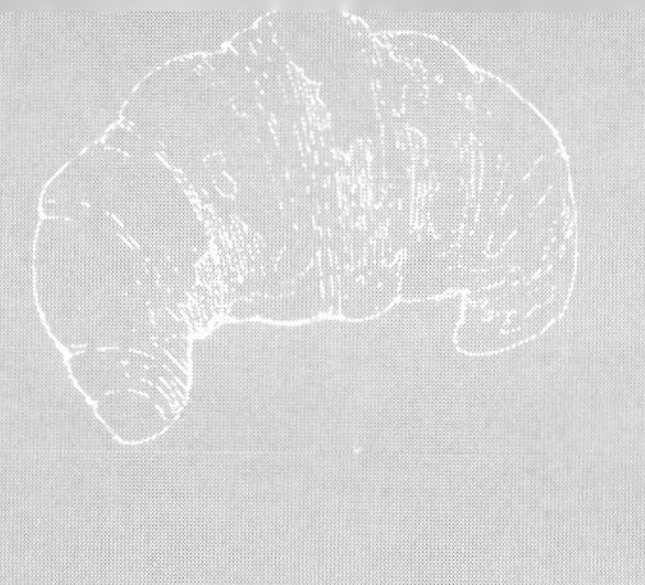

真夜中のパン屋さん

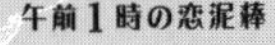

午前1時の恋泥棒

Special Thanks : Boulangerie Shima

Open

街の灯りが濃くなったのは、空気が澄んできたからだ。

夜は日ごとに、早くやってくるようになっていた。街路樹の花水木（はなみずき）はすっかり葉を落とし、枝ばかりが頼りない子供の手のように暗い夜空へと向かい伸びている。冬毛を蓄（たくわ）えた野良猫たちは、しかし更なる温もりを求め、重なり合うようにボンネットの上で丸くなる。地下鉄の階段を上ってくる人々も、心なしか少し猫背気味になっている。日中はまだしも、日が落ちればもうだいぶ冷えるのだ。首都高の向こうに見えるビルの灯りが、穏やかに輝いて見える。冬はもう、そこまできているのである。

灯りに溢（あふ）れた駅前からは、数本の大通りが放射状に広がっている。その通りを進みつつ脇の小道へと入って行けば、ストンと街の喧騒（けんそう）が遮断され静かな住宅街へと辿り着く。どの通りであっても、結果はさして変わらない。つまりその街は、暮らしと地続きな街だともいえる。

ブランジェリークレバヤシは、そんな住宅街の手前にひっそりと店を構えている。店内はそれほど広くない。入り口の左脇にはショーウィンドウがあって、その向こうにはパンを並べる木製の棚が並んでいる。正面のレジカウンターは、ショーケースにもなっており、レジの奥にはガラス戸越しの厨房が見える。つまり買い物客の多くは、厨房で働くパン職人がのぞけるのだ。店の右手はイートインコーナーになっていて、席が三つ用意されている。テーブルも椅子(いす)も無垢(むく)の木製で、だいぶ使い古された感はあるのだが、それがかえって味わい深くも映る。そこに腰かけパンをかじれば、ホッと一息つけることだろう。

そんな店内に、厨房の奥から小さな声が届いて来ていた。

「寒い、寒い寒い、寒い！」

厨房の奥にはパイルームがある。声はそこから漏(も)れている。

「ねえ、もう、やめていいでしょ？」

ブランジェリークレバヤシのパイルームは狭い。人がふたり入れば、もう定員オーバーといった様相を呈するほどだ。そしてとにかく寒い。ここでの作業は、主にクロワッサンやデニッシュ生地の作製である。それらの生地はバターをふんだんに使う上、生地の発酵(はっこう)に神経を使わなければいけないため、室内温度がごく低く設定されているのだ。温度が低ければ、バターは溶(と)けないし発酵の速度も遅い。人にとっては居づらい寒さだが、パンにとっては快適な環境なのである。

そんな中で篠崎希実と柳弘基は、向かい合いながら、作業台に向かっている。希実はクロワッサンの成形中だ。二等辺三角形にカットされたクロワッサン生地を、指で手早く転がすように丸め続ける。弘基は同じくクロワッサンの折り込み作業の途中である。正方形に伸ばした生地の上に、やはり正方形に広げた発酵バターを載せ、四方から包み込む。隙間なく包んだら、めん棒で叩き伸ばしていく。

希実はそんな弘基に対し、先ほどから、寒い！　と、もうやめていいでしょ？　を繰り返している。しかし弘基は、うるせー、手を動かせ、だから制服じゃなくて、ジャージに着替えろっつったんだよ、バーカ、とやはり繰り返し答えるばかりだ。

本来パイルームでの作業は、店のブランジェ――パン職人である弘基と、オーナー兼ブランジェ見習いの暮林陽介が行っている仕事だ。しかし今日は、なぜか暮林がたっぷり一時間ほど遅刻しており、そのため店の居候である希実が、手伝いに駆り出されているのである。

クロワッサンを手伝えと言われ、希実はすっかり油断していた。希実にとってクロワッサンは、比較的硬く扱いやすい生地を、ただくるんと丸めて焼けばいいだけのパンでしかなかったのだ。まさかこれほどまでに手間のかかるパンだとは思っていなかった。

弘基によれば、今弘基が伸ばしている生地も、昨日のうちから仕込んだものだそうだ。

この寒いパイルームで捏(こ)ねあげられた生地は、厨房でフロアタイム——一次発酵をとり、再びパイルームに戻されたら、今度は冷凍庫に一晩置かれるのだという。しかもそうした冷凍状態で、ゆっくり生地を休ませなくてはいけないらしい。

「とにかく繊細なパンだからよ。心を尽くして扱ってやらねーと、すぐヘソ曲げちまうんだよな。面倒くせーっつーか、なんつーか。まあだからこそ、あんな綺麗な層を描くパンに、仕上がるんだろうけどよ」

愛おしそうに弘基が言う。そんなもんかね、と希実は冷めた顔で息をつく。しかし思い返せば確かに、弘基の作り出すクロワッサンは、おいしいだけでなく華麗でもある。バランスのとれた菱形(ひしがた)は、手に取ると軽く、かじるとサクッと音を立てて溶ける。同時に口の中にはバターの香りが広がり、やや遅れて小麦の甘さもやってくる。サクサクの表面とは裏腹に、咀嚼(そしゃく)していくと中身のもっちりとした食感が現れ二度おいしい。しかもかじった断面は、幾重にも花弁(かべん)を広げた花のようにうつくしいのだ。

「まあ、工程も存在感も、他のパンとはちょっと違ってるっつーかな」

生地をシーターで伸ばしながら、なぜか少し声を低くして続ける。

「まあ、俺にとっちゃあ、初めてレシピ覚えたのがこのクロワッサンだからよ。この面倒くささが、パン作りの基本になってもいるんだけどな」

語る目は、なぜか少し輪郭が滲んでいる。

暮林が店に姿を現したのは、希実が両脚に見事な鳥肌をたたえ、震えながらパイルームから出た頃合いだった。

「希実ちゃん、手伝ってくれとったんか。すまんな〜」

店の戸口に立ったまま、暮林はそう言って微笑(ほほえ)んだ。

希実と同じくパイルームから出て来た弘基は、天板に並んだクロワッサンやデニッシュを、すいすいとホイロ――発酵機に入れながら暮林を一瞥(いちべつ)する。

「何やってたんだよ、クレさん。遅刻、一時間超過だぜ？」

しかし暮林は、すまんすまんと繰り返すばかりで、厨房はおろか店の中へ入って来る様子すらない。希実が不思議そうに、体をさすりながら戸口へと向かう。どうしたの？　暮林さん。そうしてレジカウンターをくぐり抜けた瞬間、暮林の体の異変に気付いた。

「――暮林さん、それ……？」

驚き目を見張る希実を前に、暮林はまたへらりと笑い、お腹をひと撫でする。暮林のお腹は、妊婦のように膨らんでいる。ざっくりしたカーディガンの上からでも、よくわかるほどのぽっこり具合だ。希実の声を聞きつけてか、弘基も厨房から飛び出してくる。

「クレさん？　まさか、また……？」

すると暮林は、眼鏡のブリッジを指で持ちあげ、言い出しづらそうに口を開いた。

「いや、その、それがまた、そのまさかで……」

瞬間、暮林の腹からにゃーと鳴き声がして、ボタンで留まったカーディガンの隙間から、シバトラ柄の子猫がズボッと頭を突き出した。暮林によるとその猫は、店に来る途中にある駐車場で、塀によじ登ったのはいいが降りられなくなり往生していたらしい。

「それで、しばらく様子を見とったんやけど。母猫も戻って来んし、鳴き声は頼りのうなっていくし、まあもういいかと思ってな」

暮林のそんな説明に、しかし弘基は、何がだよ？　と冷たく言い返す。

「もういいんだったら、そのまま置いてこいよ」

言いながら弘基は、暮林にプイと背を向ける。一見猫嫌いのようにも感じられるが、そうではない。猫好きだからこそ、見ているのが辛いということのようだ。

「うちは食いもん屋なんだからよ。体が毛で覆われた動物なんて、ぜってー飼えねーんだからよ」

暮林が動物を拾って来たのは、これが三度目だ。一度目は子犬を、二度目はトカゲを拾ってきた。もちろんその都度、弘基にガミガミ怒られていた。そしてそんなやり取りののち、子犬は常連客の斑目が見つけて来た里親に、トカゲはやはり斑目が見つけて来た元飼い主――飼っていた水槽から脱走したらしい――に引き渡されていったのだ。今回のシバトラも、どうやら先の二匹と同じ運命を辿りそうな気配だった。

「おい希実。斑目に電話して、その猫、連れてってもらえ」

弘基の言葉に、暮林が眉を八の字に下げる。

「……やっぱり、うちには置けんか？」

すると弘基もぴしゃりと返した。

「ったりめーだろ！　うちに置いていいのは、毛むくじゃらじゃなく、かつ二足歩行の生き物だけだ！　食いもん屋なんだから、仕方ねぇだろ！」

言いながら弘基は、辛そうに顔を歪めている。暮林は申し訳なさそうに、お腹の子猫をそっと撫でている。そんなふたりを交互に見やり、希実は、この人たち、バカなのかな？　と首を傾げる。いい歳の大人が猫一匹で、何を大騒ぎしているんだか。

「パン屋に、動物はダメかぁ」

「ああ、食いもん屋の宿命だ」

だったら店じゃなく、自分の家で引き取ればいいじゃん。前回子犬を暮林が拾ってきた際、希実はそんなふうにふたりに言い放った。しかし彼らのマンションは、どちらもペット不可の物件らしいのだ。

「……力になれんで、申し訳ないなぁ」

「……わかってくれるって、そいつだって」

感傷的なやり取りを続ける暮林と弘基を横目に、希実はさっさと斑目に電話を入れる。

「あ、斑目氏？　あのさ、暮林さんが猫拾ったらしくて。斑目氏のほうで、ちょっと預かってもらえない？　え？　いいよ、いいよ。里子に出すなり、斑目氏が引き取るなり、好きにすれば。ああ、普通にかわいいんじゃない？　普通に猫って感じだよ」

　そんな希実の口ぶりに、暮林と弘基はだいぶ驚いたような表情を浮かべる。ドライだな～、お前。唸(うな)る弘基に、暮林もつられて同調する。まあまあ、希実ちゃんは、実際現代っ子やしな。しかし希実は、ひるむことなく言い返す。

「野良に生まれたのに、そうやって生き延びていられるだけ、だいぶ恵まれてんじゃん。別にかわいそうでもなんでもないし」

　何より希実は知っているのだ。この小さな命のしたたかさを。愛くるしい仕草と大きな瞳、庇護欲をそそる鳴き声と柔らかな肉球で、彼らは一部の人間を懐柔(かいじゅう)し、あんがい上手に世間を渡っていくはずだ。

　希実の発言を受けて、暮林も弘基も一瞬黙る。そしてまず暮林が、なるほどなぁと笑顔で頷(うなず)き、弘基も、まあ、そりゃそうだけどよ、と肩をすくめる。子猫も暮林の腹の中で、ふみゃーと愛らしい声をあげる。

けっきょくシバトラは、開店時間である午後十一時少し前にブランジェリークレバヤシを去った。さっそく斑目が引き取りに来てくれたのだ。

子猫を見た瞬間、斑目はシバトラを飼う決意をしたようだった。

「か、かわいい！　こんな小さな子なら、ぜひうちで引き取らせてもらうよ！　子猫なら、うちの先住猫も受け入れてくれそうだし」

嬉々として言う斑目を前に、希実は、なんだかなー、と呟いてしまう。どうしたの？　斑目に訊(き)かれ、釈然としない様子でぼそぼそ答える。

「……ちょっと、思っただけだよ。みんな、誰かを救いたいんだなぁって」

すると斑目は、持参したバスケットにシバトラを入れながら不敵な笑みをこぼした。

「そりゃあそうさ。救うことは、救われることに通じているからね」

斑目が店を出た五分後、ブランジェリークレバヤシは開店した。この店は、営業時間が午後十一時から午前五時という、少々風変わりな真夜中のパン屋なのである。

暗い夜道をさまよう人々に、まるでささやかな灯りを渡そうと言わんばかりに、夜の中ずっと営業を続けているのだ。むろん、店の面々たちに、そんな自覚はないのだが。

そして今日もまた、誰かがそのドアをくぐるのだ。

Mélanger les ingrédients & Pétrir la pâte

——材料を混ぜ合わせる＆
生地を捏ねる——

茶色い罫線の内側に書かれた名前に目を落とし、彼女は小さく笑みをこぼす。暗闇の中、ペンライトの明かりがカチッと灯ったような、ささやかな笑顔だ。右の頬だけに、薄すらとえくぼが浮かんでいる。ともすれば冷たい印象を与えかねない整った顔立ちも、えくぼが現れればとたんに柔和なそれとなる。

彼女が見ているのは婚姻届だ。夫の欄には、乱暴に書き殴った様子の文字で、雑に名前が書き記されている。まるで、やんちゃな少年がカンフーの真似事をして暴れているような文字だ。まったく、しようのない人なんだから。彼女はまた笑う。こんな字じゃあ、嫌々書いたのがバレバレじゃん。

片やそのお隣、妻の欄には、ごく丁寧な筆跡で名前が書き入れられてある。由井佳乃。硬筆習字のお手本にでもなりそうな、整然としたうつくしい文字だ。しかも自身の潔癖さを隠すかのように、端々に丸みを含ませることも忘れていない。頑なまでに、そつのない佇まいである。

なーんか、若いなぁ。彼女は思う。双方の文字に、むせ返りそうな青さを感じる。とはいえこの婚姻届を書いたのは、ふたりが中学生の頃だったはずだから、若いというよりは幼いと表現したほうが適切かも知れないが。何より彼女自身、まだ二十五歳なのである。もう二十五歳だというのが彼女の認識ではあるが、世間一般から見れば依然若者と呼ばれる領域に立っている。

彼女は婚姻届を折りたたみ、上着のポケットに注意深くしまい込む。何しろ大事な切り札なのだ。これがあれば彼だって、力を貸してくれるかも知れない。少なくとも、つけ入る材料にはなってくれるはず。

現在彼女は逃げている。観念的な意味合いではなく、実際問題逃亡中なのだ。肩から提げたボストンバッグとくだんの婚姻届だけが、今の彼女の担保（たんぽ）と言っていい。夜の道を彼女は足早に進んでいく。急がなきゃ。逃げ切らなきゃ。思いはじめるなり、顔からえくぼがふっと消える。整った横顔は、すっかり強張（こわば）ってしまっている。

婚姻届の夫欄に名前を記したのは、佳乃の元カレだ。中学時代の恋人で、いわゆる初カレというやつでもあった。中学の入学式で佳乃が一目惚れをして、二年のクリスマスに告白して付き合い出した。

向こうはどうだか知らないが、佳乃にとっては彼が初めての男だった。手を繋（つな）いだのも、キスもセックスも、舞い上がってしまいそうなほど誰かを好きだと感じることも、心が潰れるかと思うほど、誰かに手酷く傷つけられた痛みも、ぜんぶ、彼で知ったのだ。

　そう、佳乃は彼に振られた。とはいえ原因を作ったのは彼のほうだった。あろうことか、佳乃の姉と浮気をしたのだ。それを責めたら、じゃあ別れようぜ、とあっさり切り出されてしまった。俺もちょうど、もう面倒くせぇなって、思いはじめてたとこだし。まったくひどい言い分だった。別にお前のこと、好きでもなかったしよ。調子に乗ってるみてぇだったから、からかってやっただけなんだよ。バーカ。

　だから別れ際、佳乃は彼に言ってやったのだ。精一杯、皮肉を込めて吐き捨てた。

「私はね、あなたのこと、かわいそうって思ってる。弘基は、ちゃんと人を愛せない人なんだよ」

　果たしてそんな言葉で、彼が傷ついてくれたかどうかはわからない。お前のことなんて好きでもなかったと、あっさり言い捨てた彼だから、そんな言葉のことなど覚えてすらいないかもしれないが。

　無駄なことしたもんだな、と彼女は思う。だいたい言葉なんて、通じ合わなくて当然なのに。そもそもバビロニアで、言葉は分かたれちゃってるんだから。

　ミッション系の女子校に通っていた彼女は、そんなふうに考えている。明るく品行方正で、天使のような生徒が多数を占める中、授業中は寝てばかりいる上、男女交際もそれなりに嗜んでいた彼女は、どちらかといえば堕天使の部類だったのだが、それでも多感な時期に聖書を読み込んだせいか、彼女自身時々驚いてしまうほどその影響を受けているのである。

バビロニアというのは、創世記に載っている伝説の帝国だ。ノアの方舟に出てくるノアの、何代か後の子孫たちが築いた世界。自らの帝国を作り上げ、自惚れ驕った愚かな人間たちは、天に届かんばかりの高い高い塔を建て、神様の怒りに触れてしまった。懲らしめとして神様は、それまでひとつだった人々の言語を分かった。言葉が通じなくなった人間たちは混乱し、塔を捨て地上のあちこちへと散って行った。今この世界に様々な言葉が存在しているのは、神様が人間に課した罰なのである。

うちの家族もそうだった。彼女はそう思っている。自惚れ驕って、分不相応な高層マンションなんか買っちゃって。ローンの支払いを滞納させて一家離散になった時は、パパもママも取り乱しちゃって、意味不明なことばっかり言ってたもんなぁ。

だから仕方がないのだと、彼女は考えてもいる。血が繋がっているはずの家族ですらそうなのだ。他人だったらなおのこと、通じ合えるわけがない。

ぼんやりとそんなことに思いを馳せていると、ポケットの中の携帯が振動しはじめた。ブブブ、ブブブ、ブブブ。その震えに、彼女は小さく息をのむ。アイツかも。そう思いながら、ゆっくりと携帯を取り出し、ディスプレイに表示された名前を見やる。

ブブブ、ブブブ、ブブブ。案の定そこには、非通知という文字が浮かんでいて、彼女は携帯を手にそのまま立ち尽くしてしまう。携帯はしばらく震えたのち、ようやく静かになる。そこで一瞬ホッと息をついた彼女だったが、携帯はまた震え出す。ブブブ、ブブブ、ブブブ。責めるように、執拗に、電話に出ろと訴え続ける。俺の話を聞け。俺のことを見ろ。俺の存在を無視するな。俺を、俺を——。

言葉が、通じない。彼女はまた、思う。

やっぱりこの世界は、バビロニアの成れの果てだ。

諦めに近い感覚で、彼女は携帯をバッグの中へ放り込む。主張するのが向こうの自由なら、無視するのだってこっちの自由だ。そうしてずんずん歩いていく。携帯の振動を振り払うように、ほとんど走るようにして進んでいく。逃げなきゃ、急がなきゃ。捕まるわけにはいかないんだから。

しばらく行くと彼女の目に、ほんの小さな光が映った。薄暗い住宅街の中に、ポツンと浮かんだ白熱灯の柔らかな灯り。

「——あった」

呟くように彼女は言って、足早に光の下へと向かう。そこには民家を改造したような小さなパン屋が、路地裏でくつろぐ猫のようにひっそり静かに佇んでいた。

店の窓からこぼれてくるオレンジ色の光を頬に受けながら、彼女は看板の文字を確認する。「Boulangerie Kurebayashi（ブランジェリークレバヤシ）」間違いない。ここが、弘基の働く店だ。

ドアノブに手を置くと、妙に馴染んだ。自分の掌（てのひら）に合わせてあつらえてあるような、ひどくしっくりくる作り。そのままドアを押すと、カランとカウベルの音が耳に届き、甘くこうばしいパンの匂いが、ぶわっと店から溢れてきた。

「いらっしゃいませ」

店の中が光で満ちて感じられたのは、並べられたパンのせいかもしれない。バゲット、食パン、デニッシュ、カンパーニュ、様々な種類のうつくしいパンたちが、店の棚にずらりと並んでいたのである。

そんな光景を前に、彼女はしばし立ち尽くした。天国の扉を、開けてしまったような気がしていた。堕天使がくぐるには少々気が引けるほど、それはまばゆい景色だった。

＊＊＊

休日前の開店直後は、希実が店の番をする。というのが、いつの間にかブランジェリークレバヤシの決まりごととなっていた。翌日が休みというだけあって、夜遅くまで出歩いている人が多くなり、結果おのずと来客数が増すことと、朝食用のパンを卸していホテルやカフェからの注文数が、平日のほぼ倍近くになるため、店内の仕事量がぐっと増えてしまうからだ。

レジで接客をしながら、希実はいつも考える。高校生の私を、こんな深夜に働かせるなんて、大人としてどうなんだろう。それより何より、労働基準法に抵触するんじゃないのか。いや、たぶんするだろう。なのにあの人たち、なんで当たり前みたいに私を働かせたりするんだろう。

釈然とせず厨房を振り返ると、ミキサーの傍らで丁寧に小麦粉の計量をしている暮林、並びに、作業台で颯爽とパン生地を捏ねている弘基の姿が目に映る。暮林が生真面目な測量士のようにじっと秤を見詰めている間に、弘基は生まれたての赤ん坊を持ち上げるような手つきで、捏ねていたパン生地をケースの中へと運ぶ。そして流れるような動作でホイロの中にケースを入れたかと思うと、すぐにホイロのボタンを操作しはじめる。それとほぼ同時にタイマーが鳴り響く。ピピ、ピピ、ピピ。すかさず彼はオーブンのドアを開け、焼きあがったばかりのバトンフリュイの土台を取り出し、洋ナシ、プラム、アプリコットを手早く並べ出す。いつも通り仕事が速い。それなのに優雅。

いっぽうの暮林は、ようやく全種類の小麦粉の計量を終えた様子で、満足そうに頷いている。希実が厨房を見ているのに気付くと、笑顔で手を振ってくる。いつも通り仕事が遅い。それなのに笑顔。大したものだと希実は思う。パンのことしか考えていない弘基と、なにも考えていないように見える暮林。たぶんきっとふたりとも、道理がどうとか法律がどうとか、微塵も頭にないんだろうな。

「クレさん！　三分後にフリュイ焼けっから、あと頼む！」

のん気に手を振っていた暮林に、弘基がピシャリと言う。暮林は慌てながら秤と小麦粉袋をしまい、オーブンの前へバタバタ向かう。時を同じくして焼きあがりのタイマーが鳴り出す。おそらく弘基が読んだ通りのタイミングなのだろう。暮林は弘基に言われた通りバトンフリュイを取り出し、その上にイチゴや木イチゴ、ブルーベリー、キウイ等々の果物を並べていく。するとそこに、小さなうつくしい絵画が現れる。もちろんそれもすべて、弘基が教え込んだ成果なのだが。不器用な暮林であっても、弘基の執念深い指導のおかげか、少しはブランジェらしく働けるようになってきているのである。

片や弘基は、ガス台の前に立ち小鍋を揺らしている。ナパージュだなと希実は察する。デニッシュ系のパンには、仕上げとして艶出しと乾燥防止の透明なジャム——つまりナパージュを施さねばならないのだ。

「はい、どいて。クレさん」

弘基は小鍋を片手に、暮林を腰で押し退ける。そして透明な熱いナパージュを、フルーツの隙間へと流し込みはじめる。とろみのあるナパージュは、シュワシュワと小さく音をたてながら、ゆっくり土台の上にならされていく。それがすんだらナパージュを軽く冷ます。冷えたそれは刷毛（はけ）でもって、たっぷりとフルーツに塗られていく。するとその絵画は、瞬（またた）く間にきらきらと輝き出す。その鮮やかな色を前に、弘基は満足そうな笑みを浮かべる。暮林もにこにことそれを見守っている。

「……これで、よし！」

最後に緑のセルフィーユを飾りつけ、弘基が頷く。

天板に並んだバトンフリュイは、宝石のように輝いている。レジからのぞいているだけの希実の目にも、眩（まぶ）しく映ってしまうほどだ。いっそずっとそこに留めておきたいようなうつくしさである。しかし弘基は、あっさりとその天板を持ち上げる。

「おい！　これ！」

そして希実のほうへとやって来る。店の棚にパンを並べろという意味だ。希実はチラリと店の壁時計に目をやる。時計の針は、午前一時を少し過ぎている。いくら休日前とはいえ、そろそろおいとましたい頃合いだ。

「これがすんだら、もう終わりでいいよね？」

天板を受け取りながら言う希実に、弘基も時計を一瞥し、顔を歪めて舌打ちする。

「ああ、もうそんな時間かよ。ったく、ガキは使えねぇなぁ」

なんて言い草だ。ブランジェリークレバヤシで居候をはじめて、かれこれ半年以上が過ぎた。おかげでだいぶ弘基の暴言にも慣れたつもりだ。しかしやはり時として、あ然とせずにはいられないし、ついつい反発もしてしまう。

「はあ？　何それ？」

たぶんそういう性質（たち）なのだ。

「ガキの働きに頼ってる、そっちのほうが使えないんじゃないの？　だいたい、私がどれだけお店に貢献してるかわかってんの？　近所への宅配だって、帳簿つけだって、全部私がやってるんだからね？　おかげで勉強時間が少なくなって、成績ガタ落ちなんだからね！」

しかし弘基も、言われっ放しで黙る性質ではない。むしろ倍返しの様相で言い立てる。

「うるせぇよ！　居候の分際で図々しい！　だいたい、成績が落ちたのがなんだっつーんだよ。ちょっとくらい勉強時間が減ったくらいで下がる成績なんざ、しょせん実力じゃねーんだよ！　要はお前に勉強の才能がねーだけだろ」

そうなればやはり、言い合いがはじまってしまう。はあ？　私のどこが無能よ⁉　こんなに使える十七歳が、どこの世界にいると思ってんの⁉　バーカ！　俺が十七の時はもっと使えたっつーの！　工事現場のリーダーだったんだからな！　リーダーが何よ⁉　私は帳簿を預かってるんだからね⁉　それがどうした⁉　帳簿なんざ、たかが数字の羅列じゃねーか！　はあ？　だったらあんた買い掛けの処理してみなさいよ！

　かくのごとくやり合うふたりを見ながら、暮林は柔らかな笑顔で口を開く。

「まあまあ、ふたりとも。仲がええのはけっこうやけど、あんまり喋るとパンに唾が飛んでまうで？」

　春風のような柔らかな物言いに、しかし希実も弘基も即座に口をつぐむ。確かに売り物のパンを前にして、言い争いなどすべきではない。それでも弘基は、顔をしかめあごをしゃくり、さっさとパンを並べて来いと希実に目配せする。希実も希実で、言われなくてもやりますよと、声を出さないまま口だけ動かし、これでもかというほど弘基を強く睨(にら)みつける。

　店のドアが開いたのは、ちょうどその瞬間だった。カランとカウベルの音がして、希実は反射的に戸口のほうに顔を向け声を出した。

「いらっしゃいませ！」

そこには、ドアをくぐったばかりらしい女の姿があった。色白で髪の長い、若い女である。上着の上からでも、そうとわかるほど華奢な体つきをしている。あごも細い。顔立ちははっきりしているのに、あまり派手な印象は受けない。太陽というよりは月。薔薇（ばら）というよりは白百合。楚々とした風情（ふぜい）の美人である。そんな女の姿を捉え、弘基や暮林もほぼ同時に口を開ける。

「いらっしゃいませ！」

しかし女は、ドアの前に立ちつくしたままだった。しかも店内に並べられたきらびやかなパンではなく、希実のほうを凝視している。

そこで希実は、奇妙な既視感を覚えた。なんだろう？　この感じ。なんとなく、見覚えがあるような……？　そんなふうに思いつつ、まじまじと女を見やる。しかし女自体にも彼女を含む風景にも、見覚えはない。それでも妙な懐（なつ）かしさを感じるのは、なぜか。

「――あ」

希実がその理由に気付いたのと、女がこちら目がけて猛進してきたのは、ほぼ同時だった。白百合はレジカウンターの前までやって来ると、肩から提げていたボストンバッグをカウンターの上にトンと置いた。彼女のそんな行動に、希実は更なる既視感を覚えた。それも当然である。白百合の行動は、希実自身が春先この店にやって来た時のそれと酷似していたのだ。

　バッグを置いた女は、すっと両手を広げた。とはいえ、希実に向かってではない。弘基に向かってだ。つまり彼女が凝視していたのは、希実ではなく弘基だったのである。

　なんなの？　この人……。

　希実が不思議そうに首を傾げたのと同時に、女が笑顔を浮かべた。まるで花がその蕾をほころばせるかのように。そしてそのまま、勢いよく弘基に抱きついたのである。

「会いたかった！　弘基！」

　思わぬ展開に、希実は思わず天板の上のバトンフリュイを落としてしまいそうになる。すんでのところでバランスを立て直したが、かなりきわどいところだった。しかし当の女は、まったく悪びれる様子もなく、弘基に抱きついたまま続ける。

「ねえ、弘基。あたしのこと、覚えてるでしょ？」

　すると弘基は、明らかに迷惑そうな表情を浮かべ、吐き捨てるように言って返す。

「知らねーよ、お前なんて……」

　けれど女もひるまない。彼女は、またまたー、などと言って笑顔を浮かべると、上着のポケットから折りたたんだ紙切れを取り出し、弘基の眼前で丁寧に開いてみせる。

「約束したでしょ？　お互いに二十五歳まで独身でいたら、結婚しようって。婚姻届だって、ホラ、一緒に書いたじゃない？」

彼女が手にしていたのは、署名済みの婚姻届だった。茶色い罫線の中には確かに、柳弘基の名が記されている。それをのぞき見た希実は、妻の欄へと視線を向け、明記された名前を読み上げる。

「……由井、佳乃、さん？」

希実の声に、女は大きく頷いた。

「はい！　あたし、この人の、昔のオンナなんです」

笑顔で手を挙げる女を前に、弘基がいら立ったような声をあげる。

「はあっ？　誰がお前と……？」

しかし女は天真爛漫なポーズを崩さない。手にした婚姻届を弘基に押しつけるようにしながら、マシンガンのごとくまくしたてはじめる。

「ひどーい！　忘れたの？　中二のクリスマスに、あたしから告白して付き合いだして、バレンタイン明けに、弘基の浮気が原因で別れた、由井佳乃だよ。覚えてるでしょ？弘基、うちのお姉ちゃんと浮気して、それであたしたち別れることになったんだから。あんな衝撃的な別れかたしといて、忘れるとかありえないんですけどー」

言い終えて女は、ぷうっと頬を膨らます。かわいらしい仕草ではあるが、口にした内容についてはかわいらしさの欠片もない。

　そんな女を見詰めながら、希実は言葉をなくしていた。弘基に呆れ果てていたのだ。彼女のお姉ちゃんと浮気だなんて、最低にも程がある。常々いけすかないヤツだと思ってはいたが、ここまで最悪な男だったとは、さすがに気付けていなかった。

「そのことなら、まあ、覚えてるけどよ」

　戸惑いの色を滲ませながら言う弘基に、女は屈託なく続ける。

「よかった！　じゃあ、結婚しよ？　弘基」

「それとこれとは、話が別だろーが」

「じゃあ、まずは同棲でいいから」

「何だよそれ？　ぜんぜん話が見えねぇし」

　すると女は、大きな目を潤ませながら続けたのだった。

「実はあたし、行くところがなくて……。頼れる人も、お金もなくて……」

　そしてそのまま、ふにゃっと崩れるように床に膝をついた。

「お願い、弘基。しばらくの間でいいから、あたしをおうちに置いて？　結婚の約束までした仲じゃない？　置いてくれるんなら、あたし、なんでも言うこと聞くから！　家事もやるし、仕事も手伝う！　だからお願い！　弘基のところに……！」

そんな彼女の願いを快諾したのは、弘基ではなく暮林だった。

「ええよ、ええよ。行くところがないなんて、難儀なことやで」

おそろしいほど簡単に安請け合いする暮林に、弘基は慌てて言い返す。

「はあ？　ちょっと、待てよクレさん!?　勝手に決めんなよ！　だいたい、俺んちワンルームなんだぜ？　コイツが寝る場所なんて、ちょっともねーから！」

怒鳴るように言う弘基に、しかし暮林は、はんなりと笑いながら応える。

「ならここに泊まってもらえばええわ。二階にはまだ一部屋空いとるんやし」

「あのなぁ、クレさん。生きもんってのはさ、なんでもかんでも拾えばいいってもんじゃないんだぜ？」

弘基はどうにか反論を続けるが、暮林はにこにこと笑顔を浮かべたままだ。

「そやけど、弘基が言ったんやで？　二足歩行の生き物なら、うちに置いてもええって」

猫を引き取れなかった一件を、あんがい根に持っているようだ。暮林の言い分を受け、弘基はぐっと声を詰まらせる。そして顔をしかめつつ、クレさんがそう言うんなら別にいいけどよ、と不承不承呟きつつ今度は希実に矛先(ほこさき)を向ける。

「つーか、お前はいいのかよ？　どこの誰とも知れねぇ女が、一つ屋根の下にいることになっても」

もしかしたらそれは、弘基なりに助けを求めての発言だったのかも知れない。そう察しつつも、しかし希実は、ぜーんぜん大丈夫、と言ってのけた。

「私はかまわないよ。ここにいてもらえばいいじゃん」

弘基に助け舟を出してやるつもりなど、毛頭ない希実なのである。

「使えないガキよりは、だいぶ仕事の役に立ってくれそうじゃない？」

笑顔で返す希実に対して、弘基は再びぐっと言葉をのんだ。いっぽう女は、わーい、ありがとうございまーす、などと叫びつつ、あろうことか今度は暮林にガバリと抱きつく。おかげで希実は、また天板のバトンフリュイを落としそうになってしまった。

弘基の命を受け、希実は女——もとい由井佳乃を二階の自室へと案内した。

「へー。なんかレトロー。いいじゃん、いいじゃーん」

階段を上りながら廊下を歩きながら、佳乃は楽しげに言っていた。希実の部屋に足を踏み入れた時も、わおわおシンプルー、などと言いながら、笑顔で部屋の中を見回してみせた。そんな明るい佳乃の声を遮(さえぎ)り、希実は限りない低音で静かに告げる。

「……じゃあ、私は私の荷物を、引き取りますんで」

そしてのろのろと、ボストンバッグに教科書やらノート、あとは着替え等々を詰め込んでいった。何しろ弘基に言われたのだ。

「お前の部屋は、佳乃に使わせろ。そんでお前は、美和子さんの部屋に移れ。美和子さんの部屋を、赤の他人に使わせるわけにいかねーからよ」

美和子というのは暮林の亡くなった妻であり、希実の腹違いの姉に当たる人物だ。もっとも真実を言ってしまえば、希実とて美和子との血縁はない。ただ希実の母親が、どんな手を使ったかは知らないが、とにかく美和子を上手く騙して、希実が美和子の妹であると思い込ませ、見事この家に押し付けたのである。つまり赤の他人度合いで言えば、希実と佳乃に大した差はない。荷物を整理しながら、希実は小さく息をつく。どうせ私だって、美和子さんとは他人なのにさ。なんでこんな面倒くさいこと、しなきゃなんないんだろ。せっかくこの部屋にも、馴染んできたところだったのに。

それでも、自分を美和子の妹だと信じている弘基の命とあらば、なるほどそうですねと頷くしかなかったのである。身分を偽り暮らす以上、ある程度の不自由は甘んじて受け入れなくてはならない。そう観念しつつ荷物を片付ける希実をよそに、佳乃は自分のボストンバッグを大事そうに抱えたまま、楽しげに部屋を見回している。壁をコツコツ叩いてみたり、足で床を撫でるようになぞったりしながら、いいじゃんいいじゃんと歌うように繰り返す。

「お店の音、けっこう響くんだねぇ」

「はあ、まあ、そうですね」

そっけなく対応する希実に、しかし佳乃ははしゃいだ様子を崩さない。希実の傍らにちょこんと座り、にこにこと希実の顔をのぞき込んでくる。距離が近い。馴れ馴れしい女だなとは思ったが、対男性だけでなく、同性にも接近戦で臨むタイプなのか。

「ねえねえ。希実ちゃんて、いくつぅ？」

なんでそんなことに答えなきゃならんのだと思いつつ、希実はしっかり答えを返す。

「……十七です。高校、二年生」

他人との暮らしに必要なのは、寛容と割り切りと諦観だというのが、幼い頃からあちこちの家に預けられてきた希実の定見（ていけん）なのだ。

「いいなー。一番いい時じゃーん」

はあ？　どこが？　内心そう毒づきつつも、希実は苦笑いを浮かべて返す。そう、ですかね。しかし佳乃は、希実の苦笑いを単なる笑顔と認識したようで、うんうんと頷く。やっぱり十代はイケイケだもんねー、などと口にしつつさらに質問を投げかけてくる。

「ちなみにこのお店って、いつからやってるの？」

たぶんこの人、自己中心的な性格なんだろうな。心密かにそう分析しつつ、希実も彼女の問いに答えておく。

「……えーっと。八ヶ月くらい、前からだと思いますけど」

十七年も生きていれば、さすがに理解できてしまっているのだ。自己中な人間に自己中で返しても、先にあるのはカオスのみだということを。

「弘基と、さっきのオジサマで経営してるの？」

「経営者なのは一応暮林さんで、弘基は雇われブランジェってことみたいです。まあでも、暮林さんはパンなんてほとんど作れないし、弘基がいなきゃ店は成立しないと思いますけど」

希実の返答に、佳乃はへえと頷く。そして、仲良しさんなのね、と呟くように言って、希実への質問を再開させる。

「でも、何で夜中なんかに営業してるの？」

その問いかけに対し、希実は当然のように返す。

「さあ？　知りませんけど」

「え？　特別な理由があるわけじゃないの？」

「私、お店の成り立ちについては、部外者なんで」

「もしかして、訊いたこともないの？」

「ええ、ないですけど」

佳乃の質問を適当にあしらいつつ、しかし希実はほんのわずかばかり内省する。言われてみれば確かに私、自分のことにいっぱいいっぱいで、お店のこととかあんまり知らないままだな。

佳乃も佳乃で、あまりにそっけない希実の返答に、少々不思議そうな表情を浮かべていた。それでも彼女は、やはり訊きたいことは訊かずにいられないようで、暮林のこと——結婚はしているのか、奥さんが亡くなったのはいつか、今は恋人がいるのか、恋人になりそうな人はいるのか、等——や、弘基の現状——こちらも、恋人の有無や、どこに住んでいるのか、等々だった——を懲りることなく質問してきた。おかげで希実は、彼女の興味の方向性について、あらかた理解することができてしまった。

そうこうしている間に、荷物はほぼバッグに片付き、希実はそのまま部屋をあとにすることにした。その際には、店の一日のスケジュールと、風呂に洗面所、あとはトイレの場所を、抜かりなく説明しておいた。その点については、ちゃんと伝えるよう弘基に言いつけられていたのだ。

「じゃ、なんかあったら、声かけてください」

一応そう言い残すと、佳乃は、りょうかーい、ありがとー、と投げキッスで返してきた。もちろん希実は脱力する。そしてそのまま後ろ手にふすまを閉め、足早に美和子の部屋へと向かった。とはいえ、すぐ隣の部屋なわけだが。

美和子の部屋は、八帖ほどの洋間だった。ただし元々は和室だったのかも知れない。部屋の角に、かつて床の間だったと思しき作り付けの本棚がちょこんと存在している。窓は広く床は板張り。壁が漆喰なのは、希実の部屋と同じだった。窓際には大きめのベッドが置いてあり、その脇には古めかしい木製の机と椅子が並んでいる。勉強するのに、ちょうどいい感じの机だ。

ベッドに腰をおろすと、スプリングが効いていて少しだけ体がはねた。うん、いい部屋だ。希実は思う。前の部屋より、住みやすそう。

その時希実の目に、部屋の隅に置かれた大きな本棚が映った。棚にはたくさんのファイルやノート、あとは洋書らしい本がずらりと並んでいる。ファイルやノートはレシピだろうか。美和子が、書いた……。そう思い至った希実は、なんとなく立ち上がり本棚へと近づこうとする。

けれどその瞬間、弘基の言葉が脳裏を過ぎり、自然と足が止まった。

「言っとくけど、美和子さんの荷物、勝手に見たりすんじゃねーぞ？　部屋のもんは、ぜんぶ美和子さんの形見みたいなもんなんだからな」

佳乃を連れて二階に上がる際、そうきつく言われていたのだ。まあ、確かに、見るべきじゃないよな。私は赤の他人なわけだし。亡くなっているとはいえ、プライバシーは守られるべきだ。

思い直した希実は、くるりと踵を返す。そしてそのまま、ボストンバッグの中身を取り出しにかかった。美和子の荷物より、まずは自分の荷物の整理だ。しかし持ち物は少ないから、ごく簡素な作業に過ぎない。冬用のピーコートは鴨居にひっかけ、巾着に入った靴下や下着はベッド脇の棚に投げ置く。体育用のジャージはやはりベッド脇の棚にしまい、教科書やノートは机の上に並べる。

「……あ」

その段で希実は、ノートの間に挟まっていた一枚の写真に目を留めた。

「こんなとこに、挟まってたんだ」

写真は夏に行われた納涼祭のものだった。ブランジェリークレバヤシという看板を掲げた露店を前に、納涼祭の主催者が記念に撮ってくれた一枚である。

写真には希実、暮林、弘基はもちろん、常連たちの姿もある。カメラを向いた一同はみな楽しげな笑顔を見せている。ただし、そんな面々の中で、希実だけがぎこちない表情を浮かべている。口元はぎゅっと上げているが、目はちっとも笑っていない。

まぬけな写真だな。自分だけ上手く表情を作れていないことに、希実は肩をすくめる。でも、あの状況じゃあ仕方なかったよな、とも思う。これでもだいぶ、誤魔化せているほうだ。だって、あんなことがあったあとに、撮られたんだから——。

そんなふうに思いながら、そっと写真の暮林に目をやる。するとあの夏の日の光景が、はっきりと脳裏に浮かんでくる。

納涼祭の、準備中のことだ。希実と一緒にパンを食べていた暮林が、突然涙を流しはじめたのだ。夕陽を背にしていた暮林の目は、底のない淵のように真っ暗だった。そこから涙が、はらはらといくらも流れていた。なんでもないと言う口元は、どうにか笑顔を作ろうともがいているようだった。顔を覆う大きな手が、不思議と頼りなく見えた。大人の男の人が、そんなふうに泣くなんて、希実は思ってもいなかった。

以来希実は、ずいぶんと考え込んだ。私、なんか気に障(さわ)ること言っちゃったのかな。もしかしたら、そうかも。私、気付かない間に、人をカチンとさせてること、あるし。しかし泣いたあとの暮林は、何も変わらなかった。いつものように笑顔を浮かべ、何事もなかったかのように振る舞っていた。まるで泣いた事実など、はなからなかったかのように。自分のせいだろうかと悩む希実にも、以前と変わらず優しく接してくれていた。

あまりの変わらなさぶりに、あの時のことは夢か何かだったのかも知れないと、考えてみたこともあるほどだ。しかしこうして写真を見れば、やはりあの時の暮林がまざまざと思い出されてしまう。

なんで暮林さん、泣いたり、したんだろう。

けれどいくら考えたところで、涙の理由は相変わらずわからずじまいだ。

「……ま、いっか」

それで希実は、また写真をノートに挟み込んだ。話したくないことのひとつやふたつ、人には当然あるだろうし。十七年しか生きていない希実にだって、そういう事柄はちゃんとあるのだ。自分より二十年も長く生きている暮林には、その倍以上の秘密があったってちっとも不思議じゃない。

荷物を整理し終えた希実は、ポケットから携帯を取り出す。時間を確認すると、すでに夜中の二時を回っていた。

もう寝なきゃ。そう思ったが、同時に携帯のバッテリーが切れそうなことに気付き、充電しなければと思い至った。

「充電器、充電器は、と……」

しかしどこを捜しても充電器がない。どうやら隣の部屋に忘れてきたようだ。

仕方なく希実は、再び元の自室へと向かった。

「すみませーん、携帯の充電器、そっちに忘れたみたいなんですけどー」

言いながらふすまをコツコツ叩いてみたが、返事はなかった。あの人、もう寝ちゃったのかな。そんなふうに考えつつ、しかし今充電しておかなければ、明日の朝にはバッテリーが切れてしまうなと、希実は再度ふすまを叩く。

「すみませーん、佳乃さーん。あの、入りますよ？」

とりあえずそう声を掛け、そろそろとふすまを開けていった。

「……おじゃま、しまーす」

そうして部屋に顔をのぞかせた希実は、しかしそのまま動きをとめてしまう。動きをとめざるを得ない情景が、広がっていたのだ。

「あ……？」

そこにはボストンバッグにもたれかかるようにして、すやすや寝入っている佳乃の姿があった。よほど疲れていたのか、荷物を出している途中で、寝落ちしてしまったようだ。その顔は幸せそうに微笑んでいる。年下の希実から見ても、かわいらしいと思えてしまうような無邪気な寝顔である。

しかしその姿を前に、やはり希実は言葉をのんでしまった。

嘘、でしょ……？

そんなふうに思いつつ、彼女の姿をじっと見詰める。何しろ佳乃がバッグから取り出していた荷物というのは、札束だったのだ。テレビや映画で見るような、白い薄紙で束(たば)ねられた、正真正銘の札束である。それが佳乃の枕元に、ごっそり並んでいるのである。しかも開いたままのボストンバッグの口からは、さらなる札束がのぞいている。

いったい、いくらあるの？　あれ……。希実は確認できるだけの札束を指折り数えていく。七、八、九……嘘、まだあるわけ？

積まれた現金を前に、佳乃はやはりすやすや眠っている。夢でも見ているのか、口元がさらにゆるんで、鼻からふふっと笑いがこぼれる。しかもその手には、ちゃんと札束が握られている。かわいらしさからは程遠い、どうにもシュールな姿態である。

そんな光景を前に、希実はそっとふすまを閉めた。そして薄暗い廊下の中、ごくりと唾をのんだ。

何なの？　あのお金。

てゆうか、何なの、あの女――？

目をしばたたかせながら、希実は半ば呆然と立ち尽くす。階下からはいつものように、ミキサーやタイマーの音が聞こえている。パンの香りも漂ってくる。ごく平和な感触がそこにはある。

しかしそのいっぽうで、背後のふすまの向こうからは、ふふ、という笑い声が、また薄く聞こえてきた。ふふふ、ふ。


札束の中で眠る佳乃について、希実はすぐさま弘基に伝えた。暮林でもよかったのだが、暮林は接客中で厨房には弘基しかいなかったのだ。たたた、大変！　あの、あの女が！　希実は言葉を詰まらせながら、慌てふためき状況を説明した。しかし報告を受けた弘基の反応は、至極薄いものだった。

「あっそう」

表情を変えず、生地を分割する手を止めることもしない。そんな弘基を前に、希実の混乱はさらに募った。何しろ希実の基準では、あっそうで済む問題ではなかったのだ。

「ちょっと、ちゃんと聞いてんの？　弘基。あの女、おかしいよ！　お金ざくざく持ってんのに、行くところがないなんて言っちゃって……！　絶対何かある！」

だが弘基は冷静な態度を保ったまま、軽やかに音を鳴らしながらパンの分割を続ける。

「金があっても行くところがないのは、使える金じゃねーからだろうな」

弘基の言葉の意味がわからず、希実は怪訝そうに返す。

「は？　使えないお金って、何？」

「犯罪がらみか、それとも保釈金か。あとは、借金返済のための金とか……」

物騒な単語の羅列に、希実は、はあっ？　と声をあげる。しかし弘基はそんな希実の様子など眼中にないようで、さっさと分割し終えた生地をホイロへと運んでいく。希実は慌てて弘基のあとを追う。

「何？　どういうこと？　もしかしてあの女、ヤバイ人なの？」

すると弘基は、ホイロの中にパンを突っ込み希実を一瞥した。

「知るかよ。アイツとはもう、十年以上会ってねーんだ。今現在どんな人間やってっかなんて、俺の知ったことじゃねーよ」

そしてホイロの操作ボタンを押しながら、顔を歪めて大げさに息をついてみせた。

「けど、あの登場の仕方は、どっからどう見ても怪しかっただろ。だから俺は、アイツをここに置いていいかどうか、お前にもちゃんと確認したんだよ。なのに、調子に乗ったどっかのバカが、ぜんぜん大丈夫とかぬかしやがるからよ」

そう言われてしまうと、ぐうの音も出ない。ここはとりあえず、自らの非を認める。

「それはその、私が悪かったです。……で、どうすんの？」

恐る恐る訊ねる希実に、弘基はしばし考え込んだ。そして、フンと鼻を鳴らし、ほっとけと言い放った。

「お前が首つっ込んでも仕方ねぇし。中学が一緒だった地元の後輩たちに、アイツのこと訊いといてやるから。お前は当たり障りなく、黙っていいお隣さんでもやってろ。言っとくけど、下手に刺激すんじゃねーぞ?」

そんな弘基の指示を受けて、希実は静観することにした。蛇(じゃ)の道は蛇(へび)、という言葉もある。弘基の地元仲間は、弘基の地元仲間に任せるのが、確かに妥当だと思ったのだ。そして弘基に言われた通り、希実は佳乃とごく当たり障りなく、ひとつ屋根の下で暮らしはじめたのである。

ただしその生活は、心境的に表現すれば、当たって障ることの連続だった。まず暮らしはじめて三日ほどで、希実は佳乃のだらしなさにげんなりしはじめた。

希実が学校から帰ると、佳乃は決まって希実の部屋にいる。自分の部屋の薄いマットレスが気に入らないらしく、ちゃっかり希実のベッドで眠っているのだ。勝手に部屋に入らないでと注意しても、ごめーん、ついうっかりしちゃってたー、などと肩をすくめて言うばかり。うっかりで連日人の部屋に入り込んで眠るバカが、いったいどこの世界にいるというんだ。しかしまあ、ベッドはまだいい。希実が学校に行っている間に使っているだけの話だし、ベッドを使っている罪悪感からか、毎日のようにシーツの交換もしてくれている。

けれど、佳乃がうっかり使うものは、ベッドだけではないのだ。気付くと希実の靴下を履いていたり、充電が切れてしまったからと希実の携帯を使おうとしたりもする。ある時など、メモ用紙がなかったからと言って、希実のノートを破ってしまったこともあった。どうやら後先考えず、目についたものは使ってしまう性質らしい。

「……佳乃さんて、泥棒体質だね」

ついそう嫌味をこぼしたら、ヤダ、わかるぅ？　と笑顔で返された。

「それ、よく言われるんだ。なんかあたし、友だちの恋人とか、知らない間に盗っちゃうみたいで」

どうやらそんなおそろしい属性もついているようだ。それと比べたら、ベッドや靴下や携帯、ノートなどは、盗られてもまだマシなアイテムだということか。

そして暮らして十日ほどで、希実は佳乃の愛想のよさにも、いら立つようになっていた。

何でもすると言っていただけあって、佳乃は自ら率先して、すぐに店の手伝いをはじめた。おかげで希実が担当していた仕事は、帳簿つけ以外ほぼ佳乃へと引き継がれることとなった。そして引き継いですぐ、佳乃は店の看板娘に収まったのである。楚々とした顔立ちのおかげか、やたら愛想のいい性格のためか、あるいは華奢なわりに服の上からでもそうとわかるほどの巨乳のせいか、佳乃目当ての男の客がどっと増えたのだ。

常連たちにも、大きな変化があった。いつも泥酔してやって来るカレーパン男は、その来店頻度をあげ、最近では毎日のように店のドアをくぐっている。以前は一、二個カレーパンを購入し、千鳥足で家路についていたはずなのに、この頃はイートインコーナーで、佳乃と嬉しそうに喋りながら、在庫がなくなるまでカレーパンを食べていく。あの調子では、そのうち顔が黄色くなるのではないかと、希実は密かに案じている。

かつてバゲットが硬過ぎるとクレームを入れてきた老紳士も、変化をきたしたひとりだ。歯が少し弱いらしい彼は、クレームの一件以来、バゲットより少し柔らかいバタールを好んで購入していたはずなのに、佳乃の前ではなぜかバゲットを注文してみせるのだ。そしてイートインコーナーで、雄々しくバゲットにかじりつくのである。そんな紳士を前にするたび、希実は冷や冷やしてしまう。歯が、歯が、歯が――。

引きこもり気質の脚本家、斑目も、佳乃が店で働くようになって変わった。それまでは週に二、三度来店する程度だったのに、最近では毎晩のように店にやって来て、長々とイートインコーナーに居座っているのである。しかも以前は、相席など絶対にできない人だったのに、長く居座りたい一心なのか、今では見知らぬ客とも平気で席を共にするようになった。しかもその客が佳乃目当てであろうものなら、佳乃のかわいらしさについてこそこそ意見を交わし合う始末。だいぶ遅い社交性の目覚めかも知れない。それはいい。それはいいが、携帯にかかってくる電話を、ちっとも取ろうとしないのである。原稿の催促の電話らしいが、話に夢中で思う存分無視してしまっている。あの社交性のなさ、協調性のなさでは、おおよそ会社勤めなど無理だろうに、脚本家という職をなくしたら、路頭に迷うぞと気を揉まずにいられない。

それもこれも、ぜんぶ佳乃のせいなのだ。店の売り上げ自体は上がっているが、客に悪影響を及ぼす経営はいかがなものかと、希実には思えてならない。

そしてそれ以上に希実が気に入らないのは、佳乃が暮林にやたら馴れ馴れしいという点だ。ブランジェリークレバヤシにやって来た当日も、平然と初対面の暮林に抱きついてみせた佳乃だったが、それ以降もしょっちゅう暮林の腕にしがみついたり、エプロンを引っ張ったり、肩に頭を預けたりしている。そういう佳乃を見ると、なぜだかは判然としないのだが、希実の上にいら立ちの塵が舞いはじめるのである。それは静かに、わずかずつではあるが、確実に希実の中に積もっていっているのだ。

朝の配達にも、佳乃は暮林に同行している。ドライブデートみたいで楽しいの、などとのたまう佳乃を前にすると、希実は説教のひとつもしてやりたくなる。仕事なめんなよ。あるいは佳乃が、暮林の製パン練習に付き合っている姿も、極力見たくない。不器用な暮林が、小麦粉を顔に付けたりしていようものなら、佳乃は笑いながら彼の顔を拭ってやるのだ。

「もう、陽介さんたら」

などと、言いながら。そう、あろうことか佳乃は、暮林を下の名前で呼んでいるのである。さらに言えばその声の響きが、自分の母親を思い出させて気分が悪い。母も何かと、男に甘い声を掛ける女だった。そうなのだ。佳乃は少し、母に似ている。その呼び声を耳にするたびに、希実のいら立ちは、ごうと吹き荒びさらに積もっていく。

しかも暮林も暮林で、そんな佳乃に甘い気がしてならない。佳乃がすっ転べば手を貸してやるのはもちろん、小麦粉袋などの重い荷物は代わりに運んでやっているし、棚の高い位置に置いてある作業道具を前に、佳乃が背伸びをしていようものなら、すかさずそれを取って渡してやったりもしている。

しかし希実を最もいらつかせたのは、別のポイントにあった。それは、暮林と佳乃が揃って製パンの練習をしている時にやって来た。

暮林は相変わらずパンを捏ねるのが上手くない。やはり相当に才能がないようで、ブランジェリークレバヤシに来て初めてパンを作ったという佳乃より、かなり手つきが覚束ない。弘基がほとんど芸術的と言っていい様子で、するするパンを捏ね上げていくのとは、もちろん雲泥（うんでい）の差である。

　しかし焼きあがったパンを前に、佳乃は言ったのだ。

「陽介さんのパンて、ちょっと見た目がへんてこだね。味も、弘基のに比べると、単純ていうか、不器用な感じだし」

　そう言われた暮林は、苦笑いを浮かべて肩をすくめていた。弘基と比べられたら、そら足元にも及ばんでな。しかし、佳乃は言ったのだ。

「でもあたしは、陽介さんのパンのほうが、好きだな」

　そんなこと、私だって思ってたのに。


　店が休みの日であっても、暮林と弘基は当たり前のように出勤してくる。弘基には商品開発、並びに暮林の製パン指導という任務が、暮林にはもちろん製パン修業という責務があるからだ。

　希実が弘基に切り出したのは、そんな定休日のことだった。佳乃が外出していることをこれ幸いに、希実は弘基に詰め寄った。

「ちょっと弘基。あの女のこと、なんかわかった？」

これ以上塵が積もることに、もとい静観していることに、耐えられなくなったのだ。

「地元の友だちに、訊いてくれたんでしょ？」

希実の問いかけを受け、コックスーツに着替えたばかりの弘基は、エプロンの紐を結びながら、ああと頷いた。

「高校生くらいまでのことは、だいたいわかった」

「どんなだったって？　悪い連中とつるんでた系？」

「いや、ミッション系のお嬢さん学校に通ってる、優等生だったってさ」

弘基のそんな情報に、希実は思わず、はあ？　と声をあげてしまう。

「お嬢さん学校？　あの人が？」

弘基は棚からナイフとカッティングボードを取り出し、作業台の上に置きつつ答える。

「まあ、そもそもお嬢さんだったからな。父親が社長かなんかで」

そしてすでに作業台の上にあった、ラップに包まれた楕円形の白い物体を手に取り、まじまじとその形を眺めたり、触り心地を確認したりしながら続けたのだった。

「最近のことは、もうちょっと調べるのに時間がかかるみてーだけど。とりあえず今んとこ、アイツもおかしな動きはしてねーし。もう少し様子見てりゃいいよ」

のん気な弘基の回答に、希実はもちろん食ってかかる。

「よくないよ！　あの人、おかしいじゃん！」

「は？　どこが？」

「だって、なんか、暮林さんに取り入ろうとしてるっていうか……」

「ああ、それは昔からだよ。とにかく八方美人なんだよ、アイツ」

言いながら弘基は、白い楕円形の匂いをくんくんと嗅ぎはじめる。希実は弘基の言葉に眉をひそめて問いただす。

「弘基は、それでいいの？」

「何が？」

「だって、佳乃さんて、一応昔の彼女なんでしょ？　その人が暮林さんにベタベタしてて、平気なのって言ってるんだよ」

そんな希実の問いかけに、弘基はきょとんと首を傾げる。

「平気に決まってんじゃん。なんでそんなこと気にしなきゃなんねーんだよ」

あまりに不思議そうに弘基が言うので、希実も一瞬そういうものなのかなと考えてしまう。昔の恋人が、今の仕事仲間に馴れ馴れしくしてても、人って平気なものなのか？恋愛経験のない希実にとって、恋人同士が別れた先の未来の話など、未知の領域もいいところなのだ。しかも弘基は、素朴な疑問を口にするように問いただしてくる。

「つーか、なんでお前が、そんなことでぴーぴー言うんだよ？」

そう言われると確かに、希実もなぜ自分が騒ぎ立てているのか明言できない。弘基の怪訝顔を前に、希実も答えに窮して目を泳がせる。なんで？　暮林さんがあの人とベタベタしたら、なんでダメなの？　そう考えあぐねていると、弘基のほうが先に、ああと勝手に納得しはじめた。

「そっか、そっか。クレさんが他の女とどうこうなったら、美和子さんの妹である、お前の行き場がないもんな。だからそんなこと言いだしたのか」

「へ？」

「だから、クレさんがアイツを好きになったら困るってことだろ？」

「あ……」

そんなこと考えてもいなかったが、そういうことかも知れないと希実は思う。それでうんうんと頷いてみせる。

「そうなの。そういうことなの。だから弘基、ちゃんとあの女のこと、見張っててよ！　あんまり暮林さんに近づかないように……」

そんなふうに希実が言い募っていると、おはよう～、と暮林が出勤してきた。

「おお、どうした？　ふたり揃って」

笑顔で訊いてくる暮林に、希実は、な、なんでもない！　とぎこちない作り笑顔で返す。弘基と私が話すことなんて、なんにもないもん！　慌てふためき弁解する希実を横目に、弘基は呆れ顔で小さく鼻を鳴らす。そして手にしていた白い楕円形を、暮林に向かって掲げてみせた。

「今日あたり、シュトレンの試食でもしようかって、話してたんだよ」

弘基がそう説明すると、暮林はさらにパッと笑顔をほころばせ言った。

「おお。そうか、やっと出来たんか」

シュトレンとは、ドイツ生まれの菓子パンだ。クリスマスを待つ間の数週間、少しずつ切り分け食べていくもので、つまりだいぶ日持ちがいいパンとも言える。パンの表面を大量の砂糖で覆っていることや、パンの中に酒漬けにされたドライフルーツがたっぷり含まれていること、そして表面にもお酒が染み込ませてあること、さらには焼成時間が長いためパンの中の水分量が少ないこと、等々の理由により、長期の保存が可能らしい。全部弘基の受け売りだが、それが希実のシュトレンに関する大まかな知識だ。知識だけで、実際口にしたことはないのだが。

シュトレンを作らなくては一年がしまらないと、弘基は十月頃から言い出して、早々とドライフルーツの酒漬けを作りはじめた。十二月頃には、販売をはじめるつもりのようだ。暮林も確か、嬉しそうに言っていた。シュトレンかぁ。毎年クリスマス前に、美和子が送ってくれとったわ。勤務地がどこに移っても、ちゃんと届けてくれてな。あれは、歯が浮くかと思うほど、甘いパンでなあ。微妙な誉め言葉ではあったが、確かそんなことを口にしていたはずだ。

試食には佳乃も招かれた。暮林が呼んだのである。さらに暮林はこだまにも連絡を入れた。ブランジェリークレバヤシの近所に住んでいる小学生のこだまは、学校が終わると何かにつけ店へと遊びに来るのだが、先の秋頃に弘基からシュトレンについて聞かされたらしく、以来シュトレンが完成したら、俺も食いたいと主張し続けていたのだ。

暮林からの一報を受け、こだまは走って店までやって来た。そして、息を切らしながら言ったのである。

「すげー、いい匂いするな!」

目をキラキラさせながら、作業台の上のシュトレンを見つめるこだまに、弘基が笑って、よし、と声を掛けた。そしてナイフを手に宣言したのだ。

「じゃあ、切り分けるぞ」

カッティングボードの上で、弘基は楕円形のシュトレンを薄くスライスしていく。砂糖で覆われているせいか、表面にナイフが入るたびザクザクと小さな音が響く。楽しみを切り分けて行くような、心地いい音だ。その様子を、希実はじっと見詰める。もちろん、暮林やこだまも、佳乃も弘基の手元を注視し続ける。

スライスされた断面をのぞき見ると、ドライフルーツやナッツがびっしりと詰まっていた。まぶしてあった砂糖も、まわりにだいぶこぼれている。その様子から察するに、本当に大量の砂糖で覆われていたようだ。

「うん。いい感じだな。じゃあ、食ってみようぜ」

弘基の声を合図に、暮林とこだまが皿へと手を伸ばす。佳乃も当たり前のように、素早くちょこんと一切れつまむ。すると弘基が、ほれ、お前も、と皿を差し出してくる。それで希実もとりあえず、薄いのを一枚手に取ってみた。

そのままかじりつこうとすると、甘いような酒の匂いがふっと鼻に届いた。果物っぽい匂いなのは、ドライフルーツのせいか、それともそういう匂いの酒を使っているからなのか。判然としないまま、端の部分を少しだけかじってみると、さらにふわっと甘い香りが鼻から抜けていくのがわかった。なんか、大人の味だ。そう思いながら咀嚼すると、バターの風味も強く感じる。それも、ずいぶんと濃厚に。しかし、ちゃんと小麦の味もする。それぞれの味が、絶妙のハーモニーになっている。

「……うま」

思わず呟くと、弘基が片方の口の端だけ上げ、当たり前だろ、と言ってきた。腹の立つ笑顔だなと思いつつも、実際本当においしかったので言い返せない。こだまも佳乃も、裏返ったような声ではしゃぎ出す。弘基、これうまいな！　ホント！　弘基、すっごーい！　そんな賞賛を前に、弘基はまたフッと笑って、自らも一口シュトレンをかじり告げる。

「シュトレンの本当のうまさは、こんなもんじゃねーんだよ。なんせ熟成していくタイプのパンだからよ。一日一日、砂糖やドライフルーツや酒が、どんどん生地と馴染んでいって――。クリスマスの頃に、一番うまくなるんだよな」

そんな弘基の説明に、佳乃はさらにすごーいと続ける。こだまも、すげー、つえー、と叫んでみせる。すると弘基の鼻がどんどん高くなっていくのがわかる。

「まあ、俺のシュトレンは別格だってのもあるけどな。材料は厳選してるし、仕込みにも手がかかってるし、何より俺の手で作られたパンだからよ。うまいのは当たり前っつーか……」

単純なんだよな、弘基は。そんなことを思いつつ、希実は残りのシュトレンをかじり続ける。単純な男の手によるパンだが、味わいはごく複雑でちょっとクセになりそうだ。

だがそんな中、いつもなら笑顔で、そうやな、そうやな、と口にするはずの暮林が、めずらしく口をつぐんでいた。手にしたシュトレンをかじり、首を傾げ、咀嚼しまた首を傾げ、飲み込みまた首を傾げる。しかも顔から笑顔が消えている。その様子が目に留まったらしく、弘基も怪訝そうに暮林の顔をのぞき込む。

「何？　クレさん。どうかした？」

弘基の問いかけに、暮林はさらに深く首を傾げる。

「なんか、ちょっと、味がなぁ」

その発言に、弘基はもとより希実も目をしばたたかせてしまった。何を食べてもうまいとしか言わない暮林が、味について何かを語ろうとしているのだ。暮林は口の中でシュトレンをゆっくり噛み砕きながら、うーんと唸り出す。

「美和子が作ってくれとったのと、なんか違う気がするんやけど。なんやろ？　ちょっと、香りが変わっとるんやろか？」

そんな暮林に、弘基は当り前のように意見を求めていく。

「そっか。俺のシュトレンは、わりとスタンダードなレシピのはずなんだけどな。美和子さんのオリジナルかな？　香りが違うって、足らない感じ？　過剰な感じ？」

傲慢な男ではあるが、他人の声に耳を傾ける能力はあるようだ。

「うーん、わからん。わからんけど、なんかこう、もうちょっとふわっとした、匂いやったような気が……」

「酒の種類が違うとか？　ドライフルーツの割合が多かったとか？」

「酒やらフルーツやら、ようわからんけど。なんか、違うんやなぁ」

しかし暮林の意見は、どうも要領を得ない。弘基はしびれを切らしたように、貧乏揺すりをはじめる。

「んだよ。そんなんじゃ、改良のしようがねーじゃん」

「そうなんやけど。違うもんは違うんや。美和子の味は、もうちょっとこう、ふっと香ってくるものがあったちゅうか……」

そんなふたりのやり取りに、なぜか佳乃が加わっていく。

「へぇ。弘基のシュトレンもおいしかったけど、なんかあたし、陽介さんの言ってるシュトレンも、食べてみたいなー」

しかも気付けば、暮林の傍らに寄り添うようにして立っている。やはり距離が近い。しかし暮林は特にその距離に違和感は覚えていないようだ。そうやろ？　などと佳乃を見下ろし笑顔を向ける。目が悪いのかも知れない。というか悪いに違いない。

「けど、何が違っとるんやら、わからんしなぁ。レシピを聞いたこともないし」

「じゃあ、一緒に色々作ってみない？　あたし、手伝うから！」

暮林のコックスーツの袖を摑んで、上目遣いに言う佳乃を横目に、希実はぎゅっと眉をひそめる。そしてそのまま、無言で弘基の背中をつつく。二枚目のシュトレンを食べようとしていた弘基は、煩わしそうな顔で希実を振り返り、しかしすぐに状況を察した様子で暮林たちのほうを一瞥する。

暮林と佳乃は、希実たちの気配に気付くことなく、仲むつまじく語り続ける。そやけど、俺は、弘基みたいに上手くパンは作れんでな。そんなことないよ。陽介さんにも、絶対作れるって。そうかな？　うん、あたしもついてるしぃ。そんなふうに言いながら、佳乃はするりと暮林と腕を組もうとする。

すると弘基が、素早く暮林と佳乃の間に割り込んだ。暮林に触れようとしていた佳乃の腕は、虚しく宙を撫でる。その様子に、希実は内心ガッツポーズをしてみせる。よし！　よくやった、弘基。

そんなふうにふたりの邪魔をした弘基は、しばしぎこちなくその場で立ちつくしたのち、まあ、あれだな、などとごにょごにょ言いはじめる。

「なんつーか、ド素人ふたりで、パン語ってんじゃねぇって、感じだな」

そして佳乃を見やり、冷ややかに言ってみせたのだった。

「つーか素人はすっ込んでろ。美和子さんオリジナルのシュトレンは、俺が作ってやんだからよ」
かくして弘基の、長いシュトレン作りの道がはじまったのである。

かつて、美和子の部屋に足を運んでいたのは弘基だけだった。特に好奇心旺盛な性質でもない希実は、自室以外の部屋に入ってみようなどとは思わなかったし、暮林も部屋を訪れている様子はなかった。そもそも希実は、暮林が二階に上がっている姿を、見たことすらない。その理由については、希実もよくわからないままなのだが。

そんな中、唯一弘基だけが、美和子の残していったパンのレシピを探すため、時おり部屋に足を踏み入れていた。時には部屋の掃除や、布団干しなんかもしているようだった。人が入らない部屋は、早く傷んじまうからな。そんなふうに弘基が説明していたのを、希実はぼんやり覚えている。つまり弘基にとって美和子の部屋というのは、そうとう馴染み深い場所なのだろうというのが希実の認識だ。

だから弘基が美和子の部屋、もとい現在の希実の部屋を、我が物顔で物色しはじめた時も、仕方がないかとすぐに諦められた。この部屋で寝起きするようになってたかだか半月の自分より、弘基のほうがずっと昔からここに出入りしていたのである。

「……ちげーな。このノートでもねーや」

そんなことを言いながら、弘基は手にしていたノートを床に投げ置く。そして先ほど押し入れから引っ張り出した段ボールの中を、ごそごそやりはじめる。美和子が残しているかも知れない、シュトレンのレシピを探しているのだ。

「そっちはどうだ？　それらしいの、見つかったか？」

振り返って訊いてくる弘基に、希実は困惑顔で返す。

「見つかんないっていうか、わかんないよ。時々日本語じゃなくなってるし」

言いながら希実はファイルに目を落とす。希実もレシピを探すよう、弘基に言いつけられているのだが、さっきから手に取るファイルにはどれにも、外国語で書き記されたメモ書きばかりが挟まっている。

「大丈夫だよ。レシピだったら、パンの写真が一緒になってるはずだし。とりあえず、シュトレンの写真がねーか、それだけ気にして見てけばいいからよ」

ノートをパラパラめくりながら言う弘基に、希実はため息まじりで返す。わかったよ。探しますよ。探せばいいんでしょ。

美和子オリジナルのシュトレンを作ってみせると、暮林に宣言した弘基ではあったが、しかし作業はだいぶ難航しているようだった。

「最初は、酒の種類が違うとか、スパイスの配分が違うのかと思ったんだけどよ。どうも、そういうことじゃねーらしいんだな。何を変えてみても、匂いが違う、匂いが違うって、クレさん言うばっかりだからよ」

それでけっきょく、弘基はひとつの結論に達したらしい。美和子のシュトレンには、一般的な材料以外の、何かが入っているのではないかと。

「香りの強弱じゃなくて、有無を言ってるみたいだからさ。たぶんそれで間違いねーと思うんだけど」

しかしそう的をしぼってみても、新たな香りの材料探しは困難を極めた。暮林の味に関する表現力はそうとうに乏しく、匂いが違う、としかヒントを出せないようなのだ。だからどういう匂いなんだよと弘基が訊いても、どうって言われても、どちらかと言えばいい匂いとしか、言えんなぁ、と困った表情を浮かべるばかり。唯一言ったことが、ハッカの匂いではない、という頼りなさだった。

だから弘基は、美和子のレシピを引っくり返すという道を選んだのだ。ただしその量は膨大で、押し入れの段ボール四箱、本棚二つ。それらに収められたファイルやノートの中に、ランダムな状態でレシピは紛れ込んでいるらしい。

「美和子さんは、思い立つと何にでもメモとるタイプだったからよ。決まったノートやファイルってもんがねーんだよな。整理整頓も下手だったし」

十冊ほどノートを確認した段で、弘基がそんなことを言い出す。しかし弘基に言われなくても、希実は美和子の雑な一面を、じゅうぶん垣間見てしまっていた。

何しろファイリングの仕方がひどく雑なのだ。旅行先のメモが入っていたかと思うと、次のページにはUFOの出現条件が書き留められていたり、そうかと思えば、あと半月を二万円でどう乗り切るか、などという計画が突如綴られていたり、同ページの隅には、固定資産税高過ぎ！　ムカツク！　と書き殴ってあったりもした。しかもそれらは、日本語と英語、あとはおそらくフランス語のちゃんぽんで書かれているのだ。その上その字がどれも恐ろしく汚い。時々、ダイイングメッセージなのではないかと思うような、切れ切れの文字も存在しているほどだ。

さらに言えば、写真も下手だ。手ぶれのあまり、何を撮っているのかわからないピンボケ写真も多数あるし、鮮明に撮れていても上部が切れてしまっていたり、右に寄り過ぎていたりとだいぶ間が抜けた仕上がりとなっている。だから何が写っているのかよくよく確認しないと、シュトレンなのかどうかも判断できない。つまり、内容の把握に時間がかかる。

「……本当にこれ、全部見るわけ？」

棚に並んだファイルを見あげ、希実はげんなりしながら言う。しかし弘基はあっさりと返すばかりだ。

「当たり前だろ。作るって言っちまった以上、あとには引けねぇ」

妙なところで男気を見せる人だなと思いつつ、希実は半ばうんざりしながらファイルのページをめくっていく。別に自分が手伝う必要はないのだが、レシピが見つからない限り、弘基はこの部屋にいつまでも侵入してきそうな気配なのである。何しろ弘基は、希実が寝入っている明け方頃であっても、お構いなしに部屋に入って来て、棚や押し入れを物色しはじめるのだ。つまりレシピを探し当てることは、希実自身の安眠に繋がる。協力したほうが、わが身のためだ。

「……あ、これ。美和子さん？」

一枚のポラロイド写真に目を留めた希実は、弘基に向かって訊いてみる。弘基はどれどれ？　とやって来て、ファイルをのぞき込み笑みを浮かべる。

「ああ、アジア放浪してた時のじゃねぇかな。顔、真っ黒だし」

写真に写っている美和子は、どこかの川辺で漁師と思しき男たちと肩を組んで笑っている。漁師たちは背が低く、顔立ちは弘基の言うように、熱帯アジア地域の人々のそれに見える。川は茶色く濁っていて、果たして流れているのかどうかわからないほど、水面が凪いでいて平面的だ。対岸の緑がひどく濃い。熱い地域の緑は色が濃いというから、なるほど確かにそこは日本ではないように思われる。

「若い頃は、あちこち飛び回ってたんだよ。あの人」

嬉しそうに言う弘基に、希実はふうんと小さく返す。レシピ探しは面倒だが、ファイルを探っているとこうして美和子という人の姿を見ることができる。それも希実が、弘基に協力している理由のひとつと言っていい。

「……海外、放浪ねぇ」

美和子という人は、弘基が公言しているほど美人ではなかった。化粧っけはないし、髪も自分で切ったとしか思えないほどのざんばら具合だったりもしている。ただ気持ちのいい笑い方をする人ではあったようだ。どの写真の美和子も、口を大きく開けて頬をあげ、目を細くして笑っている。一緒に写っている人たちも、みな一様に笑顔だ。どことなく、美和子につられて笑っているようにさえ見える。

暮林さん、こういう女の人が、好きだったんだな。写真を見つめながら、希実はぼんやりそんなことを思う。いつも穏やかに笑っている暮林と、確かにしっくりくるような雰囲気の女性だ。ふたり並んで一緒にいる姿が、なぜかすんなり想像出来てしまう。

そこで希実は、小さく息をつく。いいよな、こういう人って。そう、思ってしまったのだ。大きく口を開けて笑える人。屈託なく誰かと肩が組める人。そばにいる誰かを、それとなく笑顔にさせられる人。自分がひねくれていると認識している希実ではあるが、それでも他人の正の資質に憧れを抱かないわけではない。もちろん、ひどく羨んでいるということもないが、しかしそれでも、この違いは何なんだろうと考えずにはいられない。何しろ自分には、そういう素質がまったくないと信じているのだ。あるのはむしろ、その逆のものばかりだ、と。

肩を落としながら、希実はファイルをめくっていく。青空の写真、道端で寝ている牛の写真、ヨガのポージングの絵、重油税にビビったという一文。そしてその次のページに、恰幅のいい老女の写真が貼られていた。髪はしばみ色のくせ毛で、肌が白く頬はほんのりとしたピンク色。がっしりとした太い両腕で抱えているのは、なんとも重そうな大鍋だ。たぶん欧米人だろう。目の色は薄いグレーで、絵本に出てくる魔女のように鼻が高い。カメラを前に、驚いたような笑顔を浮かべている。

「……この人は、誰?」

希実がファイルを向けると、弘基はじっと写真をのぞき込み、ハンナじゃねぇかなと呟くように答えた。

「うん、たぶんハンナだ。美和子さんが昔世話になってた、ドイツの下宿の大家」

そしてまじまじと写真を見詰めつつ、感心したように唸り出す。

「昔はまだ、細かったんだな。俺が会った時は、もっといかつかったけど……」

弘基のそんな感想に、希実は目を丸くする。この写真でもすでにだいぶふくよかなのに、さらに大きくなられたのか。感心している希実の横で、弘基は昔を思い出したらしく小さく笑う。

「美和子さんが遊びに行くと、ハンナ、すげー量の飯を用意するんだ。美和子は痩せ過ぎだって言ってさ。そんで美和子さんもめっちゃ食うんだけど、食い過ぎてたいてい次の日腹壊すんだよ。それがなんか、親子漫才みたいでさ」

知らない人の話で、楽しそうにされてもな、と思いながら、希実はふうんとそっけなく返す。しかし弘基は構わずおかしそうに話し続ける。

「ハンナも美和子さんのこと、日本人の私の孫娘って、言ったりしてたんだよな。旦那を戦争で亡くしたっきり、ずっとひとりだったらしいから、余計になのかもしんねーけど」

「……戦争って？」

「第二次世界大戦だよ」

その単語があまりに耳慣れないものだったせいか、希実は、ほへぇ、と間の抜けた声で返してしまう。第二次世界大戦。ドイツって、そうだよな。戦争してたんだよな、そういえば。そんなことを考えながら、写真のハンナに目を落とす。旦那さん、亡くしたんだ。戦争に、関わってたんだ、この人も。そんなことをぼんやり考えていると、ふいに弘基がファイルを奪った。そして手にしたファイルの文字に、素早く目を走らせはじめた。

「――これ、シュトレンのレシピだ。ハンナが、美和子さんに教えた……」

弘基の言葉を受けて、希実も再びファイルをのぞき込む。ただしそこに書かれているのは、おそらくフランス語かあるいはドイツ語で、希実には何が記されているのか皆目（かいもく）見当もつかない。

「なに？　なんか、特別な材料とか、書いてある？」

はやる気持ちで希実が訊くと、弘基は指で文字をなぞりながら、ちょっと待てよ、とぶつぶつ材料を読みあげていく。ラム酒、レーズン、オレンジピール、レモンピール、ドライフィグ、クランベリー……。なんだ、ずいぶんスタンダードだな。アーモンド、ピーカン、くるみも、ケースバイケースで。シナモン、ナツメグ、コショウ、カルダモン、ヴァニラ……。なんだよ、スパイスも普通じゃねぇか。そして最後の文字に来て、顔をしかめる。

「……なんだ、こりゃ」

「なに？　なんて書いてあるの？」

希実が訊くと、弘基はゆっくりと首を傾げ、苦い顔でその文字を読んだ。

「アイ」

意味がわからず希実は訊き返す。

「は？　何それ？」

すると弘基は、面倒くさそうに頭をかきながら答えたのだった。

「だから、愛だよ、愛」

「アイ？」

「ああ。愛を少々って、書いてある」

「……はあ？」

しばしの沈黙が、ふたりの間に流れた。弘基はずっと腕組みをして、愛なる文字をじっと睨みつけていた。そんな弘基に、希実はとりあえず訊いてみた。もしかして、愛っていう食材が、あったりするの？　すると弘基は、顔をしかめて乱暴に返してきた。あるわけねーだろ、バーカ。そして希実にファイルを押しつけ、再び段ボールへと戻って行ったのである。

「振り出しに戻る、だな。さっさと全部調べるぞ」

けっきょくその日、部屋にあったファイルにはすべて目を通したが、決定打となる資料は見つからなかった。弘基は難しい顔をしたまま、アイアイと繰り返しつつ部屋を出て行った。希実はそんな弘基を見送り、疲れ果ててベッドに座りこんだ。

「……ぐあ、目がしょぼしょぼする」

言いながらまぶたを押さえ、しかし希実なりに、愛なるものへの推理を巡らせてみようと試みた。けれどすぐにざらついたような心持ちになって、止めてしまった。

愛という名の下に、母は何度もボロボロになっていた。希実にとって愛とは今も、そんな不可解な激情でしかないのである。

店の開店時間少し前、部屋で勉強していた希実のもとに、ひょっこり佳乃が現れた。

「希実ちゃ〜ん。なんか、ヘンな手紙が届いてたんだけどぉ」

聞けば店へのダイレクトメールの中に、希実宛てのものがまざっていたらしい。しかし差出人の名前はなく、佳乃はそれをひどく心配していた。

「……大丈夫？　なんだったら、あたしが処分してくるけど？」

どうして処分が必要なのか、希実が不思議そうな顔をすると、佳乃はあれこれ言い継いだ。だってだってぇ、カミソリや爆発物や、最悪、悪い細菌が入ってるかも知れないじゃない？　その言いように、希実はしばし閉口した。どういう発想をしているんだと、ますます佳乃に疑問を覚えた。悪い細菌を送られるような真似を、君はしているということなのかね？

　しかし希実は、宛て名の文字を見るなり差出人の見当がついた。それで、ひったくるように手紙を奪った。

「あ、ありがと！　私は大丈夫だから、気にしないで！」

　佳乃はそんな希実を前に、それならいいけどと、どこか腑に落ちないような様子でしかし店へと戻って行った。その姿を確認してから、希実は渡された手紙をようやく開封した。

　差出人は、案の定、母だった。姿を消してから、実に七ヶ月余りぶりの知らせである。寒中お見舞い申しあげます、なる一文からはじまるその手紙は、しょっぱなから希実をいらつかせた。確かにあと一週間もすれば十二月に突入する。吹く風も冷たい。朝の寒さに、ベッドを出るのが躊躇われる季節である。

　しかしまだ、寒中を見舞う時季ではない。母という人は、そんな初歩的な一般常識すらないのか。どうしたらそんなふうに、無知なまま歳を重ねられるのか。君、もう三十七歳でしょ？　おかげですぐ手紙を放り投げそうになってしまったが、どうにか気持ちを立て直し手紙に臨んだ。まあ、仕方がない。そもそも常識ある母親が、十七歳の娘を他人に託して行方（ゆくえ）をくらますわけがない。あの人に普通を求めるなんて、土台無理な話なのだ。期待するな、あんな母に。しかし続く文面も、希実の神経を逆撫（さかな）でする言葉の連続だった。

「のぞみん、元気？　お姉さんとは、うまくやれてる？　いい人だから、きっと大丈夫よね？　ちなみにハハは元気よ。毎日ハッピー」

　何をのん気なこと言ってるんだか、と希実はさっそく舌打ちをしてしまう。お姉さんは、亡くなってましたよ。お姉さんの旦那さんが、あり得ないほどのお人好しだったから、どうにか住家（すみか）は確保できたけど。だいたい、娘をほっぽらかしておいて毎日ハッピーって、どの面下げて言ってるわけ？

　しかも母は、目を疑うような写真を同封していた。白衣を着た若い男と、寄り添うようにして写った写真だ。手紙の内容通り、確かに母はハッピーそうに微笑んでいた。それもそのはず。母は思いもよらない、大穴を当てていたようなのだ。

「写真の彼は、ハハの新しい恋人です。びっくりした？　びっくりするよね？　ハハもびっくり！　なんと彼はお医者さんなんです。わー、パチパチ！　これでようやく、ハハも幸せになれそうな予感♪」

その内容に、希実はなるほどと納得した。この男と暮らすため、母は自分を捨てたんだろう。母とはそういう女だ。人生における最優先事項は恋愛なのだ。つまり恋のためならなんでもする。おそらく若い恋人に対し、十七歳の娘がいるなんて、告白してもいないんだろう。そう思った矢先に続いた文面は、やはり希実が想像した通りのものだった。

「でね、ハハの住所も、本当は伝えておきたいところなんだけど。でもハハ、のぞみんのこと、まだ彼に言えてないのね。てゆうかハハ、二十九ちゃい独身てことになってるから、のぞみんから返事の手紙がきたら、すっごくヤバイのね。だからまだ、住んでいるところは、ヒミツにさせてください♪」

図々しい女だな。震える手で手紙を摑みつつ、希実は頰をひくひくさせてしまう。独身はまだしも二十九歳って。まあ、信じる男も男だけど。

手紙は最後まで、実に能天気な調子だった。

「のぞみんは強い子だから、ハハがいなくても、きっとぜんぶうまくいくと思います。だから、がんばってねー。クサバのカゲで、オーエンしてます。じゃあね、バイバイ。ハハより♪」

バカだ、この人。草葉の陰って、墓の下のことなのに――。怒りを通り越して脱力してしまった希実は、もう一度同封された写真に目をやる。先ほどは一瞥しただけだった男の姿を、もう一度確認しようと思ったのだ。

母の隣に並んだ男は、実直そうな青年だった。髪は黒々としていて、髭(ひげ)が濃い。頬や顎のあたりが、ずいぶんと青みがかっている。眉も太く鼻もがっしりしていて、なんとなく柴犬を連想させるような人だった。いい人そう。希実は思う。確かにこの人をものに出来たのなら、母にしては大金星だろう。

しかし、である。べったりと母にしがみつかれた彼の笑顔は、どちらかといえば苦笑いのそれのように感じられた。こんな顔で女の隣にいる男は、十中八九、女に惚れてなどいない。恋愛経験は皆無だが、母の恋人は幾度となく目にしてきた希実なのだ。このふたり、あんまり上手くいってないんじゃ……。

そんな疑惑が胸にわいたのと、背後から野太い声が届いたのは、ほぼ同時だった。

「あらあら、もう終わりね。このふたり」

いつの間にかソフィアが、希実の背後に立ち写真をのぞき込んでいたのである。

「ソフィアさん……」

希実がソフィアに最後に会ったのは、もう一ヶ月ほど前のことだ。以来仕事が忙しくて、店に行けないの～、という嘆(なげ)きのメールを何度か受け取っているが、その姿は長らく拝んでいなかった。だからかもしれないが、久方ぶりに見たソフィアは、一段とうつくしく一段と逞しかった。とはいえ黙ってさえいれば、ただのいかつい美人にしか見えないのだが、声を出すと元男性だということが、すぐ明らかになってしまうタイプの男性、もとい女性なのだ。

どうしてここに？　希実が訊くとソフィアはマグカップを掲げて口をとがらせた。久しぶりにイートインでパンを食べたいと思って、お店に来たのに、ぜ〜んぶ満席なんだもの。それで、信じらんな〜いって嘆いてたら、弘基くんが希実ちゃんの部屋へどうぞって言ってくれたの。そんな弘基の回答に、希実はいらつく。弘基のヤツ、勝手なことばっかりしてくれるんだから。

しかしソフィアは、そんな希実の思いなど知る由もなく、再び写真に目を落とす。そして、手にしたマグカップから、コーヒーの香りを立ち上らせつつ占ってみせる。

「この男、この表情から見ると、関係はあと一ヶ月、ううん、半月も持たないかも知れないって感じね〜」

その言葉に、希実はやはりと思いながら、どうしてわかるんですかと念のため訊いてみる。するとソフィアは、ごく低い声で断言した。

「決まってるじゃない、女の勘よ」

なるほど、女の、なあ。希実はその勘を量りかね、首を曲げてソフィアを見あげる。しかしソフィアは、希実の視線など気に留めることもなく、コーヒーをひと口飲んで続けたのだった。

「ていうか、なんなの？　あのレジの女。チャラチャラした接客しちゃって、客に色目使ってんじゃないわよって感じぃ」

プリプリ怒りながら、ソフィアはベッドに腰をかけ、マグカップとは逆の手で掴んでいたクロワッサンをひと口かじり、足をばたつかせ裏声で叫び出す。

「あ〜ん。おいしい！　これが食べたかったのよ〜」

そしてコーヒーを口に運ぶと、ふうっと息を吐き、極楽ねぇなどと言いだした。時々年寄りじみた発言をする人なのである。クロワッサン欲をひとまず満たしたらしいソフィアは、希実が手にしている写真に再び目をやり、その女の人、希実ちゃんのお母さん？　と訊いてくる。どうしてわかるんですかと驚くと、ソフィアはからから笑って答えた。だって、似てるんだもん。

似てる？　私と母が？　写真をまじまじと見詰めつつ、希実は首を傾げる。似てるなんて、ぜんぜん思ったことがないですけど。するとソフィアは、本人にはわからなかったりするのよね、とまた笑った。

「なんか、恋してるみたいで。うちの母」

希実の言葉に、ソフィアは頷く。

「そりゃあするでしょうよ。まだお若いみたいだし」

「でも、もう三十七歳ですよ」

希実が顔をしかめると、ソフィアも顔をしかめて返す。

「あら、アタシと同い年じゃな〜い。三十七でも、するわよ〜させてよ〜恋くらい〜」

歌うように言われて、希実はそんなもんかなと考える。ソフィアを見ていると、確かに三十七歳という年齢は、それほど自分と程遠い年齢ではない気さえするが。

「……でもうちの母の場合、恋っていうか、居場所を探してるみたいで、ウザいんですよね。付き合う男の人で、生活変えちゃったり、娘の私もほっぽり出したり、いつまでたっても子供みたいで、母親って感じがぜんぜんしないし」

ぼそぼそと希実が言うと、ソフィアはふうんと頷いて、コーヒーをひと口含み小さく返した。

「寂しいでいっぱいなのね、希実ちゃんのお母さん」

「そうなんですかね」

「でも親が寂しいでいっぱいって、子供にしたらきついわよね」

「……そう、なんですかね」

そう希実が答えると、ソフィアは手にしていたマグカップとクロワッサンを、そっと机に置いた。スッと希実のほうを向くと、両手を広げて言いだした。

「カモン！」

「はい？」

「アタシのこと、お母さんて呼んでいいわよ？」

いや、そんな逞しい腕で抱きしめられたら、間違いなくお父さんと呼んでしまいそうなんですけど。そう思いながら希実は、ありがとうございます、でも丁重に辞退させて頂きます、と頭を下げた。ソフィアは残念そうに眉を下げて、そう？　遠慮しなくていいのよ？　と肩をすくめる。そして再びクロワッサンを手に取ったかと思うと、すぐにサクサクとかじりはじめた。

「ところでさ、希実ちゃん。あの新入りの女、大丈夫なの？　なんか嫌な感じだけど」

クロワッサンを咀嚼しながら言うソフィアに、わかります!?　と希実はすがりついてしまう。女の勘が働くソフィアには、あの女の怪しさがわかるのかもしれない。そうなんですよ！　なんか、弘基の元カノらしくて、行くところがないとか言って、転がり込んできたんですけど。やけにお店に馴染んじゃってて。なんか、怪しいっていうか、そんな感じで……！　希実が叫ぶと、ソフィアも強く頷く。わかるわよぅと言いながら、のどを鳴らしてコーヒーを飲み下す。

「だってアタシのクレさんと、いちゃいちゃしてるんだもん！」

なんだそういうことか、と思いつつ、しかし同時に、やっぱりいちゃいちゃして見えるんだと少々焦る。

「クレさんも、奥さん亡くして一年ちょっとでしょ？　いろいろと周りが落ち着くぶん、精神的には辛い時期だと思うのよね。そういう時に、ああいう女がちょろちょろしたら、よっぽどの聖人君子じゃない限り、多少はふらふら〜っときちゃうもんなのよ」

ソフィアの説明に、希実は息をのむ。暮林という人は、よっぽどの聖人君子に見えることは見えるが、実際のところはどうなんだろうと考える。そもそも、聖人君子って、どういうことだ？　ふらふらきちゃうと、男の人って何がどうなるんだ？　頭を抱える希実をよそに、ソフィアは足元の見えない厨房をのぞき込むようにして続ける。

「危ないわよぉ、ああいう女は」

見えない敵を見つめるようにして、ソフィアが声を落として言う。

「男を惑わす、タイプだもの」

そしてソフィアの言葉通り、危険はやって来たのである。

その日希実は、担任との個人面談があり、いつもより遅く家路についた。

面談の内容は大まかには現在の成績状況と、今後の進路についてであった。先の中間テストで、高校入学以来最悪の点数を叩き出した希実だったが、しかし最近の小テストでは徐々に成績を回復させていた。おかげで担任からは、この調子で気を抜かず勉強を続けること、という当り障りのない指導を受けるに留まった。進路についても、国立四大という希実の志望は変わっておらず、担任はそのことについても、特に多くは語らなかった。大まかに言えば、まあ頑張れと、そんなことをあらゆる方向から言われたような感じだった。

店の前に着いた頃には、もう日が沈みかけていた。すっかり日が短くなってるなぁ。道の向こうに見える夕陽を目に留めて、希実はのん気にそんなことを思った。

男はそんな夕陽を背にして佇んでいた。強い逆光のせいで、はじめはその人が男か女かすら判然としなかったほどだ。

彼は店とほど近い電柱の前に立ち、静かに煙草(たばこ)をくゆらせていた。しっかりとプレスが効いた様子の紺色のスーツが、なんとなく神経質そうな印象を与える。煙草の灰もちゃんと携帯灰皿に落としていたから、実際生真面目な性格でもあるのかも知れない。彼はじっとその場に佇み、人待ち顔で道行く人たちに視線を送っていた。

希実は特に意識することなく、彼の前を通り過ぎた。寒かったせいもある。早く店に入って暖をとりたかった。しかし店のドアに手を伸ばした瞬間、男に呼び止められてしまった。

もしもし、と男は言った。ずいぶんと古風な呼びかけである。希実は動きを止めて、声のほうに顔を向けた。すると男は、煙草を携帯灰皿に押しつけながら、希実のほうへと進んで来た。

「お嬢ちゃん、この店の人かい?」

子供に話しかけるようにして、男はそう切り出した。若いのか老いているのか、はっきりしないタイプの男だ。人生に疲れた二十代にも、若さを保った四十代にも見える。目の下のクマが何より濃い。豊かな黒髪は後ろに撫でつけられている。そんな男に対し、希実はとりあえずといった感じで返す。

「……はあ、まあ、一応」

すると男は、よかったと小さく漏らし、胸ポケットから携帯を取り出した。そしてその画面を、やにわに希実に向けてきた。

「じゃあ、この女の人を、知らないかな?」

男が差し出した携帯には、佳乃の写真が表示されていた。カメラ目線で、上手に笑顔を浮かべている写真だ。希実はそれを見詰めたまま、表情を崩さないよう努めて返す。

「……えーっと。ちょっと、見えづらいんですけど」

言いながらあれこれ考えを巡らせる。果たして、知っていると言っていいものか。それでとりあえず、腹を括(くく)って言ってみた。

「知らないなぁ。この人が、どうかしたんですか？」

希実の返答に、男はわずかばかり表情を曇らせる。目に不満の色が満ちていくのがわかる。しかし希実はどうにかきょとんとした表情を保ち続ける。わからないふりは、子供の特権だ。そんな希実に騙されたのか、男は携帯を胸ポケットにしまい説明した。

「彼女は、おじさんの婚約者でね。でも行方をくらませてしまって。それで、こうして捜してるんだ」

は？　婚約者？　そう動揺しつつ、しかし希実は、へえ、と屈託なく返しておく。慌てているのを悟られたら、自分もろとも怪しまれそうだ。それで希実は、作り笑顔を振りまき言う。

「力になれなくて、すみません。でも、早く見つかるといいですね」

すると男は、深くしみじみと頷いた。

「ああ、そう願うよ」

そして冷ややかに付け加えたのだった。

「次の被害者が、出ないためにもね」

被害者。その単語に、一瞬体がぎゅっと固まる。さすがに驚いた顔をしてしまったかも知れないが、発言的には普通に驚いても差し支えないものだったはずだと、希実は動揺を隠さず訊く。

「被害者って、何のですか？」

男はゆっくりとこめかみのあたりに手を添え、頭痛を抑えるように小さく返す。

「……結婚詐欺、みたいなものかな」

瞬間希実の脳内で、いくつかの単語が繋がった。婚姻届、使えない札束、メロメロの男たち、不穏な様子の婚約者、あれで一応経営者という肩書であり、かつ男やもめでもある暮林。そしてそんな暮林に、べたべたとまとわりつく佳乃という名の結婚詐欺師。

ああ、そうか。なるほど、なるほど。

なるほど、暮林さん、危機一髪じゃん！

男の姿が見えなくなるのを確認して、希実は店へと駆け込んだ。すると店には、すでに暮林と弘基の姿があった。コックスーツに着替えた彼らは、厨房で何やら話し合っているようだった。しかし荒く鳴ったカウベルの音に気付いたのか、共に店のほうに視線を送る。そこに希実の姿を見つけ、暮林は笑顔を、弘基は冷笑を向けてくる。

「お帰り、希実ちゃん。ちょうどええところに戻って来たわ」

微笑みながら暮林は言って、おいでおいでと希実に手招きする。詐欺師の魔の手にかかろうとしているのに、なんて無防備な笑顔を浮かべているんだ。希実は急いで厨房へと向かおうとする。しかしそれと同時に、店の扉がまた開いた。誰かと思って振り返ると、そこには詐欺師、もとい佳乃の姿と、彼女の後にかしずくようにして続く斑目、そして彼女の周りをちょこまか動き回るこだまの姿があった。

「あら、希実ちゃん。お帰り〜」

うつくしい笑顔で佳乃が言う。すると斑目やこだまも、お帰りなさいと佳乃に続く。

「あたしたち、キャロットタワーに行ってたの。希実ちゃんも知ってる？　駅前の」

知らない。希実は冷たく返す。しかし佳乃は、不機嫌そうな希実の様子など、気づかぬ様子でぺらぺらと続ける。

「そこに展望台があるって、斑目さんに教えてもらって。あたし、初めて行ったんだけど、展望台からの夕陽、すごくきれいだったよ〜。希実ちゃん、行ったことないなら、今度一緒に行こうよ」

鈴の音のような佳乃の声に、斑目はうっとりと笑みを浮かべている。しかし希実は鮮烈ないら立ちを覚える。暮林さんだけじゃ飽き足らず、斑目氏にまで手を広げるつもりなのか、この女。

「そんなこと、どうでもいい。それより佳乃さん、あなたさ……！」

結婚詐欺師なんでしょ!? そう口にしようとしたのだが、しかし斑目の射るような視線に気付き、思わず口をつぐんでしまう。斑目は目を細め、まるで憎い敵を見るような勢いで、希実に臨んでいる。そんな斑目の行動に、希実はにわかにひるむ。何なの？ 斑目氏。佳乃さんに詰め寄っただけで、その仕打ち？ まがりなりにも私は一応、あなたを助けようと思ってるのに？

それで希実は、ひとまず佳乃の腕を引っ張り、斑目には聞こえないよう小声で佳乃に耳打ちをする。

「今さっき、お店に変な男の人が来たよ」

希実のその言葉に、佳乃も声を落として返してくる。男の人？ え～？ 誰だろ？

屈託ないままの佳乃に、希実はならばとたたみ掛ける。

「――佳乃さんの、婚約者だって」

すると佳乃の顔から、ホンの一瞬だけ笑顔が消えた。口元は笑みをたたえたままだったが、目が、笑っていなかった。それを目にした希実は確信する。やっぱりこの人、たぶん黒だ。

あなた、ここで、何をするつもりなの？　そう詰め寄ろうと思った。しかしそれよりも前に、厨房の弘基に声をかけられてしまった。

「おい！　何してんだよ？　いいからみんな、早く来いよ！」

弘基の言葉に、希実は厨房を振り返る。すると弘基は、白い楕円形を掲げてみせる。それを見たこだまが叫ぶ。

「シュトレン！」

そして猫まっしぐらで、びゅんと厨房へと駆けて行く。そんなこだまに促(うなが)されるようにして、佳乃もあっさりと厨房に向かう。わ～い、もしかして試食なの？　すると斑目も、迷わず佳乃を追っていく。いいですね、シュトレン。半歩置き去りにされた希実は、一瞬言葉を失いながらも、グッとこらえて一同に続く。仕方がない。ひとまずここは、一時休戦だ。怒りをそっと、鞘(さや)に収める。まあ、こんな大勢の前で問い詰めなくても、あとで訊けばいいことだし。

「よし、みんな揃ったな。例のオリジナルシュトレン、やっと完成したからよ。とりあえずもう一度、試食といこうじゃねーか」

一同が見守る中、弘基はザクザクとシュトレンをスライスしはじめた。見た目は以前のシュトレンと大差ないように感じられる。

「……例の食材、何かわかったの？」

希実の問いかけに、弘基は不敵な笑みを浮かべる。そうして切ったシュトレンを一同に差し出し、もちろんと言ってのけた。

「愛を少々、だろ？　ちゃんとぶち込んどいたぜ」

だから、その食材は何かって訊いてんのに。釈然としないまま、希実は皿に手を伸ばす。こだまや斑目、そして佳乃、暮林も次々シュトレンを手に取っていく。

「うめー！　これ、いい匂いでうめーな！」

一切れを丸ごと口に放り込んだこだまは、すぐさまそんな感想を漏らす。弘基は少し意外そうな表情を浮かべ、おう、良くわかったな、とこだまの頭をぐしゃぐしゃ撫でる。

希実もひと口小さくかじり、その香りを確かめる。確かに前のシュトレンとは、少し違う匂いがする。甘いような、ホンの少しクセのある香り。

「ちょっとだけ、薬っぽい匂いがするね」

そんな感想を口にしたのは斑目だ。

「これは……ハーブ、かな？」

　斑目の意見に、弘基は嬉しそうに頷く。

「正解！　この場合、スパイスって言ったほうがいいかも知んねーけど。まあ、おおまかには正解だよ。さすが斑目、違いがわかる男だなぁ」

　へえ、スパイスの香りなんだ。希実は残りのシュトレンをかじりながら、その香りをもう一度味わう。なるほど、確かにちょっと薬のようでもある。でもそれは、ホンの少しのアクセントになっているだけで、強く主張しているわけではない。ただ味わいに、ほのかな深みを含ませているような、ごくさりげない存在感だ。

「キャラウェイっていうんだ。まあ、使ってんのはキャラウェイシードだけど。ヨーロッパでは古くから使われてたスパイスで、昔からライ麦パンなんかによく入れられてる。甘みと、少し苦みのあるスパイスなんだ。日本にも自生してる植物だぜ、たしか、姫茴香(ひめういきょう)とかいう名前で……」

　弘基の説明に、斑目が、ああ！　と声をあげる。

「知ってる！　白い小さな花をつける、セリ科の二年草だよ」

　なんでそんなに詳しいの？　少々引きながら希実が訊くと、斑目は得意げに胸を張り答えた。

「昔、二時間ドラマを書いたことがあるのさ。指宿湯けむり殺人事件、現場に残された姫茴香の花、過去の真実が解き明かされる時、愛が愛を殺していく。とにかく長ったらしいタイトルの作品だったけど。その時、花についてはだいぶ調べたんだ。ヨーロッパでは古くから親しまれているスパイスで、特にドイツではよく使われてるって」

斑目の長い説明に、今度は希実が、ああ！　と声をあげる。

「ドイツでよく使われてるってことは、もしかして、ハンナさんも……？」

そう希実が口にすると、弘基はフッと鼻で笑い頷いた。

「気が合っちまったな。俺もそう推理してみたわけさ。もちろん、シュトレンに混ぜるのは、邪道ではあるけどな。けどキャラウェイは、パンや菓子なんかにもよく入れられてるスパイスだし、実際入れてみたら味も悪くなかった」

すると斑目が、なるほどねと頷く。

「しかしシュトレンにキャラウェイを入れるとは、少々意味深な気がしてならないけど」

その言葉に、弘基も頷く。

「ああ。けどだからこそ、キャラウェイなんじゃねぇかって、思ったりもしたんだよ」

ふたりの妙に通じ合っているふうなやり取りに、希実が口を挟む。何しろ放っておくとこのひとたちは、ふたりだけの世界で語らい続ける傾向があるのだ。

「どういう意味？　なんで、その、キャラウェイってのが、意味深なの？」

希実の問いかけに、斑目はまんざらでもなさそうに、僭越ながらと話し出した。

「昔からキャラウェイには、味や香りをよくするだけじゃなく、特別な効用もあるって信じられてきたんだ」

「特別な効用？」

「そう。例えば、魔女から身を守るだとか、惚れ薬に使ったとかいう説もある」

つまりキャラウェイがシュトレンに入れられていたのは、そういう効果を狙ってのものだったということなのか？　すると弘基が、そうそうと斑目のあとに続く。

「他にも色々、言い伝えはあるんだぜ。人や物を結びつけるとか、大切なものにキャラウェイを忍ばせておくと、それをなくさないでいられるとか、あとは……」

言いながら弘基は、暮林を見やる。希実もつられるようにして、暮林に目を向ける。

「大切な人との別離を防ぐ、とかな」

暮林は弘基の話を聞きながら、黙ってシュトレンを口に運んでいる。口元にはいつもの笑みをたたえていて、特に普段と変わらない様子に見受けられる。つまりこのシュトレンで果たして正解なのかどうか、今のところ判然としない。それでも弘基は淡々と続ける。

「まあ、昔はあちこちで飢餓だ、暴動だ、戦争だって、みんな命からがらで生きてたわけだからさ。身近な何かに、そうやって願いを込めていくのが必然だったのかもしんねーけど。少なくともハンナは、願ってたと思うよ。もう誰も失いたくない」

そういえばハンナさん、戦争で旦那さんを亡くしたんだっけ。希実はふと思い出す。確かそれで、美和子さんを孫みたいにかわいがってたって……。

「それで、思ったわけさ。美和子さんも、ハンナと同じだったんじゃねーのかなって。誰かさんが海外赴任で、あちこちおっかない地域を飛び回ってたからよ」

弘基のその言葉に、希実は思い至る。ああ、そうか。

「その誰かさんと、離れ離れになんねーように。キャラウェイを、シュトレンに込めてたんじゃねーのかって」

そうか、それがあのレシピに書かれた、少々の愛の正体だったのか。

暮林は、黙ってシュトレンをかじっている。弘基は彼の顔をのぞき込むようにして、小さく笑い口を開く。

「で、どう？　クレさん。それ、美和子さんのシュトレンと、同じ味？」

すると、それまで黙っていた暮林は、破顔一笑、大きく頷いてみせたのだった。

「――ああ、間違いないわ」

暮林さんにはわかっていたのかも知れない、と希実は思う。

「これが、美和子のシュトレンや」

そこに、歯の浮くほど甘い愛が、込められていたことを。


佳乃が希実の部屋にやって来たのは、店を閉めた明け方過ぎのことだった。

「希実ちゃんに、お礼を言いたくて」

佳乃はそう言って、深々と頭を下げてきた。

「昨日は本当に、ありがとう、希実ちゃん」

しかし寝込みを襲われた形の希実は、ベッドに座り込んだまま、必死に目を開けようと試みつつうめくように返すことしか出来ない。

「……ありが、とうって、何、が？」

しかし佳乃は、そんな希実の寝起き具合など気にも留めず、ベッドへと体を乗り出しテンション高く言い募る。

「だから、昨日お店に来た男のことだよ〜！　希実ちゃん、あたしのこと喋らないでいてくれたんでしょ？　本当は昨日のうちにお礼が言いたかったんだけど、バタバタしてたから言い出すタイミングがなくて。でも、本当にありがとう！」

言いながら佳乃は、希実の手を握りぶんぶんと振りはじめる。おかげで希実の上体はぐらぐらと揺れ、ぼんやりしていた頭もだんだんとはっきりしてくる。

「……別に、私、佳乃さんのために、内緒にしたわけじゃ、ないんだけど……」

希実が言うと、しかし佳乃は、それでもいいの！　結果オーライ！　などと言って安堵の息を大げさについてみせる。

「あの男、あたしがここにいるってわかったら、力ずくで連れて行こうとしたはずだもん。そういう男なんだよ、アイツ。話がぜんぜん通じないっていうか……」

「どういうこと？　あの男の人、婚約者じゃないの？」

「違うよ！　向こうが一方的に言ってるだけ！　だいたい、付き合ってもいないし」

必死でそう口にする佳乃の顔は、確かに少し青ざめている。そんな彼女を目の前に、希実は自分の理解に疑問を抱きはじめる。この人、結婚詐欺師じゃないの？　もしかして、本当にただの単なる八方美人？

「そりゃあ、あたしも、ちょっとは悪いのかも知れないけど。昔から、男の人を勘違いさせちゃうこと、けっこう多いし。でも、あの男は、ちょっと度が過ぎてるんだよ。あたしのこと、結婚詐欺師だって言いふらしたりして……」

その言葉に、思わず希実は、ああ、と頷く。

「……それ、私にも言ってた」

するとと佳乃は、やっぱり、と息をついた。

「ひどい言いがかりだよ〜。ホント、そういうの困っちゃう」

「……本当に、違うの？」

「神に誓って、ありません」

言いながら空で十字を切る佳乃に、しかし希実はまだ疑いが抜け切らない目で問いただす。

「……じゃあ、暮林さんを狙ってたのは、なんだったの？」

しかしそう言われた佳乃は、しばらく目をぱちくりとさせ、やがてブブブッと吹き出した。

「あたしが陽介さんを？　ないない！　陽介さんのこと、そんなふうに見たこと一度もないし！」

そんな佳乃に、希実は、でも、とあれこれ言い連ねた。

「でも、抱きついたり、意味なく触ったりしてたじゃん。朝の配達にもついて行ったり、パンの練習も一緒だったし、なんか、気を持たせるようなことだって、けっこう言ってたでしょ？」

希実のそんな言い分を受けた佳乃は、きょとんと目を丸くしたのち、ああ、そっか、そういうことだったのね、と少し間をおいて理解を示した。そして再び頭を下げて詫びてみせた。

「陽介さんて、一応希実ちゃんのお義兄さんなんだもんね。だからそんなに、心配するんだよね？　本当にごめんなさい。でもでも、本当に誤解だから……」

その上で佳乃は、自分が暮林に懐いていた理由を説明しはじめた。

「実はあたしね、あんまり仲のよくない親のもとで育ったから、陽介さんの話を聞くのが、なんだか新鮮で楽しかったの」

何かを思い出した様子で、佳乃はおかしそうにクスクス笑う。

「陽介さん、あたしと一緒にいても、しょっちゅう奥さんの話するから。そんな人、はじめてで……。世の中には、こんなにも奥さんのこと思ってる人がいるんだなぁって、ちょっと心が洗われるような気持ちになれて。それで陽介さんとは、よく一緒にいたような気がするんだけど。でもみんなから見たら、あたしが陽介さんにちょっかい出してるみたいに、見えたのかもしれないね。ごめん！」

平身低頭で謝る佳乃を前に、しかし希実はその真意を図りかねていた。この人、本当のこと、言ってんのかな？　まあ、暮林さんのことは本当だとしても、でもあの札束については、理由が――。

　しかし佳乃は、疑いを抱き続ける希実をよそに、パッと笑顔を見せ言い出したのだった。

「でも、そんなに心配しなくても、陽介さんはそうそう女に引っかかったりしないから、大丈夫だと思うよ？　キャラウェイの効果、ばっちり出てるって感じだし」

　どういう意味？　希実が訊くと、佳乃は肩をすくめ楽しそうに答える。

「ほら、奥さん特製の、シュトレンに入ってたスパイスのこと。魔女よけとか、そういう効果があるって、言ってたでしょ？」

　その言葉に、希実は、ああ、と頷く。ああ、この人、魔女だって自覚あるんだ。希実のそんな感想には気付かないまま、佳乃は言い継ぐ。

「キャラウェイを大切なものに忍ばせておくと、それを失くすことはないってのも、あったじゃない？　だから奥さんはきっと、陽介さんを失うことはないと思うんだ」

　佳乃のそんな解釈に、希実は沈黙を返す。しかし佳乃は、無言の希実を気にすることなく、うっとりとした様子で話し続ける。陽介さんと奥さんは、きっと特別なふたりだったんだよ。そして暮林から聞いたという話を、あれこれ言い連ねはじめた。

例えば、暮林と美和子は大学時代からの同級生で、十年近く付き合った末に結婚したのだとか、交際期間のほとんどを遠距離で過ごしたふたりだったが、数ヶ月だけこの家で一緒に住んだことがあるのだとか、そんな話だ。

「だから陽介さんね、二階に上がれないんだって。一階のお店や厨房は、自分が海外赴任してる間に改築した部分だから、どうにか大丈夫みたいなんだけど、二階は昔のままらしくて。奥さんの思い出があり過ぎて、怖くて上がれないんだって」

なるほど、そういうことだったのか。希実はそう思いつつ、しかし、ふうん、などと聞き流すような素振りをしてみせる。それでも佳乃は、楽しそうに続ける。

「真夜中にパン屋を営業してるのも、奥さんの意向らしいよ？　理由は陽介さんにも、よくわからないみたいだけど、とにかく奥さんが、ここで夜中にパン屋をやるって言ってたらしくて。だから陽介さん、暗くなるとすぐ眠くなっちゃう体質なのに、頑張って夜中にパン屋をやってるんだって」

ふうん。希実はまた繰り返す。知らなかった、そんなこと。すると佳乃は、じゃあ、陽介さんがうたた寝してるとこも、見たことなかったりする？　とさらに続けた。

「陽介さん、お店を閉めたあと、時々厨房でうたた寝してるの。夜中ずっと起きてるのが、やっぱりちょっときついみたいで。それでね、寝言で、奥さんの名前を呼ぶんだよ。

たまにだけどね、なんか、ちょっと泣きそうな声で、呼んでるの」

そんな佳乃の話を受けて、希実はまた、夏の日のことを思い出してしまった。セミの鳴き声。沈みかけた夕陽。通り過ぎていく浴衣の少女。わずかに聞こえるお囃子の音。突然涙を流しはじめた、暮林の横顔。

何があったのか、心配だった。不安だった。自分が余計なことを、言ってしまったのではないかと。けれどたぶん、それはひどい自惚れだった。

黙り込む希実の傍らで、佳乃が囁くように言う。

「なんだか、花言葉通りって感じだね。暮林夫妻って、本当に」

なんのこと？　希実が訊くと、佳乃は微笑み静かに返した。

「――迷わぬ愛」

「え？」

「姫茴香の花言葉だって、斑目さんが言ってたの」

その言葉に、希実は、ああ、と小さく俯く。

そうだよ、わかってる。

暮林さんは、奥さんのことを思って泣いたんだ。

あの涙は、美和子さんのせいだったんだ。

＊　＊　＊

上手く騙せたかな？

黙り込む希実の横顔を見詰めながら、彼女は冷静に考える。そして気取られないように、小さくそっと息をつく。たぶん、大丈夫だろう。何しろ目の前の希実は、自分への疑惑より、暮林の何かしらに興味を移している。こちらの狙い通りに、あっさり誘導に乗ってくれた。あんがい単純な子なのよね、と彼女は思う。それとも十七歳って、まだそういう歳なのかな。そうだよね。あたしだって十七歳から、けっこうな人生を生きたような気がするもの。まあ、それはそれで、楽しかったけど。

彼女は希実に嘘をついた。けれど、大筋では本当のことを話している。暮林が話してくれた内容はそのままだったし、彼が厨房で居眠りをして、妻の名前を口にしているのも事実だ。その姿には、彼女だって胸を打たれたし、何より妻について話す暮林に、感じ入っていたのも本当だ。奥さんが羨ましいくらいだよ。彼女は思う。まあ、陽介さんて、あたしの趣味じゃないんだけど。あは。

家族についても嘘はついていない。彼女の両親は、彼女が十七歳の頃離婚している。

仲がよかった時期もあるが、そうでもない時期の印象のほうが彼女には強く残っているから、希実に言って聞かせたことは真実といえば真実だ。嘘をつく時は、なるべく本当のことを織り交ぜなくてはいけない。それが彼女の持論で、だからちゃんと今回も、本当のことを挙げ連ねた。

本当の嘘は、もっと違うところにある。

それにしても、と彼女は思う。弘基を頼ってみたのは正解だったな。苦し紛れに転がり込んでみただけだけど、あたしってこういう時に、これぞっていう道を選んだりしちゃうんだよねぇ。

ブランジェリークレバヤシは、ことのほか居心地がいい。暮林は優しいし、お客さんたちもいい人ばかりだ。隣の部屋の希実だって、そっけない態度で接してはくるが、けっきょく色々と許してくれる。たぶん、根はいい子なんだろう。単純だし。弘基もそうだ。最初こそ拒絶されるかと思ったが、意外なほどあっさりと自分を受け入れてくれた。しかも、ずいぶんと立派になっている。パン職人になったことは知っていたが、ここまで真面目に仕事をする男になっているとは、正直想像もしていなかった。

あんなに、悪い男の子だったのになぁ。彼女は過去に思いを馳せる。

中学生の頃、彼はだいぶ目立つ不良だった。素行の悪さはもちろんだが、とにかく見た目がよかったから、普通の不良たちより、目立ってしまっていたという側面もある。それでも体中に怒りを立ちのぼらせた彼は、見た目を度外視しても魅力的だった。彼もそれを自覚していて、自分に群がる女の子たちを、いとも簡単にとっかえひっかえしていた。普通の中学生から見たら、ずいぶん大人びた子供だったはずだ。弘基だけではない。彼や彼周辺の不良たちは、たいていみんな大人びていた。なぜそうであるのか、当時はまるで無自覚だったが、今はなんとなくわかる。たぶんあの子たちが暮らす世界は、長く子供であることを許さない場所だったのだろう。

子供の世界に大人たちがいるのだから、もちろんその力関係は歴然としたものだった。不良たちは横暴に振る舞い、そうでないものたちは彼らの暴挙に口をつぐんでいた。ただしあの時代はある種、弘基のような少年たちにとって、最良の時だと言えるんじゃないだろうか。何しろそれからの彼らの人生は、困難を極めることが多いのだ。

子供に大人でいるよう求める暮らしというのは、永遠に彼らを守ることも助けることもしない。むしろ奪いむしろ貶め、人生を疲弊させていくのが普通だ。それは彼女の、ちょっとした経験則でもある。

だから彼女は、てっきり思っていた。弘基はきっと、ヘヴィな人生を生きているんだろうと。もしかしたら泥沼をもがくように這いつくばって生きているかも知れない。

しかし予想に反して、弘基は泥沼とは程遠い場所にいた。三年ほど前、彼女は立ち読みした雑誌で、弘基の姿を見かけたのだ。雑誌の中であの不良は、真っ白なコックスーツを着て、爽やかそうな風情でパンを抱えて笑っていた。なんとかという有名店で働く若き天才ブランジェとして、弘基は紹介されていた。顔がいいから客寄せに使われているのかも知れないと思ったが、ブランジェリークレバヤシに来てみて、それはずいぶんな思い違いだったんだなと気が付いた。ブランジェとして働く弘基の姿は、申し分なく立派だった。堕天使が近づくには、いささか眩し過ぎるほどに。

何より彼は昔から、眩しいような男の子ではあった。けっきょくのところ自分には、ハナから手の届かない存在だったのかも知れない。当然だよねと、彼女は思う。あの泥沼から這い出せたなんて、そもそも彼は選ばれた人だったんだろう。

階下から、わずかな物音がする。弘基が厨房を片付けているのかも知れない。口も態度も悪いままだが、仕事は誠実にこなす人なのだ。

彼女は、そっと足元を見やり密かに考える。弘基なら、助けてくれるかな？ 堕ちてしまったあたしたちに、救いの手を差し伸べてくれるだろうか？

Pointage & Tourage

——フロアタイム & 折り込み——

斑目裕也（ゆうや）は変態である。誇張ではない。それが彼自身の自己評価なのだ。

彼が住む高層マンションのワンルームには、三台の望遠鏡が置かれている。もちろん窓辺に、三方向に向かってである。先の春には、双眼鏡も入手した。おかげで視界が広がって、ストレスのない暮らしを送ることが出来ている。つまり彼は、のぞき魔なのだ。

ただし節度はわきまえているつもりだ。のぞく内容についても、彼なりの厳しい制約がある。例えば、男女問わず着替えは見ない。衣服の着脱を要する行為も同様だ。そういったものに関しては、のぞきたいとも思っていない。彼の興味の対象は、あくまで表面的な人の暮らしなのである。

東側四百五十メートル先のアパートに住むエステティシャン、ポール——斑目がつけた仮名だ。面差し（おもざし）が若かりし頃のポール・マッカートニーに似ているのだ——が、休みのたびに日がな一日マンガを読みながらビールを飲んでいることや、南西側三百メートル先のマンションに住む女子大生、ポニョ——もちろん仮名だ。もちろん某魚に似ている——が、同棲中の恋人の携帯を盗み見しようかどうか、しょっちゅう悩んでいること、そしてその恋人の浮気相手がポールであるという事実を、斑目は望遠鏡の中で知った。彼がのぞきたいのは、そういうありふれた人々の暮らしや、意外な人間関係の交差なのである。脚本家を生業（なりわい）にしている斑目にとって、人間観察はほとんど職業病のようなものだとも言える。とはいえ、だいぶ病をこじらせている感は否（いな）めないが。

しかし、そもそもの変態のはじまりは、汚れなき恋からだった。脚本家の仕事をはじめて三年目、まだ駆け出しだった頃の彼は、自分の作品のファンだというタレント志望の女の子と知り合い、あっさり恋に落ちてしまった。だいぶ遅い初恋だった。落ちた彼は猛進した。彼女の近くにいたい、彼女を長く見守りたい、そんな思いのもと、彼女の住まいの傍（そば）に居をかまえ、望遠鏡を購入したのである。とはいえさすがの斑目も、最初からそんな変態的行為に出たわけではない。最初はもっと安直に、ストーキング行為を行い、結果警察のお世話になることとなった。それで接近禁止命令が出され、ある程度距離を置いて見守るというスタンスに変化したのである。そしてそれから幾星霜（いくせいそう）、斑目は中堅の脚本家となり、望遠鏡もその数を増やしていった。すべては愛ゆえだった。初恋の君を、ずっと見ていたかったのだ。たとえ望遠鏡が高額であろうとも、内なる声にこの変態めと罵（ののし）られようとも、のぞきをやめることなど出来なかった。

だがその初恋の君は、もういない。今年の夏の終わり、マンションを引き払ってしまったのである。

彼女の引っ越しの様子を、もちろん斑目は望遠鏡でのぞいていた。彼女はふたりの引っ越し業者と一緒に、トラックへと荷物を運んでいった。手伝う友人たちや、恋人らしき男の姿はなかった。すべての荷物を載せたトラックは、彼女を置いて先に目的地へと向かっていった。彼女は走り去っていくトラックを、ぼんやりと見送っていた。寂しそうな、悲しそうな、でもどこか安堵してもいるような、何ともいえない表情だった。そして周りの景色を見納めるようにして、あたりをぐるりと見渡したのである。

その時、一瞬だけ彼女と目が合ったような気がした。斑目のマンションは、そこから五百メートル以上は離れているから、彼女の肉眼が斑目の姿を捉（とら）えるはずはないのだが、しかしそう感じてしまったのである。そしてそれこそが、斑目にとって初恋の君との最後の逢瀬になってしまった。

彼女がどこに行ったのか、もちろん調べてはみた。もし都内に越したのであれば、追いかけ引っ越しでもしていたかも知れない。しかし彼女は、鹿児島の実家に戻ったということだった。三十歳になる前に帰って来いって、おばあちゃんが言ってるから。それが彼女の帰郷の理由で、つまり家族は、彼女をそれなりに快（こころよ）く迎える準備があるようだった。その段で斑目は悟った。そうか。もう、俺が彼女を見守る必要はないんだな。もちろんそれまでだって、彼女に必要とされたことなどなかったが。

彼女は来年、三十歳になる。斑目が追いかけはじめて、実に十年という歳月が流れていた。それだけの時間が経っていることに、得も言われぬ感慨を斑目は覚えた。幸せになって欲しいと、バカのように思ってしまった。君の幸せを、祈っている。東京砂漠で十余年、ひとりで生き抜いた君ならば、きっとどこでも上手くやれるさ。

しかしそう思いながら、俺、だいぶキモイよな、と自覚してもいた。十年近くストーカーしといて、何が幸せになってくれだよ。この変態め。独善的にも程があるぞ。

斑目は自分の恋を尊んでいない。むしろモテない男のひとりよがりだと、断じる気持ちもあるほどだ。俺の恋は身勝手だ。勝手に好きになって、勝手に追いかけて、勝手に思い続けているだけだ。生身の彼女を知ろうとせず、情報ばかりを無駄に集めて、ひたすら自分の頭の中で、彼女という人間を補完していく。もちろん自分の都合のいいように、あれこれ取捨選択しながら、足りないところは妄想で補って、理想の彼女を作り上げていたのだ。

俺の恋は、ファンタジーでしかない。こじれにこじれた職業病とも言える。だから現実の恋とは出来が違う。斑目はそう思っている。そうでなければ、十年も追いかけた彼女の幸せを、願うことなど出来ないはずだ。何しろ現実というものは、もっと生々しくもっと泥臭く、もっと重々しいもののはずなのだ。

けれど斑目は、そんな自分の恋の有り様を、これでいいのだと、前向きに捉えてさえいる。俺にはファンタジーが合っている。そう信じているのだ。シビアな現実は苦手だ。それでなくとも、女の子たちには気持ち悪がられる俺なのだ。だったら優しい嘘の中に、死ぬまで存分にたゆたっていたい。そうさ、独善的でも、彼女の幸せを願える俺でい続けたいのさ。

そして斑目にはもう一点、彼女との別れを受け入れる土台があった。ストーカー気質の彼ではあるが、しかしあんがい惚れっぽいのである。

例えばテレビドラマの打ち合わせに、好みのタイプのアシスタントプロデューサーが同席しようものなら、斑目はすぐさま彼女との交際をスタートさせる。もちろん脳内で、ではあるが。まあ、映像業界の女の子というのはおしなべて忙しいため、とかくすれ違いが多くすぐに別れがやって来てしまう——もちろんそれも脳内でだ——のだが、そうなってもたいてい新しい相手を見つけており、恋人が途切れるということはまずない。

当然今も、相手はいる。ブランジェリークレバヤシの看板娘、佳乃だ。友達以上、恋人未満の関係ではあるが、大切にしていきたいと斑目は考えている。とはいえそれも、斑目が脳内で勝手に結んだ関係ではあるが、しかし佳乃に限って言えば、かなり現実味のある脳内彼女なのである。何しろ佳乃は、斑目が脳内補完せずとも、自ら斑目の上着の裾を引っ張ったり、口元についたパンくずを手で取ってくれたりと、ファンタジーに必要な事柄を、それはそれは完璧にこなしてくれる女性なのだ。

　わかっているな、と斑目は思う。こういうタイプの女は、誰彼かまわず思わせぶりな真似をして、男がその気になると、え～、あたし～、そんなつもりじゃなかったのに～、などと言い出すのだ。はっきり言ってしまえば、しようもない女なのである。口にしている言葉など、ほとんどがその場しのぎの適当発言であるはずだ。おそらく彼女の本音など、言葉の中にあるはずはない。しかしそれはつまるところ、こちらがその気にさえならずにいれば、延々と友だち以上恋人未満プレイをしてくれる、稀有（けう）な地上の女神的存在であるとも言える。

　キャロットタワーで、一緒に夕陽も見た。彼女はオレンジ色に横顔を染めながら、綺麗ねとそっと囁いた。傾けた頭は、わずかに斑目の肩に触れていた。完璧だなと斑目は思った。なんて完璧な仕事ぶりなんだ。だったら俺も、完璧に騙されてみせるまで。

　一緒に世田谷公園にも足を運んだ。彼女がミニSLに乗りたいと言うので、わめく子供たちに交じり、罰ゲーム気分で汽車に揺られてもみた。しかしその汽車から降りる際、彼女はまるでごほうびをくれるように、そっと手を繋いできたのだ。まさに飴とムチである。大した作戦だ。斑目は唸った。やるな、変則技でくるとは。

　クリスマスは仕事で缶詰めなんだと話すと、部屋の前に栄養ドリンクを置いていってくれた。正月も引き続き缶詰めなんだよと話すと、じゃあ、あたしがおせちを作って、持って行ってあげるよ、と微笑んでくれた。見事だと斑目は膝を打った。なんて真面目なたぶらかしぶりなんだ。どこまで俺を騙したいんだ？　しかもおせちのくだりでは、佳乃は頬を赤く染めてみせていた。普通の男なら、もう完全に騙されるところだぞ。斑目はそう嘆息した。もちろん、全理性を総動員させ全力で踏み留まったが。しかしあと少しで、勘違いしてしまいそうだった。ついついマジ告白でもしてしまって、危（あや）うく佳乃に、やだ～、そんなつもりじゃなかったのに～、などと言われてしまうところだった。

　佳乃の掌（てのひら）でぐるんぐるんに転がされた斑目は、マンションにこもって己（おのれ）を立て直す。パソコンを前にワードソフトを開き、ファンタジーを紡ぐ。本来なら仕事中の膝の上には、愛猫ぐーたんの温もりが欲しいところなのだが、このところのぐーたんは、暮林から引き取った茶色いシバトラ柄の猫、シバタさんとグルーミングし合うのに夢中で、斑目のところに来てくれない。そんな現実は、だいぶいたたまれなくもある。長年連れ添った人間の男より、ふらりと現れたオスの猫のほうがいいのか、ぐーたん、そうなのか？　しかもシバタさんはまだ子供だぞ？　それとも何か？　若い男のほうがいいってことか、ぐーたん、そういうことなのか？　心の中は、一時だいぶ荒れ模様だった。

しかし今の斑目は、膝の上にぐーたんがいることすら、想像力でもって補完できてしまう。彼のファンタジー力はそうとうに逞しいのだ。

騙せばいい。キーボードを叩きながら斑目は思う。己のファンタジーでもって、散々自分を騙してきた俺なのだ。君の甘い罠にだって、いくらでもいかようにも、かかってみせてやる。気付けばワードソフトの中には、みちみちと嘘が紡がれていく。

これでいい。俺にとって恋なるものは、上手く騙されることと同義なのだ。

＊　＊　＊

年末年始は、ブランジェリークレバヤシも休みに入る。

といっても、大晦日(おおみそか)から一月二日までの三日間のみだ。三が日くらい休めばいいのにと、希実もそれとなく意見してみたのだが、弘基にあっさり却下された。

「パンを食わないで耐えられるのは、三日が限界だ。おせちなんてもんを、ちまちま食ったあとならなおさらな。無性にパンが食いてぇ、ってなるはずだからよ。年初めは、パンに飢えた野獣たちが、どっと店に押し寄せるぜ」

それはどうだろう。希実ははなはだ疑問に思ったが、弘基の意見は暮林に採用され、けっきょく店は先の通り、三日間だけ休むことになったのだった。

その決定を受け、希実はすっかり思い込んでいた。店が休みの間、つまり大晦日の明け方過ぎから三日の夕刻までは、暮林も弘基も店にはやって来ないのだな、と。そして覚悟を決めたのである。その間は佳乃とふたり、年越しやら新年明けましておめでとうございますやらを、そつなくこなさなくてはならないのだなと。

佳乃に対する希実の疑いは、実のところ晴れてはいない。店を訪れた男が佳乃の言う通りストーカーであり、かつ彼の発言が単なる虚言だったとして、しかしそれでも佳乃が所持している大金については、なんの説明もつかない。つまるところ、彼女は今もってグレー。ついでに言えば、彼女に対するいら立ちも消えてはいない。希実の苦言のせいか、以前ほど暮林に馴れ馴れしくする回数は減ったが、図々しく希実のベッドで眠る習慣はそのままだし、注意をしたら止めてはくれたが、少し前までは希実のピーコートを着て、しれっと配達に向かったりもしていた。そんなわだかまりがある状態でふたりっきりになるのは、精神衛生上あまりよろしくない気がしないでもない。何かのはずみで、口論や取っ組み合いに発展する可能性だってある。

しかし希実は、まあ我慢するしかないな、とすぐに諦めた。何しろ自分だって、しょせんブランジェリークレバヤシの居候なのである。しかも身分を偽って、ここに居座っているいわばペテン師。佳乃の疑惑について、厳しく追及出来る立場ではないだろう。だったら大人しく、あの女の動向を監視するしかない。疑惑も不快も、とりあえずは飲み込むまで。ふたりっきりの正月も、ドンと来いだ。そう腹を括ったのだ。

しかしそんな希実の決意に反し、大晦日当日の昼過ぎ、暮林も弘基も当たり前のように店へとやって来た。普段の営業日より、むしろ早い時間に顔を出したふたりを前に、希実は少々面食らった。

「何しに来たの？　今日から休みなんでしょ？」

すると弘基が、当然のごとく言い出した。

「俺はな、イースト菌も天然酵母たちも、一日だって放っておけねぇんだよ」

そんな弘基に、暮林も笑顔で続く。

「何より大晦日は、大掃除と相場が決まっとるでな」

かくしてそののち、遅れてやって来たこだまも加わり、彼らは黙々と店や厨房の掃除をはじめたのである。

もちろん希実も手伝わされた。一階部分ではなく、主に二階の自室と水周りの清掃を課せられた。姿が見えない佳乃については、部屋で寝ているものと思い込んでいたがさにあらず。彼女はやはり昼過ぎに、食材の買い出しに向かってしまっていたらしい。夕方頃には、ぱつぱつのエコバッグを両手に提げ帰って来た。そして、

「おせち、作るね～」

と言い置くと、掃除の終わった厨房で、さらっと料理に取り掛かった。おせちってそんな、夕ご飯作るね～、みたいな気軽さで作れるものなのかと、希実などは不信の眼差（まなざ）しを送ってしまったのだが、しかし佳乃はどうということもなさそうに、手早く野菜の下ごしらえなどをしていった。どうやら佳乃、かなりの料理上手であるようだ。

そうこうしている間に、大掃除のほうはあらかた終わった。そもそも店も厨房も、弘基が小姑（こじゅうと）ばりに細かいせいもあり、日頃からだいぶ綺麗な状態で保たれているのだ。その段で希実は、店の前にもうしめ飾りや門松が飾られているのに気付いた。聞けば夕べのうちに暮林が取り付けてしまっていたらしい。

「大晦日に飾るのは、一夜飾りになってまうでな」

気付けばすっかり、正月を迎える支度が整いつつある。そんな光景を前に、弘基はぼそっと呟いてみせた。

「なんか、すげーな」

聞けば弘基の実家では、お正月らしい行事など、ほとんど行われなかったのだという。

「せいぜい、親父の酒の量が増えるくらいのもんで。かーちゃんも普通にパート行ってたしさ。正月の基礎知識なんて、マジねーんだよな」

　そんな弘基の発言に対し、希実もうっかり応えてしまった。私も。嘘ではなかった。かくいう希実もあの母との暮らしの中で、まともな正月を過ごしたことなどほとんどなかったのだ。そしてそのおかげというべきか、お正月の慣習にはだいぶ疎(うと)い。

「……なんつーか、育ちが出るんだよな。日本の年中行事ってのはよ」

　そして希実と弘基は、しばし厨房の佳乃や、鏡餅を店のウィンドウに飾ったりしている暮林に見入ってしまった。そうする中でなんとなく希実は、お正月は実家に帰ったりしないの？　と弘基に話を振ってみた。すると弘基は肩をすくめ、うちの親は、母方の実家がある九州に戻ってってからさ。そっちに行っても、実家に帰ったって気にはなんねーんだよな、と返した。彼自身が生まれ育ったのは、一応都内であるようだ。そしてその家はといえば、今はもうないらしい。

「だから、なんか、うまく馴染めねぇんだよな。日本の年の瀬とか、正月とか」

　佳乃が作り上げたおせちは、カタログで見るような立派なものだった。栗金団(くりきんとん)は艶やかに出来上がっていたし、伊達巻(だてまき)も綺麗に渦を巻いていた。お煮しめの人参もきちんと花形に切ってあったし、えびも綺麗に背中を丸めていた。その出来上がりには、さすがの弘基も驚いていたし、暮林もずいぶんと感心した様子だった。

「パンも上手に作ると思っとったけど、根が器用なんやな、佳乃ちゃん」

するると佳乃は、このくらい普通だよ〜、と笑顔を振りまきつつ、しかし彼らのあしらいもそこそこに、小さなお重に手早くおせちの品々を詰め込んでいった。それどうするの？　と希実が訊くと、斑目さんに持って行くの、と当たり前のように返された。

「斑目さん、クリスマスからお仕事で、ずーっとお部屋にこもりっきりなんだって。だから、お正月もぜんぜんないみたいで……。でもそんなのあんまりだから、せめておせちでもって思って。持って行く約束してたんだぁ」

そんな佳乃を前に希実は、ほとんど反射的に棚の上にあったパンを引っつかんだ。そして、それは奇遇だね！　と身を乗り出し笑顔を作り言ってみせた。

「私も、斑目氏にパンを持って来てくれって頼まれてたんだ！　缶詰め状態で、食料が欲しいとか何とかで……」

もちろん嘘だ。しかし佳乃をひとり斑目の部屋に向かわせるのは、あまりに危険だと頭の中で警戒警報が鳴り響いたのだ。言うなれば、子羊を狼の前に差し出すようなものだ。むろん希実の解釈では、子羊が変態斑目で、狼が看板娘の佳乃である。

「パンなら、あたしがおせちと一緒に持って行くけど？」

親切そうに佳乃が言う。けれど希実は頑なに辞する。いや、私も行きます。元気で仕事してるか心配だし。ついでこだまにも、一緒に行こうよと誘いをかけてみる。久しぶりに、斑目氏のうちのぐーたんに、会いに行こうよ。この一言さえあればこだまは、行く！　と叫ぶのだ。こだまが簡単な子供でよかった。希実は内心安堵の息を漏らす。佳乃の本心はわからないが、佳乃に翻弄されていく斑目を、見殺しにするのは忍びない。いっぽう佳乃は、笑顔を崩さずに続ける。じゃあ、こだまちゃんも、一緒に行こうね～。甘い声でそう言って、こだまの前にかがんでみせる。すると顔の距離が近づき、こだまは少し恥ずかしそうに、しかしだいぶ嬉しそうに、うん！　と微笑み返す。どうもここ最近、こだまも佳乃に懐柔されつつあるように見受けられる。そんなふたりを横目に、希実はまた思ってしまう。

この距離感、この人たらしぶり。やっぱりこの女、怪しいんだよな。

希実が佳乃を疑い続けているのは、例の大金だけが理由なわけではない。問題は、彼女の行動にある。

暮林を騙そうとしているのではないか、そう疑問を呈した希実に対し、佳乃はそんなことはないと言い切った。そしてそれ以来、暮林に対する馴れ馴れしさは確かに影を潜めた。しかしそのいっぽうで、彼女は斑目との距離をすいと縮めていったのである。

そもそも斑目に関しては、彼本人が佳乃のファン然として店に居座っていた経緯もあり、ふたりが多少親しそうに話をしていても、大して気にはならなかった。キャロットタワーに一緒に行ったというのも、単に佳乃も暇だったのだろうくらいに思っていた。何しろ彼女は、店の客に対して総じて愛想がいいのだ。カレーパン男とも仕事終わりに飲みに行ったり――信じられないことに、駅前には朝の八時頃まで営業している居酒屋がちらほらある――もしているし、バゲット紳士とだって、休みの日はカフェめぐりなんてことをやっているらしい。誰に対しても等しく思わせぶりなその態度は、ほとんど博愛主義者のようですらある。

けれどある時希実は、斑目と佳乃の間に、ひっかかりを覚えた。きっかけは、こだまのカメラだった。

十二月に入ってしばらくした頃のこと、こだまが突然カメラに目覚めた。とはいえ、彼が手に入れたのは、だいぶ古いデジカメだったのだが。これ、どうしたのと希実が訊くと、佳乃ちゃんにもらったんだ！　と嬉しそうに答えていた。ただし希実は、そのカメラの型の古さに、訝らずにはいられなかった。あの人、捨てるのが面倒で、こだまに押しつけただけなんじゃ？　しかし、カメラなるものをはじめて手にしたこだまは、大はしゃぎだった。ある時は暮林がパン生地を捏ね損ねた姿を押さえ、またある時は弘基がコックスーツに着替えているところを激写したりと、まるで小さなパパラッチのように、店内を闊歩するようになったのである。

そしてそんなある日、営業時間前にふらりと店に現れた斑目が、こだまのカメラに目を留め言い出した。

「頼む！　こだまくん！　俺と佳乃ちゃんとの、ツーショット写真を撮ってくれないか!?　贅沢は言わない！　ただ、彼女の背後に俺が写り込むように、隠し撮ってくれればいいから！」

斑目の願いを受けたこだまは、いいよ！　と安請け合いした。そして屈託なく、佳乃にカメラを向けたのである。

店内のあちこちを雑巾がけしていた佳乃は、こだまがレンズを向けていることに、なかなか気付かなかった。それでこだまは、カシャカシャとシャッターを押し続けた。いっぽう斑目は、佳乃に気取られないよう、こそこそ彼女の背後に立ち、冗談かと思うような姿勢をとりつつ、その写真に写り込もうとし続ける。

しかししばらくして、そんな斑目の動きに佳乃が気付いてしまった。まあ、当然といえば当然である。狭い店内で、ごそごそ自分の背後を動き回る斑目を、不審に感じないほうがどうかしている。まさに斑目、危機一髪である。

佳乃は斑目とこだまを見やり、少し何か考えた様子だった。斑目も言葉を失くし硬直していた。だが佳乃はすぐに笑顔を浮かべ、こだまに向かって言い出したのだ。

「ちょうどよかった。こだまちゃん、あたしたちのツーショット写真、撮ってちょうだい」

そして背後にいた斑目の腕に、すっと自らの腕を絡ませ、もう片方の手でピースサインをしてみせたのである。腕を組まれた斑目は、ガチガチに固まってしまい口をあわあわとさせていた。しかし佳乃は、そんな斑目の様子など気にもとめず、さらに頭をそっと彼の肩に添えた。もちろん斑目は鼻の穴を膨らませ、顔を真っ赤にしてしまった。

「はい、笑顔〜」

などと言う佳乃の言葉に、かろうじて引きつったような笑顔を作ってみせた程度だった。こだまがふたりのツーショット写真を撮り終えると、ちょうどメモリの容量がなくなった。するとそれに気づいた斑目は、俺が現像してあげるよ！　と勢いよく手を挙げてみせた。

「いや、現像っていうか、ＣＤに焼いてあげよう。だから俺に、任せておきたまえ」

するとすかさず佳乃は斑目に、あたしたちの写真は、ちゃんとプリントしてね？　と微笑んだ。

　甘えた声で言う佳乃を前に、斑目の鼻の穴がさらに大きく膨らんだのは、言うまでもない。そして希実は、その時の佳乃の態度に違和感を覚えたのである。えーっと。これって、無意識じゃないよね？　佳乃さん、積極的に斑目氏を、たぶらかしにかかってるよね？

　以来希実は、佳乃の動向に注意するようになった。すると案の定、佳乃はちょこちょこ馬脚（ばきゃく）をあらわした。他の男に対するそれと比べると、やはり斑目に対するボディータッチは群を抜いていたし、声をかける頻度も高かった。コーヒーのお代わりを、こっそり注いでいたこともあった。しかもクリスマスには、斑目の部屋にわざわざ差し入れを持って行ったのである。

　その段で希実は、弘基に相談を入れた。

「ねえ、弘基。なんか佳乃さん、今度は斑目氏をたぶらかしにかかってるっぽくない？」

　しかし弘基は、まったくと言っていいほど取り合ってくれなかった。

「いいじゃねぇか、斑目がたぶらかされてても。お互い大人なんだから、他人が口出すことじゃねーよ」

その回答に、希実は少し腹を立てた。斑目とは、一応仲のいい友だちのくせに。なんなの、その冷たい反応は。怒りの理由は他にもあった。佳乃がブランジェリークレバヤシに転がり込んで、早一ヶ月強。しかし弘基は、佳乃の調査をちっとも進めていなかったのだ。

「親の会社が潰れたとかで、高校は中退したらしい。その先は、まあ、色々あったっぽいっつーか、なんつーか。まだ、はっきりはわかんねーんだけど……」

そんなふうに、曖昧に言葉を濁すばかり。おかげで希実は、内心ひどく落胆していた。これだけの時間があって、それだけの情報っていったいなんなの？　本当に調べる気あるの？　こいつ――。その結果、弘基に対する不信感も募りはじめ、結果佳乃への疑いは、日々色を濃くしていったのである。弘基が頼りにならないなら、私がしっかりしておかなきゃ。斑目氏はほとんど正気を失ってるから、私が佳乃さんを見張ってなきゃ。それで、おせちの受け渡しにも、進んで手を挙げたのである。

斑目のマンションに向かう道中、こだまはだいぶはしゃいでいた。斑目の愛猫ぐーたんと会えるのが、楽しみで仕方がないようだった。そんなこだまを横目に、希実は静かにほくそえんだ。実は希実、とある企みを胸に抱いていたのだ。

これだけ猫に会うのを楽しみにしているこだまのこと、きっと斑目が部屋のドアを開けたなら、瞬間的にまた部屋の中へと駆けこんで行くに違いない。希実はそう踏んでいた。そしてそうなれば、こだまを追いかけるていで、自分も斑目の部屋の中へと侵入出来るはず。その際忘れてはいけないのが、佳乃を同行させることだ。なぜならこの計画の肝は、佳乃に斑目の望遠鏡を目撃させる点にあるからだ。

あの望遠鏡を目にしたら、間違いなく佳乃も察するだろう。斑目が変態であることを。そうなればさすがに、彼女も態度を翻すはずだ。こんな変態は相手に出来ないと。そこまでくれば、してやったりだ。斑目は、佳乃という危機を回避できる。

そうだよ、要するに変態がバレちゃえばいいんだよ。そんな画策をしていた希実は、佳乃が斑目の部屋のチャイムを押した瞬間、すかさずこだまに、実は新しい子猫もいるんだよ、と耳打ちしてみた。こだまの猫欲をあげておくのが、この場合は有効だろうと考えたのだ。

しかし予想に反し、こだまは斑目が家のドアを開けても、部屋の中へと駆け出すことはしなかった。斑目の背後で二匹の猫がじゃれ合っていても、じっと拳を握りしめ追いかけるのを耐えていた。どうやらこだまも、我慢というものを覚えはじめているらしい。弱冠九歳の彼は、おそらく日々大人の階段をのぼっているのだろう。けれど希実は内心焦る。よりにもよってこんな時に、大人になんかならなくていいのに。私たちが部屋に入れるよう、先陣を切ってちょうだいよ、こだま。

　やきもきする希実の傍らで、佳乃はうつくしい笑顔をたたえたまま、斑目に重箱を渡している。忙しくても、少しくらいお正月気分味わわなきゃだよ？　などと言いながら、それを受け取った斑目の手に、そっと手を重ねることも忘れていない。おかげで斑目の鼻の穴が、またぶうと膨らむ。だめだ、こりゃ。そうげんなりしながらも、希実はひと思いに口火を切ってみる。

「――斑目氏、シバタさんの様子はどう？」

　斑目の部屋に侵入するため、佳乃に望遠鏡を見せるため、すらすら言葉を連ねる。

「こだまも見たいって言ってたし、ちょっと一緒に遊ばせてやってもらえないかな？　私もシバタさんの成長、気になるし」

　そしてそのまま、靴を脱ぎにかかった。止められても、勢いで中に入ってやろうという心積もりだった。しかし意外なことに斑目は、ああ、そうだね、などと言い出し、じゃあちょっと上がっていきなよ、と人数分のスリッパをさっと用意したのだった。

　スリッパだなんて。この人、家に他人を招く気があったのか。希実はそう驚きつつ、しかし斑目に促されるまま部屋へと入った。入った段で、なるほどと顔をしかめた。

「外は寒かっただろう？　温かいお茶でも淹れるよ。ハニージンジャーティーなんて、どうだい？」

はあ？　ハニージンジャー？　希実は内心舌打ちする。なるほどこの人、おせちを届けに来た佳乃さんが、その流れで自分の部屋に入って来ること、しっかり想定してたんだ。それでティーなんてもの用意してたんだ。

希実のその考えは、ほぼ間違いがないだろうと思われた。何しろ部屋からは、すべての望遠鏡が消えていたのである。

何ていうか斑目氏、騙される気満々なんじゃ……？　希実はそんなふうに訝りつつ、ぐーたんとシバタさんで遊んでいるこだまと佳乃の目を盗み、斑目をこっそり廊下へと連れ出した。そして開口一番、切り出したのである。

「……斑目氏、望遠鏡は？」

すると斑目は、洗面所のほうをあごでしゃくってあっさり返した。

「隠してあるよ。もちろん」

斑目の言葉を受け、希実は洗面所をのぞき込む。するとそこには、斑目の言葉通り望遠鏡が押し込まれていた。ただしその数は、本来のものと異なっていた。もともとは三つあったはずの望遠鏡が、洗面所にはひとつしか置かれていない。

「……残りの二つは？」

希実が訊くと、斑目はニタリと笑った。

「売っちゃった」

「は？」

「いや、ちょっと、手持ちがなくてね」

斑目によると、最近まとまった額の金が必要になったらしい。定期預金を解約しようかと考えたりもしたそうだが、この不景気にそんな冒険をするのは躊躇(ためら)われ、けっきょくより高性能な二台をネットオークションにかけたのだという。

その説明を聞きながら、希実はあることを思い出した。佳乃の服装についてだ。少し前まで、希実のピーコートを着ていた佳乃だったが、最近はどこで買ってきたのか、ブランド物のダウンジャケットを羽織(はお)るようになっていた。高い買い物をする人だなと思ってはいたが、何せ札束を隠し持っている女なのだから、当然かなと気にしないことにしていたのだが。まさか……？　希実は斑目の腕をぐいと掴む。

「まさか、斑目氏。佳乃さんに服とか貢(みつ)ぐために、望遠鏡を……？」

すると斑目は、とんでもないと強く首を振って断言した。

「そんなことで、命の望遠鏡を売ったりするもんか！」

その発言を受け、希実はホッと安堵の息をつく。そっか、そうだよね、そんなことで斑目氏が、望遠鏡を手放すわけがないよね。すると斑目はしかつめらしく頷き、当たり前だよと鼻息を荒くしてみせた。

「——望遠鏡と引換えに買ったのは、エンゲージリングなんだから。他のものと、気安く一緒にされちゃあ困るよ」

胸を張って言う斑目に、希実は一瞬、そりゃそうだよねぇ、とつられるようにして頷いてしまったが、しかしすぐに、はあ⁉ と声を荒げて斑目のジャケットを摑みにかかった。

「何？ エンゲージって、何言ってんの？ 斑目氏！」

希実に強く揺さぶられながら、しかし斑目は照れくさそうに微笑み返す。

「佳乃ちゃんが、婚約指輪はティファニーがいいって、言うもんだからさぁ」

目を覚ませ、斑目氏！ 希実はそう叫ぼうとしたが、斑目があまりに幸せそうに続けるので、思わずぐっと口ごもってしまう。

「まあ、おかげで、こうやって望遠鏡を売るきっかけにもなったわけだし。彼女には本当に感謝してるんだ」

確かにそれは、革命的な一歩と言えるだろう。

「このままいけば俺、変態を卒業出来るかも知れない。変態からの卒業、だよ？」

その卒業は、まったくもっておめでたいことだ。

でも、でも斑目氏。

「結婚式には、希実ちゃんも招待するからね」

あの女は、結婚詐欺師かも知れないんだってば！


除夜の鐘の音を聞くんだと意気込んでいたこだまは、しかし十一時を過ぎたあたりで、かくっと眠りについてしまった。以前はかなりの宵っ張りで、夜中も平気で歩き回っていたくせに、このところだいぶ規則正しい生活を送っているせいか、午前0時を過ぎるまで起きていることがない。

「もうそろそろ、こだまのお母さんも仕事から戻っとる頃やろうし。家まで送っていきがてら、初詣にでも向かおうか」

こだまをおぶりながら暮林がそう提案すると、イートインコーナーで佳乃がつくったおせちをつまんでいた弘基は、いいねぇ、と立ち上がった。

「初詣でとか、俺、めっちゃ久々かも」

おなじくおせちを食べていた佳乃も、弘基に続いて立ち上がる。あたしも行きた〜い。

それにやや遅れて、希実も小さく手を挙げた。……私も、行こうかな。

かくしてブランジェリークレバヤシの一同は、こだまを家まで送ったのち、近所の神社へと向かったのである。通りはいつもより、ひと気がまばらだった。年末年始というのは、得てして東京から人が少なくなる。もちろんこの街も例外ではない。車の往来もそれなりに減り、普段は街中にひしめいている雑多な音もだいぶ凪(な)ぐ。しかし街灯やネオンサインは灯(とも)されたままで、静かな夜道はあんがい煌々(こうこう)と明るい。そんな中を、希実たちは進んでいった。

歩く道すがら、弘基は寒い寒いとこぼしていたが、希実は少しも寒さを感じなかった。口からこぼれる息は白かったが、そんなことは大して気にならなかった。何しろ希実の頭の中では、もっと気になる問題がぐるぐると巡っていたのである。

斑目氏、騙されてるよ、絶対に。さっきからその言葉が、何度も口をついて出てきそうだった。しかし傍に佳乃がいるので、おいそれとは言い出せない。何しろ斑目を騙している張本人は、佳乃、その人なのだ。

それでも希実は、チャンスをずっとうかがっていた。佳乃が自分から離れた隙に、弘基に言い募る構えでいたのだ。斑目氏が、崖っぷちの危機一髪だよ！　佳乃が本気出して、斑目氏を落とそうとしてるよ！　そしてそのタイミングは、あんがい早くやって来た。世田谷通りを歩いている段で、佳乃が暮林の腕に絡んで、何やら楽しそうに話し込みはじめたのだ。

そんな佳乃の様子を受けて、希実はこれ幸いと、弘基の腕を掴み言い連ねた。斑目の貢ぎ物について、売り払われた望遠鏡について、そして、エンゲージリングについて。

すると弘基は、面倒くさそうに頭をかきながら返してきた。

「……まあ、いいんじゃねぇの？　結婚はともかく、望遠鏡卒業はめでてぇじゃん」

心ない弘基の返答に、希実はもちろん憤（いきどお）って、前を歩く佳乃たちに気取られないよう、なるべく小さく声を荒げる。

「はあ？　何言ってんの!?　斑目氏が騙されてるかも知れないっていうのに！」

しかし弘基も態度を崩さない。怒りをあらわにする希実を前に、大げさなため息をついてみせる。

「ぎゃあぎゃあうるせーっつーの。んなこと、まだわかんねーだろ」

そして最終的に、また以前と同じような発言を繰り返したのだった。地元の仲間に、もうちょっと詳しく調べるように頼んどくからさ、お前はとりあえず波風立てんなよ。再三に渡る釘刺しである。

「下手に動いたら、やぶ蛇になるかも知んねーし。俺としても、もうちょっと見極めてぇんだよ。悪（わり）ぃようにはしねぇから、お前はとりあえず黙ってろって」

そして弘基は、前のほうをあごで差し言い出した。

「んなことよりお前、あっちの心配はいいのかよ?」

話題を変えようとしているのがミエミエだったが、これ以上言ってもうるさがられるだけだろうと思い、希実は弘基が示したほうを見やる。

「ちょっと前までは、クレさんがアイツにたぶらかされるんじゃねーかって、ぐずぐず言ってたクセによ」

そこには暮林と佳乃の姿があった。暮林は佳乃に腕を組まれているというのに、特に嫌がる様子もなく、佳乃の話に応じている。その光景を前に、希実は、ああ、あれね、と小さく頷く。

「……あれは、もういいんだよ。暮林さんは、大丈夫だから」

その言葉に嘘はなかった。希実にはもうわかっていたのだ。いくら佳乃が、暮林の腕を取ろうとも、暮林に微笑みかけようとも、彼の心が揺らぐはずがないことを。

何があろうと、誰といようと、暮林さんには美和子さんしかいないんだから。白い息を吐きながら、希実はそんなことを思っていた。前を歩く暮林が、どんなに佳乃に微笑みかけていても、その笑顔の向こうには、たぶん美和子という人がいるのだ。

暮林の口からも、白い息がこぼれていた。目じりには笑いじわが浮かんで見えた。後ろ毛が少しだけはねていた。寝癖がとれていないままなのか。丸まった背中が、少しおじさんっぽかった。隣の佳乃の歩幅に合わせているような、少しのんびりとした歩き方だった。美和子さんとも、あんなふうに歩いていたんだろうかと、ぼんやり希実は考えた。美和子さんともこんなふうに、一緒に初詣でとか、行ってたのかな。

神社が近づいてくると、通りに人が増えてきた。みんなが同じ方向に歩いているから、きっと同じ神社に向かっている人々なのだろうと察しがついた。

除夜の鐘が鳴り出す頃、ちょうど神社へと辿り着いた。そこはもう人でごった返してはいたが、不思議と騒がしい雰囲気ではなかった。家族連れやカップル、友だち同士など、様々な組み合わせでやって来ている彼らは、しかしどこか慎ましやかな様子だった。神様の前だからなのかなと、希実はなんとなく思った。神様を前にした人たちというのは、言葉が少なくなるものなのかも知れない。

初詣でというものもほとんどしたことがない希実は、暮林の横に並び、見よう見真似で参拝を行おうと試みた。暮林や佳乃が慣れた様子で、賽銭箱に小銭を投げ入れ、二度礼をしたりパンパンと手を叩いたりしてみせる傍で、希実もぎこちなく同じように、小銭を投げ礼をし手を叩いた。その隣で、弘基も希実と同じように、だいぶぎくしゃくと動いていたのだが、そちらはなるべく気にしないよう、努めて暮林のほうに顔を向けておいた。ただでさえ慣れないことをしているのに、弘基の動きにつられてしまっては元も子もない。

暮林も、希実や弘基が自分を真似ていると察したようで、ふたりの動きを確認しながら、ゆっくりと手を合わせ目を閉じてみせた。そうか、この段でやっとお祈りか、そんなことを思いながら、希実もすぐに手を合わせ目を閉じた。とはいえどのくらいの時間そうしていいのかわからなかったので、薄目を開けて暮林の様子をうかがってはいたのだが。

暮林の祈る姿は、なんだか様になっていた。祈ることに慣れてるんだろうな。なぜか希実は、自然とそんなことを思ってしまった。

けっきょくその日は、ブランジェリークレバヤシの前で解散となった。とはいえ希実と佳乃は、そのまま店に入るだけだったのだが。その段で暮林が、明けましておめでとうございます、と言い出し、一同も慌ててそれに続き、おめでとうございます、と各々小さく頭を下げた。今年もよろしくお願いしま〜す、と言い出したのは佳乃だ。その言葉にも、みながすぐに続いた。今年も、よろしく、お願いします。

「なんか、年寄りくせぇな」

挨拶を終えた弘基は、少し照れくさそうにそんな感想を漏らした。希実も同じように思ったが、そのことは口に出さずにおいた。年寄りくさいけど、悪くはないと思ったからだ。こういうのがお正月なんだなと、少しくすぐったいような気分でもあった。

ベッドに入ると、まだ指先やお尻のあたりが冷たかった。だいぶ冷えたんだなと思いながら、毛布を引っ張り体を丸めた。ふくらはぎに足先が当たると、ひゃっと声をあげてしまいそうになるほど、足先もかじかんでいた。これが深夜初詣での功罪かと、なんとなく笑ってしまった。

こんな冷えたままじゃ、なかなか寝れなそうだな。そう思っていたはずなのに、あんがいすんなりと希実は眠りに落ちてしまった。そのことに気付いたのは、まだ薄暗い明け方頃のことだ。ベッドの中で丸くなっていると、外から何やら音が聞こえてきた。その音で目覚めた希実は、やっと自分が眠っていたことに気付いたのである。

「……さい！　……さい！」

そんな声が聞こえると同時に、わずかに家が震動しているように感じたのは、声の主が店のドアを乱暴に叩いているせいかも知れない。そう思いながら希実は、眠い目をこすりつつどうにかベッドから起き出した。

部屋を出て薄暗い階段を下りると、声はどんどん大きくなっていった。ごめんください！　どなたか、いらっしゃいませんか！　声はそう繰り返していた。もちろん店のドアを叩くのも止めていなかった。おかげで家が少々きしむようで、希実は大きな声で、はいはい！　今行きますから！　と言って返した。

「――はい、どちらさまですか？」

言いながら希実が店のドアを開けると、そこには三人の男の姿があった。ひとりはダッフルコートを羽織ったサラリーマンふうの若い男で、もうひとりは黒いダウンジャケット姿のむっちりとした中年男性だった。そしてそのふたりに挟まれるようにして、革ジャンを着用した背の高い男が立っていた。

なんだ？　この人たち。店の前に並んで立った男たちを前に、希実は一瞬戸惑った。おかげで思わず、そのままドアを閉めてしまいそうになったほどだ。元日の明け方に、見知らぬ男が雁首揃えてやって来るなんて、明らかに怪しい。

しかしそんな希実の気配を察したのか、ダッフルサラリーマンが、待ってください！と叫んだ。

「私たち、怪しいものじゃないんです！　ただちょっとこちらに、人捜しにうかがっただけでして……」

ダッフルサラリーマンの言葉に、他のふたりもうんうんと頷く。その表情は、迷子の子供のようにどこか頼りない。悪い人たちじゃなさそう、かな？　一同の様子を見詰めながら、希実は内心そう思い直す。そしてドアを少しだけ開けたまま、人捜しって？ と訊いてみる。するとむっちりダウンが、一歩足を踏み出し言った。

「ゆいちゃんです！　こちらのパン屋に、ゆいちゃんがいるって報告を受けて、それで僕ら、こちらにうかがったんです！」

　その言葉を受けて、革ジャンも、そうそう、と続ける。

「いきなり姿を消しちゃったから、俺ら心配で心配で……。でもゆいちゃんがここにいるなら、せめて安否確認でもって思って……」

　寝起きのせいか、最初は誰の話をしているのか見当もつかなかった。しかし話の流れから、彼らが佳乃の話をしているんじゃないかと、徐々に思いはじめた。ゆっくりと覚(かく)醒(せい)していく希実を前に、ダッフルサラリーマンがすがるように手を合わせる。

「私たち、ゆいちゃんを責めるために、こちらにうかがったわけじゃないんです！　ただ、彼女が無事かどうかを知りたくて。そして可能であるならば、どうして姿を消してしまったのか、私たちのことをどう考えていたのかを、訊いてみたく……」

　そうだ。あの人の名字は、確か由井とかいったはずだ。ということはこの人たち、やっぱりあの女のこと、捜しに来たんだ。その段で希実は、はっきりと目を覚ました。まずいことが起こっていると、すぐさま認識した。前に現れた男と同様、この人たちも佳乃のことを、結婚詐欺師だと追っているのか？

しかし目の前の三人は、ずいぶんと人が良さそうな男たちである。以前店にやって来た男とは、だいぶ様子が違っている。話している内容にしてもそうだ。この人たちは、ただ佳乃が心配だとか、そんなことを言っているだけだ。

「えーっと……」

不安そうに目を潤ませている男たちを前に、希実は言葉を探す。佳乃がここにいると言うべきかどうか、決めかねていたのだ。それでとりあえず、相手について訊いておく。

「……そちらは、その、ゆいさんの、どういったお知り合いで？」

すると男たちは、口を揃えて答えた。

「――恋人です！」

は？　三人とも？　希実が目をしばたたかせると、ダッフルサラリーマンがお察ししますといった調子で頷き言った。

「恋人なんです。三人とも」

三人とも婚約者でないだけ、まだ状況はマシなのか？

けっきょく希実は、とりあえず佳乃に判断を仰ごうと、男たちを店の前に待たせたま
ま、彼女の眠る部屋へと向かった。

「佳乃さん！　起きて！　佳乃さんに会いたいって人たちが、お店に来てるの！」

ふすまを叩きながら声をかけたが、返事はなかった。熟睡してんのかな？　そう思った希実は、入りますよとひと言だけ声をかけ、さっさとふすまを開けた。

「なんか男の人たちが、佳乃さんが無事かどうか知りたいって……」

言いながら足を踏み入れた希実は、しかしすぐに口をつぐんだ。何しろ部屋には、人の姿がなかったのである。

「え？　佳乃さん!?」

とっさに押し入れの戸をあけて中をのぞき込んだが、もちろん佳乃の姿はなかった。しかもよくよく室内を見れば、斑目に買ってもらったはずの、服やら上着やらがない。何より札束が入ったはずの、ボストンバッグが見当たらない。

「佳乃さん!?」

叫びながら希実は、自分の部屋も確認してみる。もちろん佳乃は見当たらず、仕方なく廊下の先にある、トイレや洗面所も確認する。

「佳乃さん!?　いないの!?　佳乃さん!?」

そして二階の行き止まりにある、風呂場のドアを開けてみた。しかし当然というべきか、やはり佳乃の姿はなかった。強いて風呂場の変化を言えば、窓が開けっ放しになっていたことくらいだ。それで希実は、勢いその窓から顔を出してみた。

「あ……」

そこには、ブランジェリークレバヤシの一階部分の屋根が広がっており、その上にコロンと女物の靴が転がっていた。それはこげ茶色のバレエシューズだった。佳乃がいつも履(は)いていた――。

希実の電話で店へと呼びつけられた暮林と弘基は、風呂場の窓をくぐり屋根へと降り立ち、その靴を拾い上げ分析してみせた。

「まあ、屋根づたいに逃げたんやろうな」

「アイツ、どんだけ身軽なんだよ」

屈託なく話すふたりを前に、希実は、そういう問題じゃない！　と声を大にした。

「やっぱりあの人、詐欺師だったんだよ！　訪(たず)ねて来た男の人たちも、斑目氏だって騙されたんだよ！」

すると弘基も頷いた。

「まあ、バレちまったんなら、仕方ねぇな」

その言葉に、希実は目をむく。はあ？　それどういうこと？　震える声で問いただすと、弘基は笑みを浮かべて返した。

「由井佳乃は、相当やり手の結婚詐欺師らしい。地元の後輩が言ってたんだ。かなりきわどい相手もカモってっから、下手に手を出さないほうがいいってさ」

　言いながら弘基は、佳乃が落として行った靴を宙に掲げてみせる。

「まあ、ありがたいことに向こうから、勝手に逃げてくれたんだからよ。俺らはもう、知らぬ存ぜぬでいいんじゃねぇの？」

　そう語る弘基の傍らで、暮林は残されたバレエシューズをまじまじと眺めながら、感心したように唸ったのだった。

「片方だけ忘れていくとは、シンデレラか佳乃ちゃんかという感じやな」


　こういう時は酒だ。

　そんな弘基の提案により、ブランジェリークレバヤシのイートインコーナーに、缶ビールがごっそり並べられた。元旦の商店街はさすがにどこも開いておらず、けっきょく近所のコンビニで、暮林と弘基がふたりがかりで買って来た。

　斑目に事実を伝えるにあたり、素面(しらふ)では斑目も辛かろうというのが弘基の言い分で、暮林もその考えに同意を示した。結婚の約束までしとったんなら、そらしんどいやろな。

　希実としては、斑目と佳乃が結婚の約束をしていたという事実について、もっと驚くかと思っていたのに、暮林はごくあっさりと、そのことに納得してみせたのだった。仲がええなとは思っとったで、そういうことになっとっても、まあそれほど不思議ではないけど。そんな暮林の発言を前に、希実のほうが少し驚いたほどだ。寛容というか鷹揚というか、大人の男女観は大雑把だ。

しかし遅れて現れたもうひとりの大人は、少しも大人らしい対応を見せなかった。弘基の一報を受け、斑目はブランジェリークレバヤシへと駆けつけた。着の身着のまま部屋を出たのか、上下スウェットにサンダルというひどい軽装だった。しかも顔は無精ひげに覆われている。夕べ会ったばかりなのに、どうしてそんな形状になるのか、希実にはにわかに信じられなかったほどだった。息を切らし店のドアをくぐった斑目は、弘基を前にするなりうわずった声で言い出した。

「よよよ、佳乃ちゃんが逃げたって、どどど、ど、どういうこと？」

そんな斑目に対し弘基は、冷静に言い聞かせた。まあ落ち着け。とりあえずビールでも飲もうぜ。つもる話はそれから……。しかし斑目は、ぶるぶると口元を震わせて、ごご、ごまかさないでよ！　と泣きそうな声で叫んだ。

「おお、俺、落ち着いてるし！　ささ、酒も飲めないし！　はは、早く本題に入ってよ！」

ぜんぜん落ち着いてないじゃん。希実が心配するその脇で、弘基は片方の眉だけを上げて、だったらまあ座れよ、と斑目に椅子を勧めつつ、手元の缶ビールをひとり勝手に開けはじめる。そして、斑目が下戸とは知らなかったなー。だったら甘い菓子のほうがよかったか？　などとのんき気に言いつつ、ああ、そうだと手を叩いてみせた。

「甘いもんが好きだったら、六日に店でガレットデロワ焼くから、斑目も来いよ」

そんな弘基の提案に、斑目は眉をひそめておうむ返しする。

「……ガレット、デロワ？」

よほど思いがけないことを言われたせいか、口ぶりが平常のそれに戻っている。弘基はビールを口に運びながら、そうそう、と嬉しそうに頷く。

「フランスの習慣でさ、正月明けに、ガレットデロワってパイを食うんだ。意外とうまいんだぜ？　それ食わないと、一年がはじまった気がしねーっつーか、そんな感じでさ。俺が焼いてやるから、店でみんな一緒にパイ食わねえか」

楽しげに話す弘基の言葉を、しかし斑目がぴしゃりと遮る。

「もう！　どうでもいいよ！　そんなこと！　そんなことより、佳乃ちゃんのことを教えてくれ！　いったい何がどうなってるんだよ!?」

どうでもいいと断じられた弘基は、おもしろくなさそうに肩をすくめる。そしてぐびぐびビールを飲みはじめたかと思うと、そのままひと缶飲み切って、ぷはあと大きな息を漏らした。

「じゃあ、単刀直入に言う。佳乃のことはもう忘れろ」

飲んだ勢いに任せるように、弘基がざっくりと言い放つ。回りくどさと率直さが、両極に振れている感は否めないが、弘基の中ではそれなりにつじつまが合っているらしい。

そしてそのまま弘基は、さらなる直球を斑目めがけて投げつけた。

「あいつは結婚詐欺師だ。お前は騙されてたんだ。指輪が手元に残っただけでもよしとしてくれ。さっさと金に戻し、さっさと望遠鏡を買い直せ。以上」

しかし斑目も、すんなりとその言葉を受け入れはしなかった。

「何だよ、それ!? 意味がわからない! ちゃんとわかるように説明しろよ!」

そう叫んで、弘基の胸倉を摑んだのだ。摑まれた弘基は、しかし特に表情を変えるでもなく、無表情なまま斑目を見詰め返した。とはいえ弘基の無表情には、冷たそうな残酷そうな、何とも言えない凄(すご)みがある。整った顔立ちのせいなのか、それとも本来はそういう雰囲気の男なのか、判然としない心持ちで希実はふたりのやり取りを見守り続ける。

弘基の胸倉を摑んでいた斑目は、やがて弘基の態度に気圧(けお)されたのか、しばらくしてのろのろと弘基から手を離した。そして、うめくように言い出した。

「納得いかないんだよ。こんな、別れ方じゃ……」

　すると弘基は、また新しい缶ビールに手を伸ばした。この人、自分が飲みたかっただけなんじゃないの？　希実はそう訝りつつ弘基の動向を注視する。傍らの暮林も、わずかな笑みを口元にたたえたまま、黙ってふたりのやり取りを見詰めている。弘基は新たな缶ビールを、またぐびぐびと飲みはじめる。斑目は険しい表情で、そんな弘基の前に立ち尽くしている。

「……話してくれ。弘基くん」

　乞うような斑目の言葉に、弘基は大きく息をついた。そして頭をかきながら、低い声でようやく切り出したのだった。

「……いい話じゃないぜ？」

　わかってるよと斑目が返すと、弘基は口の端を歪めて笑った。そしてぽつぽつと、佳乃という女について語り出したのである。

　弘基と同じ中学に通っていた由井佳乃は、当時から学校で一番かわいいと称される美少女だったそうだ。その上成績もよく家も裕福で、非の打ちどころのない高嶺の花と言われていた。

「まあ、根は高飛車（たかびしゃ）で傲慢（ごうまん）だったけどな」

付き合っていた彼女に対して、ずいぶんな言い方ではあるが、それが弘基の率直な印象らしい。そんな彼女は、ミッション系のお嬢様高校に進学し、しかし二年で退学している。父親の会社が倒産してしまったからだというのは、以前弘基に聞かされた通りだった。

「そのあとのことはよくわかんねーけど、とにかく一家離散して、自棄（やけ）を起こしたんだろうよ。それでなんでか結婚詐欺をはじめたらしい。地元の後輩の話だから、たぶん間違いはない。騙された男は、結構な数にのぼるってさ」

斑目氏も、そういう男のひとりだったってことか。希実はいたたまれないような気分で、そっと斑目を見やる。斑目は眩しそうに目を細めながら、じっと弘基の話を聞いている。それでもわずかに、頬が震えている。

「しかも、騙し方が汚いって話なんだ。基本的に、高学歴のインテリを狙う傾向があって、かつ社会的にスキャンダルが許されない男を、見繕うのが上手かったそうだ。そんでまあ、金を引き出すだけ引き出したら、ドロンするわけなんだけど。訴えられないように、ちゃんと別れの手順は踏むんだってよ」

そんな弘基の説明に、斑目が不思議そうに首を傾げる。別れの、手順？　すると弘基は、顔をしかめて吐き捨てた。

「あなたの性癖にはついていけない。そういう言いがかりをつけて、別れを切り出すそうだ。しかもやってる最中の写真を証拠にし……」

瞬間暮林が、希実の耳をバッと塞いだ。塞いで、あーあーあーと声をあげた。教育上不適切であるとの判断なのか。希実は目をしばたたきながら、暮林を横目で見やる。暮林は神妙な面持ちで、しばらくあーあーと繰り返したのち、もうええか、と手を離した。な、何？　と希実が訊くと、暮林はもっともらしく言い切った。

「要するに佳乃さんは、男が訴えを起こせん状況を作ってから、逃げとったんやな」

暮林の説明に、弘基も、まあ、そういうことだな、と頷く。そしてまたビールを口に運びながら、苦虫を噛み潰したような表情で言葉を継いだ。

「なんだかんだで、相当上手いことやってたらしいぜ。男はみんな泣き寝入りだ。頭のいいインテリならなおのこと、どこの誰とも知れない女に、騙されたなんて公言すんのも恥だからな。財産根こそぎいかれたわけじゃねぇし、我慢するかって具合だったんだろーよ」

弘基の解説を受け、希実はしかし首をひねる。結婚詐欺をしてきたとしても、相手に訴えられることがなければ、無罪ってことになるの？　そう疑問を口にすると、弘基にすぐさま怒鳴られる。んなわけねーだろ！　怒鳴った弘基は、腹立ち紛れといった様子でまたビールをあおる。

「バレようがバレまいが、犯罪は犯罪だ。前科はつかなくても、人の恨みは溜まってくし、テメェの心だって歪んでくんだよ。人を踏みにじるってのは、そういうことなんだ。そんで踏みにじったもんに、いつか足をすくわれるんだよ」

するとそれまで黙っていた斑目が、小さく息をつき静かに口を開いた。

「……つまり彼女も、足をすくわれてしまったと？」

その問いかけに、弘基はフンと鼻を鳴らして返した。

「ああ、そういうことだ」

言いながら弘基は、飲み干した缶ビールを、グシャッと握りつぶす。

「連戦連勝で、いい気になってたんだろ。ヤバイ相手を、カモにしちまったんだよ」

「ヤバイ相手って？」

「……地元の裏エリートだよ」

そうして弘基は、その裏エリートなる人物について、かいつまんで説明をはじめた。

「あいつの中学時代の、同級生でさ。だから、俺の同級生でもあんだけど。俺の地元って、当時そうとう荒れてでさ。だからまあ、同級生なんて悪いのばっかかではあったんだけどよ。あいつは基本上級生とつるんでて、ちょっと変わってたんだよな」

　そんな彼は、しかし三年生の途中から学校に来なくなったのだそうだ。

「その頃は俺も忙しかったし、アイツが学校に来てないなんて、気付きもしなかったけどな。最近聞いた話ではそん時もう、先輩が起こした事件のケツ持たされて、鑑別所に入ってたらしいわ。若い身空（みそら）で裏のエリート街道を、走りはじめてたってことだな」

　言いながら弘基は、新しい缶ビールに手を伸ばす。飲まずにはいられないということなのか。落ち着かない心持ちで見守る希実をよそに、弘基はまたビールをゆっくりと口に含む。

「そうなったらたいていは、堕ちるとこまで堕ちるのが普通なんだ。でもソイツはちょっと違ったみてーで、のし上がることが出来たんだと。地元じゃ、ちょっとしたサクセスストーリーになってるってよ。詐欺グループを上手いことまとめあげて荒稼ぎして、その資金でまともな会社立ちあげて、今じゃ何軒も店を持つ飲食店経営者だってさ」

　その話を聞きながら希実はぼんやりと、かつて佳乃を訪ねて来た男のことを思い出していた。仕立てのいいスーツを着た男。若いのか年をとっているのか判然としない、妙に重々しい空気をはらんだ、あの男。もしかしたら彼こそが、弘基が言っている男なんじゃないだろうか。

「まあ、そんだけなら聞こえはいいかも知んねーけど。でも、まともな神経の男じゃねぇよ。そんなしのぎの仕方だったら、普通どっかで誰かに潰される。裏社会なんてけっきょく、成功出来ねぇ仕組みになってんだからさ。それを上手くやり遂げたってことは、普通じゃねぇってことなんだよ。誰も信じてねぇし、いざとなったら、誰だって切り捨てる。たぶん人を人だとも思ってねぇ。そういう男を、佳乃は騙しちまったってことだ。ったく、大バカとしか言いようがねぇよ」

どういう意味？　希実が訊くと、なぜか暮林が答えてみせた。

「誰も信じんかったもんの心を、こじ開けて中身に触れて自分を信じさせて、それで裏切ったんやったら、そら事やわな」

暮林の言葉に、弘基も、ああ、と頷く。

「昔を知ってる人間だから、相手も油断したのかも知れねぇけどさ。けどそのぶん、裏切りの代償はでけーってことさ。金だけならまだしも、心も盗っていったんだからな。泣き寝入るわけがねぇよ。どこまでだって追われるだろう」

言い終えて弘基は、斑目に向き直す。

「佳乃はそういう女だからよ。手を引いたほうがいい。とばっちり食ったら、斑目だってどんな目に遭うかわかんねぇんだぜ？　今の暮らしも今の仕事も、満足いってんだろ？　だったら、そっちを大事にしたほうがいい。佳乃のことは、早く忘れちまえ」

まるで子供に言い聞かせるように、丁寧に弘基が言う。斑目はやはり子供のように、口を真一文字に結んで宙を睨みつけている。しかし弘基も引くつもりはないようで、いつもより厳しい口調でさらに言い募る。

「相手は、力ずくで事を進める人間だ。自分の物差しが、通用する相手だと思わないほうがいい。見えてる世界が違うんだ。関わったら、こっちがのまれる。だから、佳乃のことは……」

しかしその言葉を遮るようにして、斑目がテーブルを叩いた。叩いて、言い切った。

「信じないっ！　俺は、そんなこと……」

そして、テーブルの上に身を乗り出すようにしてまくしたてた。

「佳乃ちゃんが、結婚詐欺師であるわけがない！　彼女はそんなふうに、他人を騙すような子じゃない！　そりゃあ、心にもないおべんちゃらも言うし、誰にだっていい顔する、そういう子だよ！　ティファニーの指輪が欲しいなんて、とんでもない恋泥棒さ！でもあの子は、そんなふうに人の心を踏みにじるような、卑劣な真似は絶対にしない！あの子は、心の綺麗な優しい子なんだ！」

ところどころ、声を震わせていた。心なしか目が少し潤んでいるようだった。つまり泣きだす寸前のところだったのかも知れない。しかしそんな斑目に対し、弘基はやはり態度を崩さず強く返す。

「いいように掌で転がされといて、何が心の綺麗な優しい子だよ⁉　誰がどう見たって、斑目騙されてたじゃねぇか！　なあ、希実⁉」

思いがけず意見を求められ、希実はビクッと体をすくませる。確かに斑目が騙されていると、より強く主張していたのはほかならぬ自分だが、しかしこのタイミングで話を振ってくるとは。弘基の神経を疑いつつ、希実は曖昧に、けれど嘘をつかないで済む程度に返す。

「……まあ、なんていうか、その。斑目氏が思ってるほど、佳乃さんは斑目氏を思ってなかったような気が、しなくもなかったんだけれども……」

希実の同意を受けて、弘基は、ほら見ろ！　と自信満々の表情を浮かべる。斑目は親の仇（かたき）でも見るかのように、ぎりぎりと希実を睨みつける。

「……いや、でも私、恋愛には疎いから、よくわかんないけど……」

誤魔化すように希実が続けると、斑目はまたバン！　と机を叩いた。叩いて、言い切った。

「――絶交だ！」

その言葉に、希実は目をぱちくりとさせ、暮林は眼鏡のブリッジをあげ直した。弘基はポカンと口を開け、斑目自身はフンと鼻の穴を膨らませた。

「佳乃ちゃんのことを、そんなふうに言うなら君らとは絶交だ！　俺は俺で、彼女を捜すから、もう口は出さないでくれ！　電話もしてくるなよ！　宅配も中止だ！　パンももう、買いに来ないからな！」

そしてくるりと踵（きびす）を返したかと思うと、もう一度一同を振り返り、じゃあね！　と、挨拶のような捨て台詞（ぜりふ）を残し、店を出て行ってしまったのだった。

「絶交って単語聞いたの、小学校以来かも」

思わず希実がそう呟くと、めずらしく暮林と弘基が声を合わせて返してきた。

「……俺もやわ」

「……俺もだよ」

けっきょく大量に用意された缶ビールは、暮林と弘基が数時間で片づけた。元日からこんなに飲むとはなぁ、などと言いながら、暮林が顔色ひとつ変えずすいすいビールを飲んでいく隣で、弘基はテーブルに突っ伏しながら、クソ、クソ、クソ、と繰り返していた。

クソ、なんにも上手くいかねぇ……！　クソ……。

神様に選ばれたみたいに、うつくしくパンを捏ねあげる弘基が、そんなふうに言うのがなんだか意外で、希実は酔っ払って伸びた弘基を、佳乃の部屋まで運んでやった。

「何で、こんなことに、チクショウ……。チクショウ、気持ち、悪ぃ」

床に転がすと、弘基はブツブツとそんなことを言って頭を抱えた。だいぶ出来あがっているようだ。発している言葉も、単なる呟きなのか寝言なのか、判然としない。仕方なく希実は、毛布を弘基の上にバサリと被せ、毛布の上からポンポンと頭を叩いてやる。

「目が覚めたら、少しはよくなってるから。今はもう、寝ちゃいな」

母が酔っ払った時の対処法だったのだが、意外や弘基も毛布の中で、はい、と言い残し、そのまま寝息を立てはじめてしまった。そのことに希実は、少しだけ安堵した。


弘基を寝かしつけた希実は、店で空き缶を片づけている暮林に声をかけた。

「暮林さんは、どう思う？」

疑問を投げかけられた暮林は、ごみ袋の中の空き缶をガチャガチャいわせながら、ん？　と首を傾げてみせた。そんな暮林に、希実は先ほどから抱いていたわだかまりを漏らす。

「なんか私も、弘基の言ってることが、ちょっとピンとこないんだよね。別に斑目氏みたいに、佳乃さんをかばってるわけじゃないんだけど。でも、佳乃さんを捜しに来てた男の人たちにしても、なんか弘基の話とは、微妙に嚙み合ってない感じで……」

　そんな言葉を受けた暮林は、何か考えたような表情を浮かべたあと、すぐに席に座るよう希実を促した。そして、嚙み合ってないって、どんな？　と訊いてきた。それで希実は、朝方やって来た三人の男たちのことを、なるべく詳細に思い出しながら説明したのだった。

「捜しに来た男の人たちは、確かにみんな、佳乃さんの恋人だって名乗ってたけど、でも別にだからって、佳乃さんのこと恨んでるとか、憎んでるとか、そういうんじゃなくて、けっこう純粋に、佳乃さんの状況を心配してるって感じだったんだよね」

　誇張はなかった。実際彼らは、佳乃がまた逃げ出したと知るや、やっぱり俺らが追いかけたりするの、ゆいちゃんにとっては迷惑なんじゃないのか？　だとか、ここはもう黙って見守るのが一番なんじゃないか？　だとか、でも放っておいて、ゆいちゃんがいよいよ切羽詰まったら、誰がゆいちゃんを助けるんだよ？　などと、けっこう本気な様子で言い合っていたのだ。

　そしてしばらく三人で、ああでもないこうでもないと意見交換をしつくした末、ゆいちゃんから何か連絡があったら、内密に知らせてください、とダッフルサラリーマンがひとり名刺を置いていった。ゆいちゃんに迷惑はかけませんから、もう二度と会いたくないということなら、それはそれで受け止めますから、安否だけでも教えて頂きたいんです。ずいぶんと殊勝(しゅしょう)な様子で三人が言ってくるので、希実は思わずわかりましたと請け合ってしまったのだ。

男たちの話によれば、ゆいちゃん――佳乃は以前、移動販売の弁当屋で売り子をしていたとのことだった。彼らはみなそれぞれ、その弁当屋で彼女と出会ったらしい。そしてあの屈託ない魔性にやられ、おのおの交際をスタートさせた。そして当然というべきか、自分が唯一の彼氏だと信じて疑わず、付き合いを続けていた。

しかし二ヶ月ほど前、急に彼女と連絡が取れなくなった。心配して彼女の仕事先に赴くと、由井さんなら辞めましたよと伝えられたそうだ。それで慌てて彼女のアパートに向かうと、見知らぬ男たちが自分と同じように佳乃を捜しにやって来ていた。

それが僕ら三人の、出会いだったんです。むっちりダウンはそう説明してみせた。もちろん最初は、どういうことなんだって腹も立ちましたけど。でもそんなことより、まずはゆいちゃんの安否確認だろうって、僕ら協力して、ゆいちゃんの行方を捜すことにしたんです。

そうして三人で調査会社のドアを叩き、調査料を三等分に割って、ブランジェリークレバヤシまで辿り着いたというわけだ。

「まあ、はっきりと付き合おうって、言葉にしたわけじゃないから、自分の勘違いだったのかも知れないけどって、三人が三人とも言ってるあたり、佳乃さんもやっぱりちょっと問題あるよなって、感じではあったんだけど……」

希実が明かしていく事柄を前に、暮林はふむふむと小さく首を振りながら、そうやな、とか、なるほどな、などと合いの手を入れてくる。口元に笑みをたたえたままなので、本気で応じているかどうかは怪しいところだが、まあそういう人だしなと希実もとりあえず話を続けてみる。

「でも、弘基が言ってたみたいに、あくどいことして生きてきた人には、やっぱり見えないっていうか……。まあ、屈託ない顔してる裏で、とんでもないことしてる人なんて、いくらでもいるんだろうけど」

すると暮林は、まあ、そうやなぁ、と宙を仰ぎ、腕組みをしてみせる。いつも通り笑みを浮かべたまま、しかしくぐもったような声で小さく言う。

「女の人には、思いもよらん顔があったりするもんやでなぁ」

店の電話が鳴ったのは、ちょうどそんな時だった。希実と暮林はとっさに顔を見合わせた。佳乃からかも知れない。暮林も、おそらく同じように考えていたのだろう。すぐに席を立ちレジカウンターへと向かった。

「はい、ブランジェリークレバヤシです」

電話に出る暮林の姿を、希実も固唾をのんで見守った。暮林も神妙な面持ちのまま、受話器を耳にあて話を続ける。

「……はい。……はい、はい？」

喋る暮林の表情が、みるみる険しくなっていく。

「……今夜は吐くまで、オールナイト？」

しかしその口からこぼれたのは、そんな謎のフレーズだった。

もちろん暮林は困惑の表情を浮かべていたし、希実もだいぶ戸惑った。なんの電話なんだと、耳をそばだてずにはいられなかった。

それでじっと黙っていると、受話器からかすかに野太い嬌声が聞こえてきた。おそらく暮林の耳には、相当な大音量で響いているのだろう。彼は耳にあてていた受話器を少し顔から離し、淡々と電話の主に応じ続けている。ええ、元日ですからね。はあ、うちは休みですけど。ああ、初売り出血大サービス。ニューフェイス登場？　お持ち帰り可能？　なるほど、それは興味深い話ですなぁ。

電話の相手はソフィアのようだった。働いているクラブが、元日からオールナイト営業をするとのことで、ぜひ遊びにいらして～ん、との営業電話を寄こしたらしい。希実が静かにしていると、受話器からは、待ってるから〜、クレさん絶対来てよ〜、来てくれなかったら、こっちから食べに行っちゃうんだから〜、という誘いなのか脅(おど)しなのか判然としない文句の数々が、幾度となくこちらにまで漏れ聞こえてきた。

電話を切った暮林は、しばし逡巡(しゅんじゅん)するような表情を浮かべた。その顔には、それ相当の苦悩が含まれているように感じられた。そしてついに、言い出したのである。

「断り切れんかったし、ちょっと行ってくるわ。吐くまでオールナイト」

マジで？　希実が言うと、暮林は、すまん！　と手を合わせた。

「ニューフェイスが入ったとかで、どうしても来てくれって言われてな。ソフィアさんには、うちの店もひいきにしてもらっとるし。佳乃ちゃんのことは、片時も忘れず案じとるで。今日のところは、まあとりあえず、元日やし無礼講ってことで」

そんなことを言いながら、しかし暮林はいそいそと、どこか楽しげに店を出て行ってしまった。その足元は少しふらついていて、酔っているように見受けられた。

もちろん希実は、釈然としない心持ちで暮林を見送った。いくらソフィアの店とは言え、ニューフェイスがどうとか言いながら、暮林が嬉しそうにクラブとやらに向かうのは、どうにも面白くなかった。奥さん思いなくせに、クラブは好きってどういうこと？

憮然としながら椅子に深く座り直すと、体がどっと重く感じられた。盛りだくさんの一日だったから、疲れたのかも知れない。それにしても正月早々、いったいなんだというんだろう。背もたれにずずずと体重をかけながら、希実は深いため息をつく。なんだか先が、思いやられるな。

そしてそんな希実の不安は、思った以上に的中してしまうのである。

嵐のような元日が過ぎ、しかし翌日からは一転、穏やかな日々が訪れた。昼過ぎに起きてみると、佳乃の部屋に弘基の姿はなくなっていたが、厨房にポトフが用意されていた。傍らには「食え！」というメモ書きが残されていた。おそらく弘基なりの謝罪なのだろう。そうして希実は、そのポトフを食べ、また寝てしまったのだった。

さらに翌日からは店が平常営業に戻り、元日の珍事はするすると遠ざかっていった。しかも弘基の言っていた通り、正月明けからは客足も増え、さらに言えば佳乃がいなくなったこともあり、希実は忙しく店の手伝いをこなさなければいけなくなったのだ。おかげであれこれと考える余裕がなく、あれは夢だったんじゃないかと思ってしまうほど、元日の出来事は現実味を失っていった。斑目についても、誰も話題にはしなかった。むろん佳乃のことも同様だ。希実個人としては、斑目の動向が少し気にはなっていたので、毎日それとなくメールを送るようにしていたのだが、送信すると三十秒もしない間に、絶交！　という一文が律儀に返信されてくるので、メールが出来る程度に元気なことはわかっていた。そんなふうに、日々は穏やかに過ぎていたのである。

けれど一月六日の明け方、部屋で寝ていた希実の前に、突如(とつじょ)弘基が現れたことで、その平穏は崩された。いや、崩されそうな予感を、希実は抱いた。

「本日十五時、ガレットデロワやっからよ。お前、絶対参加な」

どうやら元日に話していたパイとやらを、本気で焼くつもりでいるらしい。

「はあ？　なんなの？　それ」

寝ぼけていた希実は、思わずそう口にしてしまった。おかげで弘基は、ガレットデロワなるものについて、講釈をたれはじめた。

「一年の運試しだよ。ガレットデロワの中には、フェーブっつう陶器のちっちぇえ人形が入っててさ。切り分けて渡されたパイの中に、そのフェーブってのが入ってたら、そのパイ受け取ったヤツが王様ってことになってさ。そんで王様には、一年間幸せが来るって約束されてるんだ」

弘基のそんな説明を前に、希実はまた余計なことを言ってしまう。

「……何それ？　新手の王様ゲーム？」

その発想に、弘基はバカヤロウ！　と怒鳴りつけてきた。日本の悪(あ)しきゲームと、ガレットデロワを一緒にすんじゃねぇ！　そして小さく咳払いしてみせると、また滔々と語ったのだった。

「まあとにかく、今日はそういうガレットデロワの日だからよ。こだまもちゃんと誘っとけよ。切り分けたパイは、子供に配らせんのが通なやり方だから」

弘基の説明に、希実は、ああそう、と寝ぼけた声で返す。朝っぱらから、何が言いたいんだとげんなりする。しかし弘基はそんな希実を気にすることなく、ほぼ一方的に続け、そしてひとつ咳払いをして、ああ、そういえば、あとはあれだな、などと、いかにもついでですといった具合で付け加えた。

「……まあ、斑目も呼んどけや」

要するに、それが言いたかったのだ。

ただしその日、店に現れたのはこだまだけだった。もちろん斑目にもメールはしてみたのだが、やはり、絶交！　とのみ返信があっただけで、姿を現すということはなかった。

一応連絡したという証拠は見せておこうと、弘基に携帯を渡してみると、弘基は吐き捨てるように叫んでみせた。あの野郎、小一女子かっつーの！　人がせっかく、クリームから何から、作ってやったのによ！　かくしてガレットデロワは、希実とこだま、暮林と弘基の四人で、切り分けられることとなったのである。

寄せ集められたイートインコーナーのテーブルの上に、弘基特製のガレットデロワは載せられた。希実にとっては、初めて目にするパイだった。こんがりときつね色に焼きあがった表面には、大きな葉の模様が葉脈まで細かに描かれている。そしてお菓子だけあって、パンより少し香りが甘い。

「斑目が来ねーなら、四等分でいいだろ」

弘基がそう指示を出したにもかかわらず、暮林は八等分にパイを切り分けてみせた。

「お母さんにパイ持って帰りたいって、こだまが言うもんでな」

そんな暮林の言い訳に、だったら六等分でもいいじゃねぇか、と弘基は文句をつけたが、暮林はやはり笑顔で返したのだった。六等分なんてややこしい切り方、俺が出来るわけないやろ。八等分でも、だいぶ不平等なもんやで？　毅然(きぜん)としたその申告通り、パイはだいぶ大きさが異なった八等分に、切り分けられてしまっていた。なんだよクレさん、パイ切る才能もないのかよ。弘基が言えば、暮林も返す。そうなんや。どうも、ないみたいなんや。んだよ、それ。自覚あるんなら、練習しろよ。暮林と弘基がそんなやり取りをしていると、テーブルの下からこだまの声が響いた。

「もーう、いーいかーい？」

かくれんぼか何かと勘違いしているようだったが、ガレットデロワを切り分けている最中は、子供をテーブルの下に隠しておくというのが、弘基の言うところの通なやり方なのだそうだ。

「ああ、もういいよ」

弘基が返すと、こだまは嬉々としてテーブルの下から顔を出した。そしてバラバラな大きさのパイを前に、目を輝かせて次々とパイを指していった。これは、クレさんの！　これは、弘基の！　これは、希実ちゃんのでしょ！　そんで、そんで……。興奮のあまり途中でむせながら、それでもこだまは母親と自分の分のパイも選び、そののちに言い出したのだった。

「あとは、あとは、これがソフィアさんので、これが斑目氏ので……。これが、佳乃ちゃんの分！」

その発言に、一同は一瞬固まった。大人が敢えて口に出さないよう努めている名前を、子供というのは屈託なく口にするものだなぁ。希実がそんなことを考えていると、こだまはさらに容赦ない言葉を連ねたのだった。

「そういえば佳乃ちゃん、どうしていないの？」

無邪気なこだまの言葉に、希実は苦笑いで言いよどむ。えーと、佳乃さんは……。

「佳乃ちゃんにも、早く食べて欲しいな！　一番でかいの、選んだんだし！」

こだまの発言を受けて、希実たちはパイに目を落とす。確かにこだまが佳乃にと選んだパイは、八切れの中で一番大きい。なんで佳乃さんに、一番大きなパイを？　希実がそう訊ねると、こだまは当たり前のように言ったのだった。

「フェーブってのが当たると、幸せになるんだろ？　だから、大きいのにしたんだ！佳乃ちゃんに、幸せが当たるように！」

それ、どういう意味？　重ねて希実が問いただすと、こだまはテヘッと笑ってもじもじしはじめた。そんなこだまを前に、一同は顔を見合わせる。まさか、あの人……。希実の心に、そんな思いが浮かぶ。まさか、こんな子供にまで……。するとこだまが、予想を裏切らない答えを口にしたのだった。

「だって佳乃ちゃん、俺が大きくなったら、ケッコンしてくれるって言ってたから」

なんてことだ！　ここにも被害者がいたなんて！　絶句する希実の傍らで、弘基がこだまの肩を摑む。摑んで叫ぶ。こだま！　母ちゃんはもういいのかよ!?　それにお前、女見る目がなさ過ぎだぞ!?　女ってのはな、もっとこう、ほら、ずっと前に、この店にいたお姉ちゃん覚えてるだろ？　ああいう人がいいんであって……。言い募る弘基に、しかしこだまはプンとそっぽを向く。そんなことねぇよ！　佳乃ちゃんかわいいもん！

俺、佳乃ちゃんとケッコンするもん！　お前なぁ、そんなことじゃ将来苦労するぞ!?　いいもん！　佳乃ちゃんとなら、クローもいいもん！　そんなこだまを前に、暮林が唸る。なんやこだま、結婚の極意がわかっとるなぁ。希実は言葉なく頭を抱える。よりによってこだままで、あの佳乃に引っかかるとは。

ちょうどその時だった。ポケットに入れておいた希実の携帯が震え出した。こんな時に誰だよと思いながら携帯を取り出すと、そこには03からはじまる知らない番号が表示されていた。

「……誰だろ？」

不審に思いつつも電話に出ると、篠崎希実さんの携帯ですかと、女の声で訊ねられた。そうですけどと返すと、彼女は自らを某病院の看護師ですと名乗り、思いがけないことを言い出した。

「実は、斑目裕也さんのことで、連絡させていただきました」

嫌な予感を希実は覚えた。とたんに気がはやり、慌てて訊き返してしまった。

「斑目、さんが、どうかしたんですか？」

希実がそう口にすると、それまで騒いでいた一同が、ピタッと静かになった。それと同時に、弘基がスッと表情を変えた。ひどい緊張が走ったような、ひどく強張(こわば)った顔。

そしてそのまま、俺に代われ、と希実に言い、乱暴に携帯を奪い取ったのだった。電話、代わりました。ええ、斑目の友人です。はい、はい。ああ、なるほど、そういうことですか、ええ。

淡々と応対する弘基を前に、気が気でない希実は固唾をのんでそれを見守った。こだまもただならぬ気配を察してか、希実のブレザーの裾をぎゅっと握りしめている。いっぽうの暮林は、テーブルのガレットデロワを小皿に移しつつ、状況を静かにうかがっている様子だった。

「……わかりました。すぐ行きます」

弘基は最後にそう言って、電話を切った。そして大きく息をつき、表情をさらに険しくした。

「……ねえ、斑目氏、どうしたって？」

希実が訊くと、弘基は小さく吐き捨てた。

「やられた」

うつくしいその横顔は、しかし怒りに震えているようだった。

「——全治、一ヶ月だと」

弘基によると斑目は、怪我を負い街中で倒れていたところを、通りがかった大学生に発見され、救急車を呼ばれたのだという。所持していた携帯は壊されており、財布も見当たらなかったことから、病院側としても連絡先について苦慮していたそうだが、意識が戻った斑目は、すぐに自らの名前と希実の携帯番号を口にしたらしい。それで希実の携帯に、連絡が入ったというわけだ。

「怪我については、人に殴られたって説明してるってよ。個人的なケンカだから、警察には知らせなくていいとも言ってるらしい。ボコボコにされといて、何がケンカだよって感じだけどな」

病院に向かう車の中で、弘基は斑目の状態についてそう説明した。助手席に座った彼は、明らかにいら立っている様子で、車に乗り込んだ時からずっと小さく貧乏揺すりを続けていた。いっぽう運転席の暮林は、いつも通りの泰然とした様子で、弘基の説明に対しても、なるほど、そうか、と静かに頷いてみせていた。

「殴った相手については、なんか言っとるんか？」

暮林が訊くと、弘基は宙を睨みつけるようにして返す。

「そこはだんまりらしいけど。どうせ佳乃がらみでやられたんだろ」

そんなやり取りを受けて、後部座席のこだまが囁くように言う。斑目氏、大丈夫かな？　希実も同じ気持ちだった。何しろ怪我の具合は、全治一ヶ月だというのだ。具体的にどんな状態なのかはわからないが、大変なことになっているのではないかと、いてもたってもいられなかった。

斑目の病室は六人用の大部屋で、ベッドは奥の窓際にあった。弘基が言うところの、ボコボコにされた状態にある斑目は、頭や腕にはたっぷりと包帯を巻かれ、かつ右腕にはギプスまではめられ、ベッドに寝かされていた。左目の周りは赤黒く腫れあがっており、左側の口の端にも血が滲んでいて、希実などは思わず顔をしかめてしまったほどだった。知り合いの怪我というのは、自分もだいぶ痛い感じだ。

やって来た希実たちに対し、斑目はくぐもったような声で、ごめんねと呟いた。

「……絶交中なのに、こんなふうに来てもらって、本当に申し訳なく思ってる」

眉根を寄せて言う斑目に、希実は、そんなこと気にしないでいいよ、と首を振ってみせた。私は別に、斑目氏と絶交してるつもりなんて、なかったし。その言葉に、斑目はさらに眉間のしわを深くし、スンと小さく鼻を鳴らした。そしてギプスで頬を拭いながら、ごめん、とまた呟いたのだった。

そんな斑目に対し、希実たちはティッシュを差し出したり、謝らなくていいよ、だとか、痛いの痛いの飛んでけ！　などと、励ましの言葉をかけた。何しろ斑目は重傷なのだ。これだけ包帯の面積が多い怪我人に、無体に振る舞える人間などいるはずもない。

そう思っていた希実だったが、その考えはすぐさま覆された。傍らにいた弘基が斑目に対し、ひどく冷ややかに切り出したからだ。

「泣けばすむと思ってんじゃねーよ。小三女子か、テメーは」

そしてベッド際にどっかり腰を下ろし、胸倉を摑んで言い放った。

「悪ぃと思ってんなら、何があったのか説明しろよ。こっちは店の開店準備遅らせて、わざわざここまで来てやったんだ。迷惑かけたぶんの誠意は、ちゃんと見せろ」

そんな仕打ちを受けた斑目は、無事なほうの右目だけをしばたたき、わかったよ、と慌てた様子で応えた。そして言い出しづらそうに、ぽつぽつと続けたのだった。

「……お察しの、通りさ。……佳乃ちゃんの行方を捜索中に、こうなったんだ」

弘基の表情をうかがうようにして、斑目はまずそう言った。いっぽうの弘基は、不機嫌を顔にたたえたまま、それで？　と厳しく追及する。斑目はバツが悪そうに、また静かに話し出す。

「知り合いに、アンダーグラウンド系のルポライターがいて、そいつのつてで、佳乃ちゃんの昔仲間だっていう男に、辿りついたんだけど」

その男は今でも佳乃と連絡を取り合っていると語っていたそうで、もちろん斑目は彼との接触を求めた。どうにかして佳乃の居場所を聞き出そうと試みたのだ。

「相手の男も、俺と会ってもいいって、言ってくれて……」

そんな斑目の言葉に、弘基は呆れた表情を浮かべる。

「で、会うことにはなったけど、佳乃の連絡先を教えるには、情報料が必要だって言われて、その通り金持って指定場所行ったら、ボコられたってとこか？」

たたみ掛けるように言う弘基に、斑目はぐっと言葉を詰まらせ目を伏せる。けれど弘基は腹立ち紛れといった様子でさらに続ける。

「昔仲間なんて、でまかせに決まってんじゃん。連中の常套(じょうとう)手段だって。お前、脚本家だろ？　だったらそんな話のひとつやふたつ、書いたことあんだろうが？　それともそんなことすらわかんねーほど、お前の頭はお花畑なのかよ？」

まくし立てられた斑目は、腫れた顔を歪ませる。

「……騙されてるかも知れないって、覚悟はしてたよ」

歪ませて、絞り出すような声で続ける。

「でも、他に、打つ手がなかったから……」

そしてボソボソ付け足した。それに一応今回は、財布からカードは抜いておいたし、携帯のデータだって他所(よそ)に保存し直したたし、万全の構えで向かったことは向かったんだ。

しかしもちろん、そんな斑目の消極的な自己防衛を弘基はただただ嘲笑う。

「それで大事な商売道具壊されて帰ってくりゃ、世話ないわな」

弘基の言葉に、斑目は右腕のギプスを見やる。彼の利き手は右手のはずだ。しかも仕事はほぼパソコン作業であるはずだから、あの右腕の怪我は確かに致命傷にもなりそうだなと、希実は心密かに案じる。

だが斑目は、強く弘基を睨み返し、やや声を荒げ言ったのだ。

「腕が使えないなら、音声入力ソフトを買えばいいだけだろ。こんな怪我くらい、どうってことない！」

すると弘基も、強い調子で怒鳴り返した。

「ああ、そうだな。お前の手元には、まだティファニーが残ってるもんな！　ちょうどいいじゃねぇか。それを質にでも流して、さっさとソフトでも買いやがれ！」

瞬間他のベッドから、いっせいに咳払いの音が聞こえてきた。そのおかげで我に返った弘基と斑目は、お互いを睨みつけながら、渋々といった様子で両者しばし黙り込む。希実たちも気まずい雰囲気を打破出来ないまま、ふたりを黙って見守る。

その沈黙を先に破ったのは、斑目だった。じっと弘基を睨みつけていた斑目は、しかしふいにその視線を外し、ひとりごとのように言ったのだ。

「……わかってたんだよ」

斑目の呟きに、こだまが首を傾げる。

「何が？」

すると斑目は小さく笑って、こだまに向かって言ってみせた。

「彼女に、騙されてることさ」

そして深呼吸をして、一同の顔をぐるりと見渡し、ゆっくりと語り出したのだった。

「俺だって、三十七年も俺をやって来たんだ。だから重々わかってたさ。あんな素敵な子が、俺なんて相手にするわけないこと」

その言葉に希実は、胸の奥のほうがきゅっと縮まるような感覚を覚えた。斑目と佳乃が似合わないのは認めるが、しかしだからといって、斑目が自分のことを、俺なんか、などと口にするのは、友人としてちょっと腹が立った。しかし斑目は、そんな希実の思いなど、当然察することなく話を続ける。

「ただそれでも、俺たちには、ひとつだけ共通点があってさ。みんな、バベルの塔の話って、知ってるかい？」

そんな斑目の問いかけに、希実も弘基も、もちろんこだまも首を振る。どこかの、観光名所とか？　希実が言うと、暮林が口を挟んで言った。

「架空の塔や。旧約聖書の創世記に出てくる、バビロニア帝国の話やったよな？　言葉が分かたれたっていう」

するとは斑目は、そうそう、と痛そうな笑顔で頷いた。

「バビロニアの人間たちは、自分たちの能力を過信して、神にでもなったつもりで、天に届きそうなほど高い塔を建てたんだ。そのことに怒った神様は、人間の言語をバラバラに分けてしまった。そうして互いの言葉が通じなくなった人間たちは、混乱してバビロニアを捨て、地上のあちこちに散っていった。今の世界の言語が分かたれているのは、神様の罰を負ってるからなんだって、そういう話」

斑目の説明を受けて、弘基が怪訝そうに顔をしかめる。それが、なんだってんだよ？しかし斑目は、動じることなく淡々と続ける。

「俺、子供の頃に、この話を読んで、すごく納得したんだよね。ああ、だから、俺の言葉は、人に通じないのかってさ」

どういう意味？　希実が訊くと、斑目は小さく笑ってみせた。

「簡単に言ってしまえば、話が嚙み合わないとか、気持ちが伝わってる気がしないとか、あるいは、相手が何を言っているのかわからなかったり、誰にも自分がわかってもらえてないような気がしたり、そんなことなんだけどさ」

その言葉に、希実はなんとなく想像する。言葉が通じなかった頃の、まだ小さな斑目の姿を。大人や友だちを前に、黙り込んでしまう小さな子供の横顔を。

「子供の頃って、言葉はもっと万能なものだって、信じてたからさ。伝えるためのものを駆使してるのに、伝わらない状況が生じてるってことに、戸惑ってたんだろうな。それでこの世界はバビロニアなんだって、思ったりしてたんだ。バビロニアなんだから、言葉が通じなくてもいいんだってね」

説明し終えた斑目は、まあ、言葉の通じなさに関して言えば、今のほうが重篤だけど、と付け足し胸を張った。でもまあ、俺は変態だから、通じてしまう世の中というのも、難ありだしね。そうして右目を眩しそうに細め、呟くように言ったのだった。

「……けど、そんな気持ちが、佳乃ちゃんには通じてしまったんだ」

遠くを見詰めるように、斑目は続ける。

「彼女も、中学時代に聖書を読んで、同じことを思ったって言ってたんだ。この世界は、バビロニアの成れの果てなんだよねって、楽しそうに言ってさ。それで、同じこと思ってる人がいたなんて、嬉しいって、笑いかけてくれて……」

その口元が、奇妙に歪む。

「――でも俺、それが悲しくてさ」

するとこだまが、不思議そうに口を開いた。笑いかけてくれたのに、悲しいの？　そんな邪気のない問いに、斑目は苦笑いを浮かべ返す。そう、そうなんだよな。同じこと考えてて、そのことを喜んでくれて、俺だって、喜べばいいのに、ここが痛くなるばっかりでさ。言いながら斑目は、ギプスでトントンと胸のあたりを軽く叩いた。

「言葉が通じないなんて、誰にも自分がわかってもらえないなんて、彼女には、思って欲しくなかったんだ。だってそうだろう？　そんな思いは、俺みたいな人間がすれば充分なんだよ。理解されないなんて、変態に任せておけばいいんだ」

そして斑目は、トンともう一度ギプスで胸を叩いて言い切った。

「だから俺は、彼女に言い続けたいんだ」

変態にしては、だいぶ爽やかな仕草である。

「言葉は通じる。君はわかってもらえてる。少なくとも俺には通じてるし、俺はわかってるから。騙したいなら騙せばいい。俺はファンタジーをこなせる男だからね。君の嘘にくらい、上手に騙されてみせるからって」

その言い分に弘基は、理解できねぇ意味わかんねぇ、と強く首を振ってみせた。しかし斑目は、それでいいんだと頷いた。個人的な心境としては、俺の変態の領域が、イケメンの君にわかってたまるかという感じだよ。そもそも君らと俺とでは、戦い方が違うんだからね。そして最後にひとこと、なんだか少し嬉しそうに付け足したのだった。

「――そう、戦えたんだ。俺は、現実でも」

そんなふうに力説していたせいか、唐突に斑目のおなかがぐうと鳴った。聞けば斑目、緊張のあまり朝から何も食べていなかったという。するとこだまが、声をあげて言い出した。

「じゃあ斑目氏、パイ食うか？」

そんなこだまの発言に、暮林も、ああ、そうや、と言い継ぐ。

「ちょうど店で、パイを食おうってところで、病院から電話がきて。どうせやで、斑目さんの分のガレットデロワも、持って来たんや。昨日から弘基が仕込んだパイや。おいしく出来あがっとるで、食べてみ？」

暮林の説明に、こだまが、ん！　と小箱を斑目に差し出す。しかし斑目の両手は使い物にならない。それでけっきょく、弘基がそれを受け取り、不承不承といった様子で蓋を開けはじめたのだった。

「……絶交中なのに、俺のぶんも、用意してくれてたのかい？」

きょとんとしながら言う斑目に、弘基は顔をしかめて返す。

「だから、希実も言ってただろ。べつにこっちは、絶交中じゃねーんだっつーのっ」

その言葉に、斑目はまたスンと鼻を鳴らす。弘基は面倒くさそうな表情を浮かべ、箱の中のパイをフォークで三等分ほどにざっくりと切っていく。

「……ほら、食えよ」

言いながら弘基が、ガレットデロワの一片を斑目の口へとフォークで運んでいく。斑目は差し出されたそれをバクッと頬張り、口元をあむあむとさせる。

「……痛い」

味の感想としてはだいぶ難ありだが、今の斑目の状態では仕方がないのかも知れない。痛い痛いと繰り返しながら、しかし斑目はパイをゆっくり咀嚼し続ける。そして痛いの中に、うまい、を差し込んでくる。痛い、痛いけど、うまい。……バニラの風味が、効いてるね。……さすが斑目、わかってんじゃねーか。そして新たな一片をフォークに乗せ、また斑目の口へと運ぶ。

その時だった。パイを頬張りあむあむ口元を動かしていた斑目が、んあ？　という妙な声をあげたのだった。

「な、なんか、硬いものが、入ってるんだけど？」

口をもごもごさせながら斑目が言うと、一同は顔を見合わせた。そしてこだまが、声を裏返らせ飛び上がった。

「フェーブだ！」

そして後ろ手に隠し持っていたらしい、紙製の王冠を取り出し掲げる。

「じゃあ、斑目氏が、王様！」

少々はしゃぎながら、こだまは包帯が巻かれた斑目の頭に、ちょこんと小さな王冠を載せる。希実の頭の大きさで作った手製の王冠なので、どうにも斑目の頭にははまらない模様だ。しかしそんな斑目に、暮林は笑顔で声を掛ける。お似合いやで、王様。するとこだまも、お似合いやで、王様、と暮林を真似て敬礼してみせる。

いっぽうの斑目はといえば、鳩が豆鉄砲を食ったような顔で、もぐもぐとガレットデロワを咀嚼し続けている。あの、え？　これ、どういうこと？　そんな斑目を前に、弘基は不敵に笑って言い出す。

「だからこれが、ガレットデロワだよ。フェーブが当たった斑目は、今日一日王様だ」

そして、家臣を気取るように斑目に礼をして、言い継いだのだった。

「で、こっからは変則アレンジ。王様の言うこと、一個だけ聞いてやるよ」

この前は王様ゲームをバカにしていたくせに、どうやら悪しき日本の文化に乗っかってみたようだ。

「ほら、さっさと命令しろっつーの、王様」

王様に対する礼を欠いた様子で、弘基が詰め寄る。迫られた斑目は困惑の表情を浮かべつつ、やがて口の中から平たく丸い小さな銀色のかたまりを取り出す。

「いや、でも……」

あれがフェーブなんだ。斑目の手元の銀色を、希実はじっと見つめる。コインみたいな感じなんだな、フェーブって。そんなことを思っていると、暮林やこだまがこぞって斑目に言い出した。王様、早く命令！　そうそう、あれやで、あれ。弘基もやはり上から言う。ほら、さっさと空気読めよ、王様。男性陣のそんな声かけに、斑目はまた右目を潤ませる。そして鼻をスンと鳴らし、うわずったような声で言い出した。みんな……。ごめん、でも、ありがとう。そしてその上で、小さく頭を下げ続けたのだ。

「じゃあ、命令させてもらいます」

どうにも腰の低い王様である。

「――俺は、彼女を助けたい。手を貸してください」

その言葉を受けた弘基は、仕方ねぇなと立ち上がった。そしてそのまま、行くぞと一同を促し、病室をあとにしたのである。

病院を出ると、すっかりあたりは暗くなっていた。しかしこだまは興奮がまだ冷めやらぬ様子で、弘基にまとわりついては、佳乃ちゃんを捜すんだね!?　と声をあげていた。

ああ、そうだよと弘基が答えると、俺も手伝う！　と飛び跳ねる。愛しの佳乃ちゃんに、会いたい気持ちの表れなのか。

「よし、じゃあさっそく、捜しにかかるか」

駐車場のワゴンに乗り込もうとしながら、弘基が言う。

「後輩に当たれば、アイツの逃げた先も、どうにか割り出せるかも知れねーし」

しかしその段で、暮林が腕時計を見やり言い出した。

「そやけど、もう六時やで？　開店の準備せんと」

その言葉に、一同ははたと現実に戻る。確かに今日は、単なる平常営業日。つまり午後十一時には、いつも通り店を開けなくてはいけない。しかもそのための今日の仕込みは、斑目の見舞いのおかげでいまだ滞っている。そんな現状を前に、意気揚々としていた弘基も、ああ、そっか、と言いよどむ。

「じゃあ、とりあえず。今日のところは、店に戻って……」

急にトーンダウンした弘基だったが、しかし暮林は何やら指折り考えて、あれこれ計算をはじめていた。

「今が六時やで、開店時の品数を少ししぼって……。あとから巻き返すとして計算しても……。そやな、やっぱり八時には準備をはじめんと、間に合わんな」

ブツブツそんなことを口にする暮林に、希実は不思議そうに訊く。

「暮林さん、なんの計算してるの？」

すると暮林は、ピースサインをしてみせ言った。

「そやで、猶予(ゆうよ)は二時間や。ちょうど都合のええことに、こっからソフィアさんのお店まではすぐやし、ソフィアさんと佳乃ちゃんの分のガレットデロワも持って来といたで、この足でこのまま店に行ける」

すらすらと暮林は語るが、一同は話が飲みこめず怪訝な表情を浮かべたままだ。しかし暮林は、みんなの様子を気にすることなく運転席に乗り込もうとする。

「よし、急ごうか」

そんな暮林を、希実が制する。

「ちょっと待って！　暮林さん。この流れでソフィアさんの店に行くって、いったいどういう……？」

するとその時、弘基が、ああ、と頷いた。頷いて、そういうことかよ！　と嘆息した。

「クレさん、アイツの居場所、知ってたんだな？」

「お店では、リボンちゃんと言うらしいで」

「ったく、食えねーおっさんだな」

「人妻にちょっかい出しとった、お前には言われとうないなぁ」

そんなふたりのやり取りを前に、状況が摑めないままの希実は、なんのことなの？　と詰め寄る。ふたりのやり取りの世界で完結させないでよ。何言ってるの？　リボンちゃんて？

すると暮林が、笑顔で返してきたのだった。いつもの、太平楽な様子でである。

「元日、ソフィアさんのお店に、新顔の女の子が入ったって、連絡があったんや。それがリボンちゃん。行くとこがないって逃げてきたその子を、ソフィアさんが拾ってやったらしい」

その説明に、ようやく希実も、ああ、と声をあげた。

ああ、そういうことか。ソフィアさん、また猫を拾ったのか。


開店前のソフィアの店は、なかなかの圧巻だった。お店のお兄さん、もといお姉さんがたが、こぞってメイクをしていたり、大胆に服を着替えたりしていらっしゃる上、あちこちで怒号があがっているのである。ちょっと、アタシのドレス知らない!?　誰か勝手に持っていったんじゃないでしょうね!?　バカをお言いでないっての！　アンタのドレスなんて、でか過ぎて誰も着やしないわよ！　何よ何よ！　絨毯(じゅうたん)にはちょうどいいのよ!?　ヤッダ～！

クロークの観葉植物の間から、わずかに垣間見られる店内をのぞき込み、希実は息をのんでいた。なんか、生命力に、溢れてる感じ。そんな希実の傍らで、こだまも目をきらきらさせていた。なんか、すげー、と呟きながらである。

いっぽう、希実たちの背後に立つ暮林と弘基といえば、時間を気にした様子でしょっちゅう腕時計を確認していた。今何時？　六時四十分。ここから店までどんくらいかかるんだっけ？　裏道使えば、二十分くらいで着くんやないかな。

そうして待つこと五分。薄暗い店内から総スパンコールのドレスを着たソフィアが、お待たせ〜ん、と手を振りつつ現れた。

「ご指名ありがとうございま〜す、ソフィアで〜す」

やって来るなりソフィアはこだまの頭をひと撫でして、くるりと踵を返したかと思うと、そのまま暮林の首に腕を回し微笑んだ。

「こないだは朝まで、楽しかったわね」

今夜は吐くまでオールナイトのことだな。希実はそう察することが出来たが、隣の弘基は、はあ？　と目を見開きふたりを凝視した。それ相当の誤解をしている驚き方だ。しかし暮林は特に誤解を解こうとする気もないらしく、俺もです、と微笑み頷いてみせていた。そしてその笑顔のまま、言い出したのである。

「それで、リボンちゃんを指名したいんやけど」

もちろんソフィアはプウッと頬を膨らませる。やだやだ、クレさんたら～、アタシがいるのに他の女を指名だなんて、妬けちゃう～。いやいや、リボンちゃんは弘基の指名やで。あらそうなの～、なら許すけど～。何の遊びなんだと思うほど、楽しそうに語らうふたりを横目に、希実は店の様子をのぞき続ける。並みいるお姉さんがたの中に、見知った人影を探そうと試みていたのだ。

「――あ」

その時希実の目に、取っ組み合いをしている女の姿が映った。片方がピンク色の髪の毛を振り乱し、もう片方が筋肉質な背中をむき出しにし、摑みあったり叩きあったり、手身近なものを投げ合ったりしている。アンタ、アタシのツケマ盗ったでしょ！　盗ってないもん！　もらっただけだもん！　そういうのを盗ったっていうのよ！　この泥棒猫！　何よ何よ！　このケチンボ！

「佳乃さん……」

泥棒猫と叫ばれていたのは、紛うかたなき佳乃だった。ピンク色の、おそらくかつらをかぶった佳乃は、大きなお姉さんがたの中で、特に浮いた様子もなく騒ぎ続けている。そんな佳乃の様子にソフィアも気付いたらしく、希実の後ろで小さく笑い声を立てた。

「あの子ねぇ、ノリが合うのよ。意外と」

ソフィアの言葉通り、確かにだいぶ馴染んでいる様子だ。

「だからまあ、行くところがないっていうなら、うちに置いてやろうと思ってね。同じカマの飯を食えば、アナタとアタシはカマ兄弟、なんちゃってね～」

いやそれ、ぜんぜん面白くねぇし。弘基がそう呟くが、ソフィアはまったく動じない。要するに、もうアレよね～、寝食を共にしちゃったら、全人類カマ兄弟よ～。そんなことを言いながら、満足そうに店内を見つめている。すると思いがけず、暮林がソフィアの言葉に賛同を示す。ああ、そういう兄弟の形も、ええですなぁ。冷たい視線を送り続ける弘基を無視したまま、感心した様子で頷いてみせる。なるほどソフィアさんの博愛精神は、そういうところからきとるわけですか。ヤッダ～、でも本命ラブはクレさんだけよ～。いやだからそれ、なんの遊びなの？　呆れつつ希実が店のほうを向き直したのと、ピンク頭が希実たちに気付いたのは、ほぼ同時だった。

希実と目が合った瞬間、佳乃はピタッと動きを止めた。止めて、それまでの笑顔を消した。そんな佳乃に、ソフィアが声をかける。

「リボンちゃ～ん。ご指名よ～」

呼ばれたリボンちゃん、もとい佳乃は、しばらくその場に立ち尽くしたあと、何かを観念した様子で、クロークのほうへとゆっくり歩き出した。

　ピンク色のカツラは、思いのほか佳乃によく似合っていた。ただしツケマツゲを装着しているせいか、以前よりだいぶ顔の様子がけばけばしい。しかも不機嫌を顔に張り付けているようで、いつもの佳乃とだいぶ印象が違う。

「……どうも、リボンです」

　低い声で言う佳乃に、弘基が冷たく言い捨てる。

「何それ？　由井とリボンをかけてんの？　ダッセー」

　するとソフィアがむっと眉をひそめる。リボンちゃんて名前、アタシがつけたんだけど、ダサかったかしら？　そんなソフィアを、すかさず暮林が慰める。いや、俺はいい名前やと思いましたよ。だから、なんの遊びなんだ。辟易する希実をよそに、弘基はひとり佳乃に対峙し続ける。

「まあ、いいや。とにかく、パイ食えよ」

　言いながら弘基は、手にしていた箱の蓋を開け佳乃に差し出す。

「ガレットデロワだよ。お前、元お嬢なんだから、どんな菓子かくらい知ってるだろ？」

　そう言われた佳乃は、ああ、うん、まあ、などと頷きつつ、でもどうして？　と首を傾げる。そんな佳乃に対し、弘基は面倒くさそうに返す。

「うちの不器用が、お前の分も切り分けちまったんだよ。わざわざ持ってきてやったんだから、さっさと食え」

箱を押しつけられた佳乃は、もちろん怪訝な表情を浮かべたままだ。確かに、現れるなりパイを食えとは、希実から見ても意味不明だ。それでも佳乃は、ほら、と促され、気乗りしない様子で箱の中のパイを手に取った。

「……食べれば、いいの？」

「ああ。毒は入ってねぇから、安心しろ」

その言葉に佳乃は、渋々といったていで、ゆっくりとパイを口に運びだした。いっぽう弘基は、そんな佳乃を見詰めながら思いがけないことを口にしはじめる。

「俺は、運命を信じてんだ」

唐突な物言いに、佳乃だけではなく希実も怪訝に弘基を見やる。しかし弘基は、ふたりの女の視線をはねのけ、淡々と持論を展開し続ける。

「運命にはちゃんとしるしがあって、それを辿れば間違ったことにはならねぇんだ。俺は、ずっとそうやってここまで来たし、これからもそうしていくつもりなんだ」

何言ってんの？　弘基。首を傾げる希実の傍らで、しかし弘基はじっと佳乃を見詰めたままだ。見詰めたまま、ゆっくりと話を続ける。

「だから今回も、運命に託してみることにしたんだよ。俺はこの一件に、踏み込むべきなのかどうか——」

その瞬間、ふと佳乃が動きをとめた。そして口元を押さえ、不思議そうに目をしばたたいた。

「なんか、入ってるけど……」

小さくそう言う佳乃に、希実が驚きの声をあげる。

「えっ？　佳乃さんのにも、フェーブ入ってたの？」

すると弘基が、鼻で笑って言った。

「佳乃さんのにも、じゃねーよ。斑目んとこに入ってたのは、偽物だからな。どうせクレさんあたりが仕込んだんだろ？」

その見解に、暮林は笑顔で返す。

「なんや、バレとったんか」

「そりゃバレるっつーの。さっきのフェーブは、ただのパイ重しだったし。そもそもフェーブを選んだのも、パイを作ったのも俺なんだからよ」

そんな弘基の説明に、じゃあじゃあ、とこだまがはしゃぎ出す。

「佳乃ちゃんのが、本当のフェーブなんだね？　佳乃ちゃんが、本当の王様なんだね？」

問われた弘基は、ああ、と頷く。

「まあ、そういうことだ」

そして弘基は、佳乃を真っすぐ見据えて切り出した。

「王様の命令には、ひとつだけ従ってやる。そういう運命だからな。なんでもいい。さっさと願いを言え」

弘基の言葉に、佳乃の目が揺れる。

「……叶えて、くれるの？」

「ああ、王様の命令は絶対だからな」

断言する弘基に、佳乃は言葉を探すように、視線を宙に泳がせる。不安げに、何かにひどく迷っているように。そんな佳乃に対し、弘基は静かに言い放つ。

「ほら、さっさと言えよ、綾乃（あやの）」

その一言に一同が動きを止める。もちろん希実も固まった。無理もない。弘基が突然、知らない名前を呼んだのだ。本格的に、何を言ってるんだ？　この人は。混乱する希実の目の前で、佳乃も驚きの表情を浮かべている。

「――気付いて、くれてたの？」

当の弘基は、特に表情を変えることなく、当たりめーだろ、と吐き捨てる。

綾乃？　気付いてくれてたの？　当たりめーだろ？　はあ？　何それ？　意味がわからず、希実はふたりを交互に見やる。暮林とソフィアは、黙ったまま状況を静観している。こだまはポカンと不思議そうな顔をしたままだ。そんな一同の注目を受けながら、しかし弘基は冷めた表情のまま彼女に詰め寄る。

「で、お前の願いはなんだ？　それとも、俺の前に現れた目的はなんだ？　とでも訊けばいいか？」

射るように見据えられた彼女は、小さく深呼吸をして、真っすぐ弘基を見詰め返す。

そして、意を決したように口を開いた。

「……あたしたちを」

その声は、わずかばかり震えていた。

「佳乃を、助けて」

＊　＊　＊

夕食を運んできた看護師が、病床のカーテンを開けるなり、ぎょっと目を見開いた。仕方あるまいと斑目は思った。何しろ彼のベッドサイドには、びっしりと佳乃の写真が飾られているのである。

希実たちが帰ったのち、抽き出しにしまっておいたものを、とりいそぎ全部広げてみたのだ。このくらいは許されるだろう。不自由な入院生活、愛する人の写真を飾ることくらい、今の俺には認められて然るべき尊厳だ。

写真はすべて、こだまが撮ってくれたものだ。あの古いデジカメに収められていたすべての佳乃を、斑目は残らず写真にして、こっそり胸に忍ばせていたのである。

キモイな、俺。佳乃の写真を見詰めながら、斑目は思わず笑ってしまう。看護師さんも、どん引くわけだよ。しかしまあ、愛とは他人を排する面もあるわけだから、引かれてもいっこうに構わないけどね。

写真の中の佳乃は二百万画素あまりで、見た目が少し荒い。しかも撮影者がこだまなせいで、多少のブレも生じてしまっている。アングルも微妙だ。俺だったら、もっと完璧な佳乃ちゃんが撮れるのに。写真を眺めながら、斑目は小さく舌打ちをする。せっかくの写真なんだから、もっといいものを手に入れたかったが。

しかし、そう思う心には余裕がある。写真に固執せずとも、彼の中には佳乃の記憶が充分にストックされているからだ。目を閉じれば一千万画素の佳乃が、微笑みかけてくれる。こんなにも鮮明なストックは初めてだ。それはひとえに、佳乃が他のどんな女の子たちより、自分へと歩み寄ってくれたからだろうと斑目は考えている。何しろあの子は目が悪いのか、実際の距離が近い。しかもそのような現実的距離のみならず、心の距離も、詰めてくれる子だったと斑目は信じている。

とはいえ最初は、見た目が好みなだけだった。いつものように、脳内で告白して脳内で付き合って、脳内で倦怠期を迎え、脳内で別れる予定だった。しかしそれが少しばかり、方向を変えてしまったのである。

佳乃がブランジェリークレバヤシで働きだして、一週間ほどした頃のことだっただろうか。彼女目当てでイートインコーナーに居座っていた斑目は、思わぬ相手と相席することになった。彼は斑目と目が合うなり、お兄さん！　と呼んできた。

「ほら、私、妹さんのマンションの、管理人です。覚えてらっしゃいませんか？」

言われて、気が付いた。その男は、初恋の君が住んでいたマンションの、確かに管理人だった。なぜお互い面識があるかといえば、斑目が一度その身分を実兄と偽って、彼女の部屋へと侵入したからである。

「あの時は妹さん、大変でしたねぇ。お兄さんが駆けつけてくれなかったら、どうなっていたことか……」

　初恋の君は、部屋で薬を飲んで倒れていた。彼女の部屋をのぞいていた斑目は、そのことに気付き、彼女のマンションへと向かった。それは偽らざる事実だが、しかしまさか管理人に、こんなにはっきりと顔を覚えられているとは――。焦る斑目をよそに、彼はずいぶんと親しく話しかけてきた。今は鹿児島のご実家なんですよね？　お元気にされてますか？　屈託なく語る彼を前に、斑目は必死でよき兄を演じなければならなかった。いやあ、その節は。あれは、昔から甘ったれたところがありまして。いや、でも根はいい子なんですよ？　今頃は上げ膳据え膳で、ぬくぬく実家暮らしを満喫してますよ。背中に嫌な汗をかきながら、死に物狂いで話を合わせた。

　そのうち話は、斑目自身へと移った。管理人が言い出したのだ。そういえばお兄さん、脚本家されてるんですって？　転居される少し前に、妹さんから聞いたんです。その言葉に、斑目は思わず飲んでいたコーヒーを噴きそうになった。ギリギリのところでどうにかこらえたが、話し続ける管理人を前に、言葉をなくさずにはいられなかった。

「妹さん、自慢してましたよ。お兄ちゃんの脚本は、すごく面白いんだって」

　冗談だろう？　斑目は思った。

「ちょっとマニアックなところがあるけど、そこがいいんだって力説してました」

そして思い出したのだ。はじめて彼女に会った時のこと。タレント志望だという彼女は、斑目の脚本を褒めそやした。私、斑目さんの脚本て、すごく面白いと思うんです。だから斑目は思ったのだ。この子、かわいいのに俺のこと誉めたりして、必死だな。ほとんど全力で、彼女の言葉を聞き流したのだ。この子はそうまでして、テレビに出たいんだな。業界には多いもんな、こういう子。

彼女はそんな斑目の思いに気付く様子もなく、熱弁をふるい続けた。ちょっとマニアックなとこあるけど、そこがむしろいいっていうか……。斑目さんの脚本、だから私、大好きなんです！

そうだよ。あの頃からもう、言ってくれてたんじゃないか。十年も経って、ようやく気付いた。時すでに遅しだが、ようやくわかった。彼女が俺の気持ちを、受け入れてくれなかったんじゃない。

そもそも俺が、最初につまずいたんだ。わかろうとしなかった。彼女の、言葉を信じようとしなかった。あんなにも一生懸命、伝えようとしてくれていたのに。

そんな事実に思い至り、呆然としていた斑目に、管理人はとどめを刺した。

「だからお兄ちゃんの脚本、応援してくれって、妹さんに言われてたんです」

「え……」

「ここでお会い出来てよかった。メアド交換しましょう。放送日がわかったら、教えてください」

思ってもみなかった。覚悟もなかった。まさか自分の現実に、こんな人間関係の交差が用意されていようとは。

管理人が帰ったあとも、斑目はひとり席に残った。ショックで立ち上がれなかったというのもある。原稿催促の電話が、携帯にバンバン入っていたが、すべて無視してぼんやり席についていた。

佳乃がハンカチを渡してくれたのは、そんなタイミングだった。

「これ、どうぞ?」

その行為の意味がわからず、斑目は、どうして? と訊いてしまった。すると佳乃は、笑顔で答えたのだ。

「目から汗が、出てますよ?」

そんなはずがなかった。俺は決して、泣いてなかった。少なくとも現実では、涙など流れていなかったはずなのだ。泣いているんだとしたら、それは心の中だけで、つまり彼女には心の中を、すっかり読まれてしまっていたということだ。

バレてしまった。その感覚が、わかってもらえた、と脳内変換されたのは、俺がファンタジスタ過ぎるからなんだろうか。でも思ってしまったんだ。俺のこんな気持ちなんかが、誰かに、伝わることもあるんだと。

この世界は、バビロニアのなれの果てなんかじゃない。

ベッドサイドに飾った写真を見詰めながら、斑目は改めて思う。伝わらないことばかりでもないさ。わかりあえることだって、百にひとつくらいは、あるんじゃないかな。

君が、俺の気持ちに、気付いてくれたみたいに。

そうして写真を眺めていた斑目は、その中の一枚に目を留めた。

「あ……。これも、まざってたのか」

それは小さな女の子と、おそらく彼女の母親であろう女が、並んで写った写真だった。小学校の入学式での一枚だろうと思われる。女の子のほうは真新しいランドセルを背負い、母親はあまり着慣れていない様子のスーツを着て、小学校の門の前に立っている。

こだまのデジカメの中には、そんな写真が何枚かまざっていた。いったい、いつどこで誰が撮ったのか、判然としない写真たち。その中で少女の写真は、少々気になる一枚だったので、特別にプリントアウトしておいたのだ。

斑目は動かない体を、どうにかわずかばかり捻じ曲げ、少女の写真を手に取る。そして顔に近づけて、まじまじと彼女の顔を見詰める。

「……これ、やっぱり、希実ちゃんだよなぁ」

写真の少女を見詰めながら、斑目は呟く。確かにその写真に写っているのは、どこか希実に面差しの似た女の子なのだ。希実を十歳ばかり幼くしたら、ちょうどこんな感じなのではないかという様子の仏頂面(ぶっちょうづら)で、カメラをじっと見据えている。

しかしあのデジカメは、佳乃がこだまにプレゼントしたもののはずなのだ。そのカメラの中に、どうして幼い頃の希実がいるのか――。

面白いな。斑目は思う。彼がのぞいていたいのは、人々の暮らしや、意外な人間関係の交差なのである。

その時、枕元に置いてあった携帯が震えはじめた。希実からのメールだ。何が起こった？　斑目の胸は高鳴る。むろん、ギプスと包帯で固定された腕は、簡単には携帯を握らせてくれないのだが。

ぎこちなく、痛みをこらえ、斑目は携帯に手を伸ばす。

まるで何らかの真実に、触れようとするように。

Découper des triangles & Fermentation finale

——カット成形 & 最終発酵——

柳弘基は、時おり夢に落ちる。

それはフランスに渡って以来、繰り返し見るようになった夢だ。夢には色も匂いもあって、ひどく生々しい。目覚めた瞬間など、掌にその感触が残っているようで、夢か現実なのか混乱してしまう。何度も見ている夢なのに、慣れるということがない。

夢の中で、彼は人を殴っている。拳を強く握り、上体をねじって腕を引く。そうすると相手の目の中に、何らかの火が灯るのがわかる。戸惑い、恐怖、怒り、悲しみ、絶望、たいていはそんなものだ。けれど彼は躊躇いなく、拳を相手に叩きつける。悪ィな。でも、こうするしかねぇんだよ。

一発で足りなければ、再び拳を振り上げる。圧倒的な痛みと恐怖を、相手に植え付けること。それがポイントなんだと、夢の中の彼は信じている。

けれど同時に、迷ってもいる。何やってんだろ、俺。いつまで俺は、こんな人生を続けなきゃいけないんだ？　あがりはあんのか？　いつか、終わってくれんのか？　相当にうんざりしながら、それでも拳を振り上げる。もう、疲れたんだけど。終わらせてくんねーかな、いい加減。いったいどうやったら、ここから抜け出せるんだよ？　そして拳を振り下ろす。けっきょくのところそれ以外、何をどうすればいいのかわからないからだ。

わからないまま、いつか心に灯した怒りの火をかき集める。拳を振り上げるのに、必要な怒りを、どうにかこうにか胸にたたえる。そしてまた、誰かに殴りかかろうとする。

そのあたりで、目が覚める。彼は柔らかなベッドの中にいて、息を切らしている。心臓は早鐘(はやがね)を打っていて、吐きそうな気分に襲われる。しばらくの間は、ここがどこなのか判然としなくなる。誰かに追われているような、何かから逃げてきたような、奇妙な感覚に支配され、無意識のうちに拳を握りしめてしまう。そうして時間が経つうちに、ああ、夢を見ていただけかと気付くのだ。

そっか。また、あの夢か。その夢の意味を、弘基は自分なりに理解している。あれは、もうひとつの自分の人生だ。美和子に会うことが、叶わなかった場合の未来だ。恵まれた人間から奪うこと。それが自分のような人間に課せられた生き方なのだと、かつて弘基は信じていた。美和子と出会わなければ、おそらく今でもそう考えていたような気がする。そうして今でも人を騙し盗み殴り、袋小路(ふくろこうじ)のような日々をやり過ごしていたことだろう。

けれど弘基は美和子に出会った。それが現実で、その先の未来が今だ。美和子のおかげで、人生の行く先は大きく振れた。思い描いていた未来とは、違う場所に立てたのだ。美和子を追って海外に出てからというもの、弘基は地元に戻らなかった。両親が母方の実家に身を寄せてしまっていたせいもある。勤めていた工場が潰れて以来、定職につけなかった父親は、街を捨て新しい土地を目指したのだ。おかげで里帰りといっても、弘基にとっては見知らぬ土地に帰ることになってしまった。

生まれ育った街に、愛着は無い。汚い街だった。夏場などは駅に降りると、嫌なにおいが鼻につくこともあった。街全体が経済的地盤沈下を起こしてからは、理不尽な思いも散々した。しかしそれでもその場所が、弘基の故郷ではあるのだろう。両親の住む田舎（いなか）の景色はうつくしくとも、やはりどこか馴染めなかった。

ただ両親にとっては、悪くない移住だったと弘基は思っている。古里（ふるさと）に戻れた母は明るくなっていたし、父も父で田舎暮らしが性に合っていたらしく、酒の量がずいぶんと減ったという。縁側から臨める広い家庭菜園は、よく手入れがされていて、夏には売るほど野菜が穫れるのよと、母は目元のしわを深くしていた。菜園の世話は父が一手ににになっているということだった。親父らしいなと弘基は思った。生真面目で器用で実直。それは幼い頃に見知っていた、工場での父の仕事ぶりそのままだった。母の話によれば、いずれは近所に畑を借りて、小麦を作るんだと勉強もしているらしい。

「なんでもパンは、小麦で味がだいぶ変わるって、どこかで聞きつけたらしくて。俺が上等な小麦を作ってやるんだって、お父さんたら、作る前から意気込んでるのよ？」

これでよかったんだな。弘基はそう思っていた。美和子と出会ったこと、美和子に惹かれたこと、彼女を追って日本を出たこと、彼女に少しでも近づけるよう、パン職人の道に進んだこと。そのすべてが、正しい運命のしるしだったのだと信じていられた。

そんな弘基が、生まれ育った地元に足を運んだのは、三年ほど前のことだった。

「雑誌でお前を、見かけたんだ。それで、日本に戻ってるって知って」

当時働いていた店に、地元仲間のひとりが、そんな連絡を寄こしてきたのだ。海外に渡って以来、仲間たちと連絡は取れていなかった。弘基が日本を発つ際には、お互いに電話するからなと言い合っていたのだが、何度か携帯の盗難に遭う中で、弘基は彼らの番号をなくしてしまった。向こうからの連絡もなかった。どうしているんだろうと気にならないわけでもなかったが、その思いは慌しい日々の中に紛れて消えた。まあ、またいつか会えるだろう。どこか楽天的に、考えていた部分もあった。

けれど弘基が受け取ったその電話は、仲間のひとりが死んだという知らせだった。

「来月三回忌でさ、弘基もこっちにいるなら、参加してくんねぇかなと思って」

死んだ仲間の顔は、すぐに浮かんだ。弘基が渡仏する際、彼はバイト代の半分を、餞別だと言って渡してくれた。弘基がパン屋とか、ちょー似合わねぇけど。そんなふうに言いながら、くちゃくちゃのお札を押し付けて笑った。一人前になったら、俺にもパン食わせろよ。俺、クロワッサンとか、意外と好きなんだよ。そしてそのまま、逝ってしまった。弘基のパンを食べるどころか、二十歳を迎えるその前に。だから当然、知る由もない。弘基が初めて覚えたパンのレシピが、クロワッサンのそれであったという事実についても。

死因は病死だと仲間は説明したが、弘基には納得がいかなかった。それでつい返してしまった。はあ？　なんだよそれ？　アイツが病気とか、意味わかんねぇんだけど。すると仲間は温度のない声で、さらりと言ってのけたのだった。

「本当のところは、俺だってわかんねーよ。けど親が病気だって言ってんだから、そういうことにしとくしかねぇだろ。葬式や三回忌やってもらってるだけ、アイツはマシなほうなんだからよ」

気が遠くなりそうだった。けれどどこかで、思い出してもいた。ああ、そうだ。そうだ。俺はあの頃、そういう世界に、いたんだった。

法事に参列した弘基は、さらなる現実を思い知らされた。仲間のほとんどが、もう地元には残っていなかった。連絡をくれた仲間も、今は大阪にいると語っていた。

「色々あって、向こうに逃げてたんだけどさ。もうほとぼりも冷めてきたかなって感じで、最近はちょこちょここっちにも顔出してんだ。まあ、まだ危ない気もすんだけど」

何やっちまったんだよ、と弘基が言うと、彼は、ちょっとな、と弱く笑った。ちょっとで、大阪まで逃げるのかよ。バカ、俺はビビリなんだよ。はあ？　初耳だけど、それ。じゃあ知っとけ。ビビリでもなけりゃ、とっくに終わってたよ、俺なんか。笑いながら弘基たちはそんな話をいくらもした。可能な限り、薄く浅く。笑って話すことじゃねーよな。そんなふうに思いながら、それでも笑うしかなかった。逃げている者、行方が知れない者、死んだ者。仲間たちの現状は、だいたいはそんな感じだった。

別れ際、仲間は言った。お前は、頑張れよ。疲れ果てたような笑顔で、胸をトンと叩いてきた。

「お前は、俺らの希望の星だからよ」

何言ってんだよと弘基が笑うと、彼も笑って繰り返した。マジだよ。マジで、希望なんだよ。そして眩しそうな目で、弘基の顔を見詰めたのだった。

「俺たちは、あの街にのまれちまったけど。お前だけは、ちゃんと抜け出してくれたからさ。だから、ちゃんと輝いてろっつってんだよ。バーカ」

彼の携帯が通じなくなったのは、その翌日のことだ。なんなんだよと、弘基は携帯を投げそうになった。バカはそっちだろ。何が輝けだ。何がお前だけだ。お前らひとりも救えないで、俺の何が希望なんだよ!?

　以来地元に乗り込んで、顔なじみや後輩連中を、片っ端からあたってもみたが、けっきょく仲間の行方はわからないままだった。捜さないほうがいいと、何人かの知人からアドバイスもされた。

「逃げるのは、捜して欲しくないんだよ。ヘタに周りが動いたらそれ嗅ぎ付けて、本当にヤバイ連中が出てくるかも知れない。そんなの、相手だって逃げ損だろ」

だったら俺はどうすればいいんだよ？　憤る弘基を前に、知人たちは口を揃えた。放っとくしかないよ。ある者はこうも言った。

「お前は、まともに生き抜けよ。お前ならと思って、みんななけなしのカンパなんかしたんだろうし。自分じゃ無理だってわかってっから、誰かに希望を、託したかったんだろ」

　バカ言うなと弘基は思った。自分の人生だろ、他人に託してんじゃねーよ。俺が希望だ？　冗談じゃねぇ。俺はそんなもんに、なってやるつもりはねぇからな。自分を救うのは、けっきょく自分でしかねぇんだよ。自分じゃ無理だなんて、思ってんじゃねーよ、クソッタレ！　無理だなんてそんなこと、思わねぇでくれよ、頼むから――。

だからなのか、ブランジェリークレバヤシに昔馴染みの女がやって来た時、弘基はぼんやり考えた。これも、運命なのか？　とはいえ女は仲間ではない。あくまで昔馴染み、あるいは単なる知り合いでしかないのだが。

その女とは、中二の頃に一度だけ寝た。当時付き合っていた彼女の、実の姉だった。忘れもしない、寒い冬の日のことだった。酔った父親が家で暴れ出した。居合わせた弘基は、父を思い切り殴りつけた。何発か殴って、父親が戦意を喪失したのを確認し、家を飛び出した。どうしようもなく、むしゃくしゃしていた。それで勢い余って、付き合っていた彼女が住むマンションへと向かってしまったのだ。

連絡もしないで現れた弘基を、彼女はすんなりと家へ招き入れた。パパもママも、今日は遅くなるって言ってたから。彼女はわりに嬉しそうだった。どうしたの？　何かあった？　リビングのソファに座った弘基に、優しく訊いてきた。なんか辛そうだけど、大丈夫？

顔をのぞき込まれた弘基は、そのまま彼女の体を引き寄せた。彼女も拒まず、弘基の背中に腕を回してきた。そして耳元で囁いてみせた。いいよ、しても。

人違いをしていると弘基が気付いたのは、彼女の部屋に入ってからだ。そこは弘基がいつも招かれる部屋とは違っていた。そこで初めて、弘基は我に返った。冷静に考えればすぐにわかることだった。弘基の恋人である彼女は、セックスに対していつも受け身だった。自ら相手の背中に腕を回したり、いいよ、しても、などと甘い声で囁くような女ではなかった。

「誰だ？　お前」

服を脱がしかけて言うことでもなかろうが、弘基は一応そう問いただした。すると女は半裸のまま答えたのだ。

「綾乃だよ。佳乃の、双子の姉。そっくりでしょ？　あたしたち」

彼女たちは、一卵性の双子だった。性格や通っている学校は違ったが、見た目にはどちらがどちらであるかわからないほど、そっくりな姉妹だったのだ。

そのことに、もちろん弘基は驚いた。しかし、性欲とそれは別問題で、けっきょくふたりはそのまま行為を続行させた。そのことが佳乃にバレたのはすぐ翌日のことだ。よりによってどうしてそんな日に、お姉ちゃんと浮気なんて！　そううるさく責められたので、弘基はさっさと別れを切り出した。

そしてそれから十年。現れた綾乃は、なぜか佳乃の名を騙（かた）り、行くあてがないから傍に置いてくれと懇願してきた。しかも、どこで手に入れたのか、古い婚姻届を武器のようにしてやって来たのである。

「約束したでしょ？　お互いに二十五歳まで独身でいたら、結婚しようって。婚姻届だって、ホラ、一緒に書いたじゃない？」

ちげーよ、バーカ。内心弘基は思っていた。ガキがそんな約束するかよ、アホらしい。婚姻届を書いたのは、佳乃がセックスを拒んだからだ。結婚するまでは、そういうことしたくないの。そうのたまう佳乃を前に、弘基はそうとう鼻白んだのを覚えている。やれない女に興味はない。それが若き日の弘基の行動基準で、だったら別れようぜとすぐに切り出した。すると佳乃は数日後、薄い紙きれを持ってやって来たのだ。これに名前を書いてくれたら、してもいいよ、などと言いながら、顔を真っ赤に染めたのだ。それがくだんの、婚姻届なのである。

しかし佳乃も、中坊のクセによく婚姻届なんて準備してきたよな。その点に関しては、当時も今も感心している。まあ、署名しちまった俺も俺だけど。その点に関しては、現在それなりに反省している。

婚姻届は、あの日綾乃から預かったままだ。そこに書かれた「由井佳乃」の文字を見るたび、さすがの弘基も少々考え込んでしまう。真面目で潔癖で、頑なその文字は、当時の佳乃をどこか彷彿とさせる。いけすかねぇお嬢さんではあったけど、まあ、ガキがいけすかねぇなんて、普通だしな。あんなに傷つけることは、なかったんだよな。それなのに当時の弘基は、足跡ひとつない真っ白な雪原を、泥のついた靴で歩き回るようにして、佳乃を汚そうとしていたところがあった。つまり佳乃という少女はけっきょくのところ、若かりし弘基にとって、腹立たしいほど純粋な存在だったのだろう。

けれど当の佳乃は、知らぬ間に汚れた道へと堕ちたようだった。やって来た綾乃の動向を調べる中で、明らかになっていくのは綾乃に関しての事柄ではなく、佳乃が重ねた犯罪や、被害者についてばかりだったのだ。

こんなきれいな字、書いてたのにな。茶色い罫線の内側に書かれた名前に目を落とし、弘基は小さくため息をこぼす。

アイツまで、あの街に、のまれてしまったのか。

＊　＊　＊

八時には店に戻らんとな。

自らのそんな言葉を実現させるためか、暮林は猛スピードでワゴンを走らせた。途中、渋滞に巻き込まれたり、こだまを家に送り届けたりという、少々のタイムロスがあったにもかかわらず、細い路地をすいすいと渡り、こんな道あったっけ？　と希実が驚くような裏道を進み、見事暮林は八時少し前に、ブランジェリークレバヤシへと辿り着いたのである。

それからは、弘基の独壇場だった。開店の十一時まで、わずか三時間。その時間内で店のパン棚を埋めるにあたり、彼は言い切ったのだ。急ぐ時は、俺ひとりのほうが早ぇからよ。お前ら、邪魔すんじゃねぇぞ。そして唯一暮林に材料の計量だけを許し、希実や佳乃――もとい綾乃たちを、厨房から締め出してしまった。

おかげで希実は、綾乃とふたり、レジカウンター前でパンが焼きあがるのを、じっと待つことになってしまった。そしてその段で、綾乃は希実に顔を向け、てへっと笑って言ってきたのである。

「騙しちゃって、ごめんね～」

謝罪って、笑いながらするもんかね。そう思いつつ希実は、別にいいけど、と返してしまう。別に、佳乃さんが綾乃さんでも、私としては、特に不都合もないし。そんなふうにそっけなく言いながら、一応訊いておく。けど、なんていうかその、そんなに、妹さんとは似てるの？　すると綾乃は、そうなんだ～、と甘い声をあげた。

「一卵性双生児だからねぇ。ママはギリ見分けがついてたけど、パパは無理だったし。

友だちも先生も、さらに言えばあたしの歴代彼氏たちも、見た目じゃ区別がつかないって言ってた。まあ、喋ると、わかっちゃうみたいだったけど」

明るく返してくる綾乃に、希実は、ああと頷く。店に戻るワゴンの中で、確かに弘基も言っていたのだ。だいたいお前さ、いくら顔がそっくりだからって、中身がぜんぜんちげーんだからよ。佳乃のふりすんなら、もう少し態度変えるとかしろよ。つまり似ているのは見た目だけという本人の自己申告は、おそらく正しいのであろう。その上で希実は、なんとなく気になっていたことを訊いてみた。

「……でも、綾乃さんさ」

「なあに？」

「なんで自分が、佳乃さんだって嘘ついたの？」

するとと綾乃は小さく肩をすくめ、ちょこんと舌を出し答えたのだった。

「だってあたしだってバレたら、追い返されると思ったんだもん。一応あたしって、弘基と妹の恋仲を裂いた、浮気相手なわけだし。妹はあたしのこと、かなり恨んでたからさ～。弘基も、似たような感じかなって、思ってたんだよね」

綾乃の答えに、希実はとりあえず、ああ、と返す。そして、げんなりしつつ思う。双子と三角関係なんて、弘基もまったくよくやるよ。どんだけただれた中学生活送ってたんだか。子供のクセに、ませ過ぎだっつーの。そして同時に、もうひとりの男の存在に思いを馳せる。頼れる変態、斑目だ。

　てゆうか斑目氏、弘基の元カノじゃなくて、弘基の元浮気相手に、マジ惚れしちゃってるってことになるのか。なんかそれ、だいぶややこしくないか？　そうして希実は、秘かに懊悩しはじめる。そういえば斑目氏って、弘基と双子姉妹の関係について、ある程度は知ってんのかな？　佳乃さんが元カノだったことは、もしかしたら知ってるかもだけど。でも、綾乃さんが浮気相手だったってことは、間違いなくご存じないよね。大丈夫かなぁ、斑目氏。そんなことをつらつら考えていた希実は、少々険のある口ぶりで言ってしまう。

「でも、そんな嘘つかないでいてくれたほうが、もっとシンプルに物事が運んだ気がする。こう言っちゃなんだけど、弘基って別に、綾乃さんの妹さんのこと、そんなに好きじゃなかったっぽいし」

　それは希実が、弘基の発言の端々から感じ取っていたものだった。佳乃という女の人について語る時、弘基はあまりいい顔をしない。むしろ毒を含んだ言葉を多用するほどだ。しかし綾乃は、そんなことないよ～、と厨房のほうに向き直す。

「口では悪く言ってても、弘基は佳乃のこと、ちゃんと好きだったと思うよ？」

厨房の弘基は、慌しくバゲットにクープを入れていく。そんな弘基を眺めながら、綾乃はふっと遠い目をする。

「……少なくとも、あたしにはそう見えてたなぁ」

そう語る綾乃の横顔が、少し寂しげに見えた。そのことに希実は、少し嫌なものを感じた。まさか綾乃さん、浮気相手だったけど、弘基にマジ惚れしてたとか、そんなんじゃないよね？　そんでまさかまさか、今もまだ気があるなんてこと、ないよね？　てゆうか、そんなんだったら、斑目氏が報われなさ過ぎなんですけど！

焦る希実をよそに、綾乃は楽しげに弘基について語り出した。綾乃が弘基の仕事について知ったのは、二年ほど前のことだったという。たまたま読んだ雑誌に、コックスーツ姿の弘基が載っていた。とある有名ブランジェリーで働いていた弘基は、その店の若き天才ブランジェとして取材を受けていたのだそうだ。

あんな不良だったのに、ずいぶん立派になっちゃったのねって思った。綾乃はそう笑いながら、弘基を頼ってここにやって来た理由を説明した。すごいなー、頑張ったんだなーって、単純に尊敬しちゃった。それで、そんなすごい人なら、ちょっとくらい力を貸してくれるんじゃないかなーって、思ってね。

その言葉には、希実は思わず強く言い返す。

「はあ？　あの弘基が、そんな頼りになるわけないじゃん。だいたい最初の頃なんて、アイツ、ぜんぜん綾乃さんに力貸す気なかったし」

しかし綾乃は、首を振って返してきた。そんなことないよ～。あたしが綾乃だってわかってたのに、黙っててくれたのは、何か考えがあったからだろうし。そうして目を細め、じっと弘基を見詰めた。

「弘基はなんか、昔から特別な人って感じなんだよね」

「え？」

「無理なことでも、無理じゃなくしてくれるみたいな、気がしちゃう」

もちろん希実は疑いの目を向ける。はあ？　そうかなぁ？　弘基を特別と語る綾乃に、斑目の特別ぶりについても語らねばという使命感を覚えたのだ。しかしその矢先、厨房のタイマーがにわかに鳴り響きはじめ、斑目推奨の機会はあっさり失われてしまったのだった。

「フォカッチャが焼きあがったで、並べてもらえるかな。あと、すぐ次にバゲットも、バタールもあがるで、頼むわ～」

急ぐと弘基が宣言していただけあって、パンは普段の倍速で次々と焼きあがっていった。おかげで十一時少し前にはほぼ普段通り、びっしりと棚にパンが並べられ、甘くこうばしい香りがみっちりと店の中に充満しはじめた。看板の明かりを灯すと、いつもと変わらぬ温かな淡いオレンジ色の光が、店のドアをやわらかく映し出した。

看板を出し終え希実と綾乃が店内に戻ると、厨房から店内へと続く戸口に弘基が立っていた。腕組みをし仏頂面を下げた弘基は綾乃を睨みつけ言い放った。

「落ち着いたところで、ちゃんと話を聞かせてもらおうか」

凄んだように弘基が言うので、希実は思わず隣の綾乃を見やってしまう。しかし当の綾乃は、特に表情を変えず、じっと弘基を見詰めたままだった。そんな綾乃に対し、弘基はさらに言い継いだ。

「佳乃に何があった？　アイツは今どこで、何をしてる？」

「妹が詐欺をやってるなんて、思ってもなかったんだ。そもそもあたしたち、かれこれもう五年ほど会ってなかったから、お互い今どんなふうに暮らしてるのかなんて、知りもしなかったし」

そんな綾乃の説明を、希実は背中で聞いていた。綾乃が妹について話をしている間、希実はレジ係をやるよう弘基に言いつけられたからだ。

それで希実は、厨房に続くドアを開けたまま、背後に意識を集中させ接客に臨んだ。

いっぽう厨房では、弘基と暮林が各々製パン作業に取り組んでいて、綾乃は店に続くドアの傍に佇み、妹の現状と自分の関わりについて、粛々と説明をしてみせていた。

「ちょうど、三ヶ月ほど前かな。働いてたお弁当屋さんで、急にお客さんに摑みかかられて……」

語る綾乃を前に、しかし一同はそれぞれの仕事を続ける。無論全員が綾乃の話に耳を傾けた状態ではあったが、手の動きは決してとめないよう努めている。

「とにかく、まくしたてられたの。俺はお前を許してないんだからな！　とか、いったいいくら貢いだと思ってんだ！　とか、もうすごい剣幕で」

その男の口ぶりから、綾乃はすぐに察したそうだ。この人、あたしを佳乃だって勘違いしてるな。そして同時に、相当な驚きを覚えたらしい。

「佳乃が、男の人を騙すなんて、あり得ないと思ったから。なんていうかそういうのは、あたしの担当だったからねぇ。あたしがだらしないの、佳乃はずっと傍で見てたから、あたしみたいな真似だけは、絶対にしない子だったはずなんだよね。だから、おかしいな〜って、思ったんだけど……」

思ったのだが、綾乃はその出来事を佳乃に連絡しなかった。単なる男の勘違いかも知れないと、何よりやはり佳乃が男を騙すはずがないと、いったんは水に流したのだ。しかしそれはだいぶ甘い分析だったと、声を落として綾乃は続けた。

「そんなことがあって、一週間ほどした頃かな。仕事の帰り道で、あたし、ふたり組の男に、連れ去られそうになっちゃってね」

男たちは綾乃を押さえ込むなり、言ってきたのだそうだ。由井佳乃だな？　つまり彼らもまた、綾乃を佳乃だと勘違いしていたのである。

「そのまま車に押し込められそうになって。防犯ブザー鳴らしたおかげで、どうにか逃げ切れたけど。正直、ちょっと命の危機を感じたっていうか……」

明らかなる犯罪行為に出られた綾乃は、その段でようやく事態を重く受け止めた。それで何年かぶりに、佳乃の携帯を鳴らしてみたのだ。電話で事情を説明すると、佳乃もすぐに状況を理解し、一度会って話し合おうということになった。

ちなみに綾乃、それまでは佳乃の住所も知らなかったそうだ。なぜそうしていたかについて、綾乃は、まあちょっとあってね、と言葉を濁した。しかし希実には、なんとなく事情を察することができていた。以前弘基から聞いた話を、ちゃんと覚えていたのだ。一家離散。彼女たちの家族には、確かそんな過去があったはずだ。

佳乃が綾乃に明かした住所は、双子にとってずいぶんと思い出深い場所だった。

「子供の頃、母があたしたちを、よく教会に連れて行ってたのね。あたしはあんまり馴染めない場所だったんだけど、佳乃はけっこう落ち着くみたいで、母がいなくても時々ひとりで行ってたみたいなんだ。それでたぶん、教会の人とも繋がってたんだと思うんだけど。佳乃、その教会に住まわせてもらってるって言い出して」

妹に言われるがまま、綾乃は懐かしいその場所を訪れた。佳乃は言葉通り教会に身を寄せており、双子はそこで五年ぶりの再会を果たしたのだそうだ。佳乃が借り受けていたのは、元々が物置の狭い部屋で、佳乃はそこでひとり倹しく暮らしていた。

「もうぜんぜん、男にお金を貢がせてる女の部屋って感じじゃなかったよ。装飾品なんてなんにもなくて、佳乃の荷物だってほとんどなくて、ベッドも子供サイズなのかってくらい小さかった」

当の佳乃自身も、もちろん着飾った様子もなく、ごく一般的な二十五歳の女性といった風情だったという。ブラウスのボタンが一番上まできっちりと止められていて、そんなあたりには少々の潔癖さが滲んでいたが、それがかえって、いいところのお嬢さんであるかのような印象を与えてもいた。

「そういうあたりも、あの子、昔のままだった。五年前と、何にも変わってなくて。だからあたし、最初はちょっと戸惑ったくらいなんだ。この佳乃が、やっぱり人を騙すわけないなって。あの男たちは、いったいなんだったんだろうって……」

けれど綾乃のそんな思いは、すぐに覆されてしまう。綾乃を部屋に通してすぐ、佳乃が話を切り出してきたからだ。

「迷惑かけてごめんねって、あの子言ってきたの。前はもうちょっと慎重に相手を選んでたんだけど、最近ちょっと急がなきゃいけなくなって、たちの悪いのまでカモにしちゃったみたいなのって」

カモ。そんな佳乃の発言に、綾乃はまず言葉をなくしてしまった。

「なんかもう意味がわかんなくて。どういうことなの？　って、佳乃、今何してるの？って訊いたら、あの子、当たり前みたいに、答えたんだよね」

その顔には、笑みすら浮かんでいたという。

「――だから、詐欺をやってるんだよって」

綾乃の説明に、一瞬暮林と弘基の動きが止まった。希実も厨房を振り返り、静かに息をのんでいた。詐欺をやってるんだよとは、また率直な自己申告だな。

黙り込む一同を前に、佳乃も深いため息をついてみせる。

「……ホントもう、意味がわかんなくて」

しかも自らの悪事について告白した佳乃は、穏やかな笑顔で言ったそうだ。

「でも詐欺っていっても、訴えられなきゃ罪にはならないし、訴えられないように向こうの急所は押さえてあるし、大丈夫なんだよって、そんなふうに説明してみせて」

佳乃のそんな言い分に、もちろん綾乃は反論した。そういう問題じゃないでしょ？　そもそもどうして、詐欺なんてする必要があるの？　しかし佳乃は、むしろきょとんとした様子で、お金がいるからだよ？　と返してきたらしい。

「そのお金で、人生を元に戻すんだって。あの子、そんなこと言い出したの。これは、私だけのためじゃない。お姉ちゃんのためでもあるんだよって……」

そこで綾乃はまた息をつき、髪をかきあげ繰り返した。ホント、意味わかんないでしょ？　あの子の言うことって、昔っからそうなんだよね。

綾乃の言葉通り、佳乃はさらに身勝手な持論を展開させたそうだ。私は相手を選んで、詐欺を働いているの。あの男たちが持っているお金は、正しいお金じゃないから、正しくない方法で私が奪っても、ちっとも構わないんだよ。あの人たちは、寝ていてもお金が入って来る立場にいる。生まれながらにそうで、たぶんそのお金を回していけるうちは、生きていくのに困ることはないの。彼らがするのは、その立場を守ることだけで、でもそんな彼らの立場を守るために、踏みつけにされていく人間は掃いて捨てるほどいる。そんなふうに得られるお金は、正しいお金じゃない。

「そんな不公平は、おかしいでしょう？　だから私がやってることは、間違ってないのって、あの子、言って……」

わかるでしょう？　お姉ちゃんなら。そんな妹の言葉を前に、綾乃はやはり思ったそうだ。意味が、わからない。それで、佳乃が教会のシスターに呼ばれ席を外した隙に、部屋の中を物色した。

「あの子が何をしようとしてるのか、なんでもいいからヒントが欲しかったの」

そこで綾乃は、例のボストンバッグを見つけたというわけだ。

「中をのぞいてみたら、ごっそりお金が入ってるもんだから、あたしびっくりしちゃって。すごく、こわくなった。このままほっといたらあの子、このお金で何をしでかすかわかんないって……」

それで綾乃は、そのボストンバッグを持って逃げ出したというわけだ。

ちなみに弘基が署名した婚姻届も、佳乃の部屋で見つけたそうだ。佳乃はその紙きれを、本棚の隅に隠していたらしい。

「何かに使えるかも知れないと思って、とっさに持ってきたんだけど。これはホント使えたよね。あたしそういうとこ、あんがい冴えてるんだよなぁ」

あとは、机の上に置かれたままだった佳乃の携帯電話をひっつかみ、部屋を飛び出した。携帯電話を持ってきたのは、中身を確認すれば、佳乃の交友関係、行動の一部がわかるかも知れないと踏んだからだ。

「でもあの子、何台も携帯持ってたみたいで。まあ、詐欺なんてやってるんだから、当り前かも知れないけど。あたしが逃げ出してすぐ、持ち出した携帯に電話が入ったの。相手はもちろん佳乃で、あの子電話の向こうで、おかしそうに笑ってた」

お姉ちゃんが持っていったのは、騙してる男の人専用の携帯だから、ちょうどよかった。しつこい人がいて、別れようとしてくれないから、ちょっと困ってたんだけど。彼から電話がかかってきたら、お姉ちゃんがお喋りしてあげて？　そんなことをほがらかに言った佳乃は、持ち出されたボストンバッグについても言及したそうだ。

「最近、騙した男のどれかに追われてるみたいだから、ちょうどよかったって。教会にいることがバレて押し入られたら、お金も持って行かれるかも知れないって心配だったんだけど、お姉ちゃんが保管しておいてくれるなら安心だって、よろしく頼むなんて言ってきて……」

屈託ない佳乃の言葉に、もちろん綾乃は言い返した。そんなの困るよ。何しろ綾乃も、すでに身の危険は感じていたのだ。あたしだって、佳乃に間違われてさらわれそうになったって言ったでしょ？　お金はつい勢いで持って来ちゃったけど、そんなふうに言うなら、これからすぐ返しに行くから！　あたしのことは、巻き込まないでよ！

「そうしたら、佳乃、言ったんだ。だから、これはお姉ちゃんのためでもあるんだよ、だからちゃんと、協力してよって」

その言葉に、弘基が眉をひそめる。協力？　それ、どういう意味だよ？　しかし綾乃は、わからない、と弱く首を振った。

「でも、最後に言ったの。これは、私たちの人生を元に戻すためなんだって。来年の、一月三十日までにはケリがつく。それまでに、もう少しお金を集めなきゃいけない。こっちも急いでるの。お願い、力を貸してって……」

とはいえもちろん、そんな妹の言葉で綾乃も納得したわけではない。それでも綾乃は、手にしてしまったボストンバッグを、アパートの近所にあるコインロッカーに、しばらく隠しておくことにした。佳乃の言う通り、一月三十日までにケリがつくというのなら、それまでは何事もなかったかのように、普段通り生活を送ってみようと、綾乃なりに決心したのだ。そんなに長い時間じゃない。大人しくしていれば、どうにかやり過ごせるかも知れない。

けれどすぐに、それもずいぶん難しそうだと悟ってしまった。

「佳乃の携帯が、ひっきりなしに鳴るの。電話をかけてくるのは、いつも同じ男で、あたしは佳乃の姉だって説明しても、ぜんぜん信じてくれないの。まるで言葉が通じないみたいで……」

電話の向こうで、男はしつこく言いすがった。やり直そう。悪いようにはしないから、もっと大事にするから。あるいは、凄んで脅してきた。戻って来ないなら、こっちにだって用意があるぞ。お前の人生を壊すことくらい、俺にはわけなくできるんだからな！

そしてそんなある日、ついにその男が綾乃のアパートに現れたのだ。男は何度もインターホンを押し、執拗（しつよう）にドアを叩き、最終的に部屋に向かって叫んできたそうだ。見つけたぞ！　お前、佳乃の姉なんだな!?　出て来い！　アイツを連れて来い！

「怒鳴りながらドアのノブをね、ガチャガチャやるんだよ。ほっといたら、ドアを突き破って入って来そうな感じで。あたしもう、パニクっちゃって……。それで部屋の裏窓から逃げたんだ」

着の身着のまま逃げた綾乃は、コインロッカーからボストンバッグを取り出し、まず佳乃の下へと向かった。これ以上自分が金を引き受けるのは、難しいと思ったからだ。しかし辿り着いた教会に、佳乃の姿はすでになかった。シスターの話によれば、旅に出ますと言い残し、三日ほど前に出て行ってしまったとのこと。

途方に暮れた綾乃は考えた。どこに、逃げればいい？

「ちょうどその時、婚姻届にあった弘基の名前を思い出したの。こっちには切り札もあるし、どうにか匿（かくま）ってもらえないかなって思って……」

以前雑誌で弘基の仕事や職場について見知っていた綾乃は、そのまま弘基がかつて働いていたというパン屋に急いだ。そしてそこで、別のパン屋に移ったと聞かされ、教えられた通りブランジェリークレバヤシへと向かったのである。

そこで暮林が、ああ、と頷いた。それで綾乃ちゃん、あんな遅い時間に訪ねてきたんや。すると綾乃も、そうなの！　と手を合わせた。あんな時間だったから、パン屋なんてとっくに閉まってると思ってたのに、ちゃんと開いてるから、あたし感動しちゃって！　やっぱり弘基のところに来たのは、大正解だったんだな〜って思ったんだぁ。

その言葉に弘基は、こっちは大迷惑だけどな、と吐き捨てる。しかし綾乃は嬉々として続ける。でもでも、弘基が助けてくれるって言ったし。うるせぇよ、お前が助けろって言ってきただけだろうが。顔をしかめる弘基に対し、綾乃はやたら嬉しそうだ。

「あたしたちを、助けてね？　弘基」

そんな綾乃を見詰めつつ、希実は病院のベッドに横たわっているであろう斑目に、そっと思いを馳せる。斑目氏、あんな怪我までして、綾乃さんを救おうとしたのになぁ。あんなボロボロになりながら、半泣きになりながら、俺は彼女を助けたい、なんて言ってみせてたのになぁ。

「……ああ、言われなくても守ってやるよ」

せっかく変態から卒業できそうだったのに、このままだと斑目氏、留年することになるかもなぁ。

平面でしかない写真を、斑目はあらゆる角度から見ようと目論んでいるようだった。写真を斜めに倒したかと思えば、自らの顔を左右に傾けたり、あるいは写真を頭上に掲げて、下からのぞき込もうともする。カーテンで仕切られた病室のベッドの上で、右腕にはギプスをはめられたまま、あちこちに包帯も巻かれたまま、顔の腫れもまだ引かぬまま、熱心にそうしている斑目の姿は、彼の変態ぶりに慣れてきた希実の目にも、だいぶ不気味に映った。まさかと思うが斑目氏、写真の中のパンチラでも見ようとしているのか。

カーテンの隙間からそんな斑目の様子を目に留めた希実は、何も見なかったことにしようと心に決め、隙間から顔をそらし大きく咳払いをしてみせた。そして、斑目氏、お見舞いに来たよ〜、と声を掛けた。瞬間、カーテンの向こうでギシギシッとベッドが揺れる音が響いた。慌てて写真を片づけてるんだろう。希実はそう察しつつ、音が凪ぐのを待ってから、カーテンをくぐった。ベッドの上の斑目は、わざとらしくすまし顔で口笛などを吹きつつ、しかし、ややや、やあ、のぞ希実ちゃん。よくよくよく来てくれたね！　などと、明らかに動揺しきった様子で挨拶をしてきたのだった。

　サイドボードを見やると、びっしりと写真が並べられていた。どの写真にも、綾乃が写っている。なに？　それ。と希実が訊くと、斑目は、ここ、こだまくんが、とととと、撮ってくれた写真だよ！　と、慌てふためきながらその写真を、サイドボードの抽き出しに滑り込ませてしまった。の、希実ちゃんの写真なんて、紛れてなかったんだから安心して！　そんな斑目を前に、希実は思う。どうでもいいけど。そしてベッド脇のパイプ椅子に腰を下ろし、手にしていた包みを差し出した。

「これ、暮林さんと弘基からのお見舞いパン」

　すると斑目は鼻をひくつかせ、チョコクロワッサンとオランジェだね、と顔をほころばせた。鼻の利く変態である。いや、変態だから鼻が利くのか。判然としないまま希実は、包みを斑目に渡し、具合はどう？　などと当たり障りのないことを訊いてみる。斑目は腫れあがった顔のまま笑みをこぼし、元気はつらつさ、などとつまらないことを言ってみせる。来週には退院できるって、医者にも言われたしね。外に出たら男斑目、佳乃ちゃんを救うために身を粉にする所存でさ。

　そんな斑目の発言に、希実はぐっと言葉を詰まらせる。何しろ当の彼女は、現在再びブランジェリークレバヤシに舞い戻っているのである。しかも本当の名前は、佳乃ではなく綾乃だ。しかも夕べの一件から、彼女はすっかり弘基に頼る気満々で、斑目の存在などほとんど忘れ去ってしまっている。今日だって本当は、一緒にお見舞いに連れてこようと思ったのに、斑目さんには迷惑かけちゃったから、合わす顔がないよぉ、などとのたまって、店に残ってしまったのである。希実が思うに、あれはたぶん合わす顔がないんじゃない。単に会うのが面倒なだけだ。そんな現実、斑目氏には伝えられない。そう希実がじくじく考えていると、斑目が思わぬことを言い出した。

「あ、違うか。彼女、本当は綾乃ちゃんていうんだもんね」

もちろん希実は、ええ!? と声をあげてしまう。な、なんで知ってるの!? 驚く希実を前に、斑目はニタリと笑う。俺のネットワークを、侮(あなど)らないで欲しいなぁ。聞けば斑目、今朝がた膨大な情報を得られたそうなのだ。

「この怪我の一件の情報をくれた、知り合いのルポライターがね、ガセネタを摑ませちゃって申し訳なかったって、これでもかってほどの佳乃ちゃん情報を持って来てくれたんだ。あ、ちなみに、昨日みんながソフィアさんの店に向かったことも聞いてるよ。なんていうか、怪我の功名って感じだよね。俺の全治一ヶ月を知って、そのくらいの詫びは入れないといけないって、思ったらしくてさ」

得意げに斑目はそう語った。そしてその上で、ところで綾乃ちゃんは今、お店にいるんだろう？　そそそ、その、俺のこととか、なな、何か、言ってたり、してたかな？　などと鼻の穴を膨らまし言い出したのである。それで希実は少し考えて、ある程度正直に話した。それが、その、お見舞いに行こうって、誘ってはみたんだけど、合わす顔がないからって、彼女……。そんな希実の応えに、しかし斑目はうっとりと宙を見つめ呟く。そうかそうか、なるほどねぇ。綾乃ちゃんは、やっぱり奥ゆかしいなぁ。そんな斑目の反応に、希実は言葉をなくす。解釈がまるで幸せなバカだ。まあ、無駄に落ち込まれるよりマシだけど。

「綾乃ちゃんは戻って来たし。あとは真打ち、佳乃ちゃんを捜し出すだけだね」

斑目はそんなことを言い出し、ベッドの下に置いてある紙袋の中身を、取ってくれないか、と希実に頼んだ。言われるがまま希実は、紙袋の中に手を突っ込み、中のものをごそりと取り出す。それはぶ厚い紙の束だった。それが何束も入っている。

「何？　これ」

希実が訊くと、だから怪我の功名だよ、斑目は繰り返した。あるいは、戦利品と言うべきかな。身を挺して、戦った甲斐があったよ、と鼻息荒く言い継いだのだった。

「ここに、佳乃ちゃんを見つけける手掛かりがあるのさ」

そんな斑目の言葉を耳にしつつ、希実は紙の束に目を落とす。それはリストのようになっていて、細かく人の名前やら住所やらがびっしり印刷されている。

「……これ、名簿？」

希実の呟きに、斑目はパチンと指を鳴らした。

「正解。お目が高いね、希実ちゃん」

「もしかしてこの中に、佳乃さんの情報が？」

「それは不正解。これは、詐欺師由井佳乃が使った、名簿なのさ」

斑目によるとその名簿は、とある名簿業者が佳乃に売りつけたもののコピーらしい。なんでもくだんのルポライターが、その名簿業者を突き止めてきたというのだ。

「名簿を使ってカモをピックアップするっていうのは、詐欺師の常套手段だからね。彼女も例に漏れず、名簿を活用してたってわけさ」

言いながら斑目は、一冊の紙の束をパラパラとめくっていく。そこには時おり、青い蛍光ペンでマークされた名前がある。

「この名簿は、有名大学数校の成績上位者リストなんだってさ。文系理系入り交じりだから、どのくらい精度の高い情報かはわからないけど、とりあえず、過去二十年間ほどの卒業生たちの名前がある。マークがしてあるのは、由井佳乃が騙したと思われる男の名前。もちろん、数人しか見つかってないけど、でも彼女が、この名簿を使ったっていう裏付け程度にはなるだろうって」

斑目の言葉を受けて、希実も名簿をパラパラとめくっていく。そこには男の名前と、住所、職業、学部ならびに卒業年度などが記されている。

「……なんか、超いい大学の人ばっかりじゃない？」

希実の感想に、斑目も頷く。

「会社も一流企業揃いだよ。いわゆるエリートのリストみたいなもんだからね」

なるほど、それはずいぶんと感じの悪いリストだ。でも佳乃のような詐欺師にとっては、そうとうに利用価値の高い名簿だとも言える。要はここから、上手く騙せそうな男を、見つくろえばいいんだもんな。そんなことを思いつつ、希実は青くマークされた名前に目を走らせていく。

「それで、この名簿を使って、どうやって由井佳乃を見つけるの？　マークされた人たちに、当たってみるとか？」

そう希実が訊ねると、斑目は振れない首をほんのわずかばかり揺らして返した。

「彼らにはすでにコンタクトをとったそうだよ。でも、由井佳乃への恨み言はいくらも聞けたけど、今の行方について有益な情報は得られなかったらしい。つまり俺たちは、別の戦法を用意しなきゃならない。例えば、こっちから詐欺にひっかかりに行くとか」

「こっちから？　そんなこと出来るの？」

大量の名簿の束に目を落とし、希実は眉根を寄せる。騙される対象のリストがあったからって、対象を選ぶのはあくまで詐欺師、佳乃の側であるはずだ。つまりリストがあったところで、こちらが仕掛けられることなどたかが知れている。そう訝る希実をよそに、斑目は不敵な笑みを漏らした。

「考えてもみなよ、希実ちゃん。彼女はこの名簿の中の人物を選んで、カモにしてるんだよ？　つまり逆に言えば、この名簿レベルのエリートを彼女の前に差し出せば、おそらく彼女は食いついてくるってことさ。俺たちは、そこを狙うんだ」

その説明に、希実は、はあ、と頷きつつ、しかしどうも釈然としないまま腕組みをして返してしまった。

「でも、誰にそんなカモ役をやってもらうっていうの？　斑目氏の知り合いに、ちょうどいいエリートがいるとか？」

すると斑目は、ひときわ大きく指を鳴らした。

「正解、その通り！」

もちろん希実は、声をあげる。

「え？　ホントにいるの？　そんな人」

目をしばたたく希実を前に、斑目はニヤニヤと不気味な笑みを浮かべる。

「またまたぁ、ひとりいるじゃないか。希実ちゃんのすぐ近くに」

それで希実は、しばし考える。私の近くに、高学歴のエリートなんかいたっけ？　しかしいくら考えても、まったく思い浮かばない。そんな中、ベッドの上の斑目が、不敵な笑みを浮かべこちらを見ていることに気付く。そしてもしやと思い至り、言ってみる。

「……もしかして、斑目氏？」

すると斑目は、わずかばかりのけぞり、そんなわけないじゃないか！　と小刻みに首を揺らした。なんだ、違うのか。希実はうむと腕組みをし、だったら誰なの？　と訊いてみる。そんな希実の反応に、斑目も少し意外そうな表情を浮かべる。本当にわかんないの？　希実ちゃん。だから、ぜんぜん心当たりないんだけど。でも、ほら、いるじゃない？　元国連職員の……。は？　国連？　何急にワールドワイドなこと言ってんの？　怪訝そうに言う希実に、斑目は少々驚いたような顔をしてみせる。

「そうか、希実ちゃん、本当に知らないんだね」

「だから、何を？」

「暮林さんのことだよ。元国連職員のエリート」

斑目のそんな説明に、希実はまた声をあげてしまう。えっ⁉　うそ⁉　おかげで他のベッドから、次々と咳払いを浴びせられる。それでも希実の驚きは収まらず、うそ、うそ、知らなかった。何それ？　と小声でいくらも言ってしまった。

そんな希実を前に、斑目はニタリと笑みをこぼし、しみじみ言ってみせたのだった。

「まあ確かに、人に歴史あり過ぎって感じではあるけどね」

しかし希実は、上の空だった。暮林さんが、エリート？　海外赴任のサラリーマンとは聞いてたけど。でも、あのマイペースな暮林さんが？　いまだにパンをうまく捏ね上げられない暮林さんが？

「まあ誰にだって、知られざる過去はあるからね」

名簿に目を落としながら、斑目は続ける。

「他人から見える部分なんてホンの一部で、でもその一部で、人は相手を量ろうとするからやっかいなんだよね。綾乃ちゃんや佳乃ちゃんだって、だいぶ誤解されているんだろうし」

斑目の言葉に、思わず希実は、え？　と訊き返す。誤解って、何が？　すると斑目は、苦笑いを浮かべて続けた。

「……見えてるよりは、だいぶヘヴィかもってことさ」

斑目から渡された名簿の束を両手に、希実は病院をあとにした。紙袋に詰まったそれらはずっしりと重く、歩くほどに腕が抜けてしまいそうな気分に襲われた。

「……重」

時々ついついひとりごちてしまう。しかし人間の情報なのだから、そのくらいの重さは当然なのかなと希実は思う。まあ、重いもんなんだろうしな、みんなそれぞれ。そんなふうに思ってしまうのは、斑目から綾乃と佳乃の過去について、少々聞かされたせいかも知れない。

重い紙袋を手放すことなく、希実は歩いて行く。何しろこの名簿は、由井佳乃に繋がる数少ない手掛かりなのだ。重いからといって、手放していいものでもないだろう。

斑目が語った綾乃と佳乃の過去は、以前弘基から聞かされたものと、大きくは違わなかった。父親は会社社長、母親は専業主婦、住まいは高層マンションの最上階。そんな環境で、なに不自由なく暮らしていた彼女たちは、しかし高校二年の冬、父親の会社が倒産し一家離散の憂き目にあった。

ただし斑目によれば、一家は元々裕福だったわけではなく、姉妹が小学校の高学年になったあたりで、彼女たちの父親が興(おこ)した会社がたまたま上手く軌道に乗り、それまでのアパート暮らしから一変、豪奢な高層マンションの住人になっただけの話だそうだ。

しかしそんな生活は長くは続かなかった。父親の会社が好調だったのは最初の数年だけで、経営はすぐに翳りをみせはじめた。姉妹が高校に通うようになった頃には、両親の口論が絶えなくなり、アパート暮らしの頃の温かな夫婦の気配は、すっかり息をひそめてしまった。

「お金って、家族を変えちゃうんだよねって、綾乃ちゃん言ってたよ」

病室のベッドの上で、斑目はそんなふうに語りだした。

「お父さんの会社の状態や家の家計が、かなり危機状況にあるって気付いた綾乃ちゃんは、親御さんたちに言ってみたそうなんだ。あんまり大変なようなら、このマンションを売ればいいんじゃないかって。そうすれば、ローンの支払いもなくなるし、ある程度のまとまったお金が入るから、会社のほうにも少し回せるんじゃないかって。でも親御さんには、まったく相手にされなかったそうだ。まあ、親の面目ってもんもあったのかも知れないけどね」

綾乃の両親にとって、マンションは成功の証しのようなものだった。それでどうしても手放すことが出来なかったのだろうと、綾乃は思っていたようだ。ただしそんな親の気持ちを、理解することは出来なかった。成功の証しなんてどうでもいい。家族揃って平和に暮らせたら、それで充分なはずなのに。しかしいくら綾乃が言っても、親が娘の言葉に耳を貸すことはなかった。

「それで彼女、思ったらしいよ。まるでここはバビロニアだって」

そして双子の両親の関係を壊す、決定的な出来事が起こる。会社の倒産だ。多額の借金を背負った父親は、自殺をほのめかすような手紙を残して姿を消してしまった。母親は泣き崩れるばかりで、そのため捜索願は、まだ高校生だった双子の姉妹が出したらしい。そしてその一週間後、警察から連絡が入った。彼女らの父親と思しき、遺体が発見されたと。その時のことについては、綾乃も細かく斑目に語って聞かせたそうだ。

「連絡があってすぐ、みんなで警察に向かったんだって。その間も、お母さんはずっと泣きっぱなしで、佳乃ちゃんも泣くのを必死でこらえてる状態だったらしい。まあ、綾乃ちゃんだけは、まだ父親の遺体だって決まったわけじゃないのに、泣くのはどうなんだろうって、思ってたらしいけど」

そうして警察に着いた彼女たちは、遺体の安置所に案内され、ビニールシートがかぶせられた遺体と対面した。警察の人間はそのシートを持ち上げて、遺体の顔を確認するよう彼女らに促したそうだ。しかしそこにあったのは、父親の顔ではなかった。そのことに安堵する綾乃の傍らで、母親もホッとしたのか、腰を抜かしたようにその場に座り込み、そのまま嗚咽しはじめてしまった。

「それで綾乃ちゃん、よかったねって、お母さんに言おうとしたらしいんだ。でもお母さんが、思いがけないことを言ってきたそうでさ」

思いがけないことって？　希実が訊くと斑目はため息をついてみせた。そして少し言い辛そうに、口を開いた。

「どうしたらいいの？　って、泣きながら訊いてきたんだって」

どうしたらいいの？　それはつまり、夫が死んでいてくれなかったことに対する、戸惑いの言葉だった。

「彼女たちのお父さんは、しっかりと生命保険に入っていたそうでね。亡くなったらそれなりの額の保険金が、支払われることになっていたんだって。そのお金が入れば、借金も返せて、マンションも売却せずにすんだってことらしくてね」

それで、双子の母親は泣いたのだ。泣いて、綾乃にすがり付いてみせた。どうしたらいいの？　綾乃ちゃん。ママたち、どうしたら……？　ちゃんと死んでいてくれればよかったのに。そうすれば今の暮らしを、守ることが出来たのに――。

「……意味わかんないよねって、綾乃ちゃん、笑って言ってたよ」

そんなふうにひどく取り乱した双子の母は、しかししばらくすると冷静さを取り戻し、マンションを売り払い借金を返し、それでもけっきょく追いつかずついには自己破産したという。そしてその二年後、彼女は病死する。

癌だったがそれがわかった時にはすでに末期で、延命治療も拒否しそのまますぐに亡くなったのだそうだ。

「治療を拒否するっていうと、聞こえはいいけど。彼女らのお母さんの場合は、単にお金がなかったのが一番の理由だったそうだ。治療の方法は、あることはあったみたいなんだけど、でも、彼女たちには、選ぶ余地がなかったって」

死にゆく母は、かつての言葉を悔やんでいたという。お父さんが死んでいてくれたらという、あの発言だ。

「綾乃ちゃんが言うには、お母さんはその時のことを、娘たちにちゃんと謝ってたらしい。でも佳乃ちゃんは、許さなかったんだって。真面目で潔癖だったから、母親の言葉がどうしても許せなかったんじゃないかって、綾乃ちゃんは言ってたよ。ママの言葉は、最後まで佳乃には届かなかったんだよねって、さ」

綾乃のそんな過去を語った斑目は、ぼんやりと窓の外を見ながら言った。

「この話を聞いた時ね、俺、なんとなくわかったんだ。彼女がどうして、世界をバビロニアだなんて、言うようになってしまったのか」

そうだろうなと、希実も思った。何しろ斑目からまた聞きしている希実でさえ、彼女がバビロニアを語った理由がわかった気がしていたのだ。

「だから俺、彼女をそのバビロニアから、連れ出したいんだよね。だってあんまりだろ？　たった十七歳だったんだよ。彼女たちは——」

斑目のそんな言葉を思い出して、希実は紙袋を提げた両手に力を込める。十七歳の希実は、十七歳を立派な大人だと、思っている。

「……ったく、重いなぁ」

それでも、重い荷物は、どうしようもなく重いのだ。

店に着くと、そこには綾乃の姿があった。綾乃は帰って来た希実に気付くと、おかえりなさい、と笑顔を向けた。いつも通りの屈託ない笑顔だった。

笑うんだよな、と希実は思った。

昔に何があったって、たぶん人は笑うんだよな。

希実が病院から持ち帰った名簿のコピーを前に、ブランジェリークレバヤシの面々は嘆息した。

「すっげぇな！　斑目！　アイツ、マジで最強の情報屋だな！」

「確かに。脚本家にしとくのは、もったいないほどやなぁ」

叫ぶ弘基と唸る暮林を前に、綾乃は驚きの表情を浮かべていた。

「……斑目さんて、意外と頼りに、なるんだね」

そんな綾乃を横目に、希実は胸を張る。

「そうだよ、斑目氏は頼れる男なんだよ。情報収集能力ハンパないし。しかも情報は、これだけじゃないんだから」

言いながら希実は、手にしていた封筒の中からパンフレットを取り出す。

「むしろここからが、斑目氏の本領発揮って感じ」

得意げな笑みを浮かべつつ、希実は取り出したパンフレットを机の上に広げる。それをのぞき込んだ弘基は、そこに書かれた文字を目で追いつつ眉間にしわを寄せる。業界ナンバーワン、カップリング率五十七パーセント？　なんだよ、これ？　訝しそうに呟く弘基に希実は、ごらんの通りだよと言って返す。

「婚活パーティーのパンフレット」

すると一同は、婚活パーティー？　と声を合わせた。受けて希実は大きく頷いた。

「そう。由井佳乃は名簿だけじゃなく、この婚活パーティーも利用してたらしいんだ」

斑目の説明によると、名簿にマークされた男たちには、とある共通点があった。老いも若きも文系も理系も、みな独身であるという点だ。もちろん結婚詐欺のターゲットになっていたのだから、当たり前といえば当たり前だが、しかし独身の彼らにはさらなる行動の一致が見られた。全員が、大手イベント会社が主催する婚活パーティーに、一度、あるいは数度足を運んでいたらしいのだ。

「なんか、そういうパーティーって、客寄せみたいな人たちを、あらかじめ用意してることがあるんだって。男の人の場合は、職業とか収入がいいとか……なんていったっけ？　えーっと、ハイ、ステイタス？　そういう人たちに、いろんな形で呼びかけをして。参加料無料とか、特別待遇で招くの」

説明しながら希実は、名簿にマークされた名前、つまり佳乃に騙された男たちの名前を指さしていく。

「それで、このマークをしてある人たちに情報提供を求めたところ、この婚活パーティーに足を運んだことや、その理由について語ってもらえたらしいんだよね」

希実の言葉に、弘基が口を挟む。

「なんだよ？　その理由って」

「ダイレクトメールだよ。この婚活パーティーにいらっしゃいませんかって手紙が届いたんだって。ハイステイタスな男性は、特別に参加費を無料にしてお待ちしております。

女性はモデルやＣＡ、アナウンサーの方々などが多数参加されております。みたいなおいしい内容が盛りだくさんの」

　すると弘基が、へえ、と感心したような声をあげる。

「なるほど。あの名簿に片っ端からＤＭ送って、パーティーに招くってことか。まあ、そんなＤＭでのこのこパーティーにやって来る時点で、カモとしての素質は充分だもんな。狙いどころとしては、悪かねぇか」

　そんな弘基の説明に、綾乃はハッとした様子で、もしかしたらと言い出す。

「佳乃、そのパーティーで、ＤＭを送った男の人たちに声を掛けてたとか？」

　そんな綾乃の推理に希実は、それはちょっと違うんだな、と応える。

「パーティーは、あくまでカモにする人材の情報を収集する場でしかないからね。そこで声を掛けるなんてことは、絶対にしてなかったみたい。何より、佳乃さんがのちに被害者となる男の人たちと出会ってたのは、まったく別の場所なんだよ。もちろん時期も場所もバラバラで……」

　説明しながら希実は、斑目に渡されたメモ紙に目を落とし続ける。

「強いて言うなら、趣味の場で出会うことが多かったみたい。ゴルフ場とか、クラシックのコンサート会場とか、射撃場なんてのもあったな。あとは、ボランティアとか」

希実がメモを読み上げると、暮林が、ほお、と感心したような声をあげる。なんや佳乃さん、趣味がえらい多いんやなぁ。そんな暮林に、希実は笑顔で返す。

「ううん。どれも佳乃さんの趣味じゃないの。佳乃さんは、ぜんぶ相手の趣味を把握してて、相手が行きそうな場所に先回りをして、そこでようやく声をかけるの。出会った人たちは、そりゃあもう感動するらしいよ？　なにせ自分の好みにぴったりの女の人が、目の前に現れるんだもん」

希実のそんな説明に、弘基は呆れたような表情を浮かべる。

「佳乃のヤツ、相変わらず用意周到だなぁ」

そんな弘基の感想に、希実も、まあね、と頷き話を進める。

「主催者側の社員に、由井佳乃の名前はなかったみたいだけど、偽名でもぐりこめないわけでもないし、たぶん佳乃さんは、そこで働いてたんだろうって、斑目氏も言ってた。主催者側の人間だったら、参加者の情報も得られるしね。彼女はそこで、カモたちの趣味や好みの女の人のデータを集めて、場所を移して騙しにかかったんじゃないかって。名簿の人たちをわざわざパーティーに誘い出すのは、そういう情報を集めるためなんじゃないかって、これはルポライターの人の意見らしいけど」

斑目の言葉通りに希実が語ると、弘基が腕組みをし、なるほどなと納得の表情を浮かべる。

「相手の好みがわかってるから、上手いことたぶらかせたってわけか」

そして机の上に広げられた婚活パーティーのパンフレットに目を落としながら言い継いだ。

「つーことはこのパーティーとやらに、活きのいいエリートを放り込めば、佳乃が動き出すかも知れないってことだな？」

弘基のそんな問いかけに、希実は静かに頷く。

すると弘基は、よし！　と暮林の肩に手を回した。

「じゃあ、行ってみようか!?　クレさん！」

声をかけられた暮林は、きょとんとしたまま、弘基を見詰め返す。は？　行くってどこにや？　どうやら意味がわかっていないらしい。そんな暮林に、弘基はたたみ掛けていく。

「だから、婚活パーティーにだよ。経歴がご立派のクレさんが行けば、佳乃もクレさんを次のカモとして認定するかも知れないじゃん。一応今だって、経営者なんだし。そうしたら、向こうから勝手に近づいて来てくれるんだぜ？　こんな手っ取り早い方法はねーよ。そうとわかれば、行っちゃおうぜ、婚活パーティー」

まくしたてられた暮林は、そうやな、と大きく頷く。なんやようわからんけど、行ってみるわ。

「よし！　そうと決まれば、希実！　そのパーティーとやらの次の開催日はいつだ？　それ調べて、クレさんが参加出来るように申し込みを……！」

そんなふうに揚々と仕切り出す弘基を横目に、希実はポケットからDMを取り出す。

「その必要はないの。斑目氏が、すでに申し込みずみだから」

言いながら暮林に差し出す希実に、弘基が、なんだ？　それ？　と訊いてくる。希実は斑目に言われた通りの答えをしてみせる。

「佳乃さんが名簿の男たちに送ってたと思われるDM。斑目氏が手に入れたらしい。これを持ってパーティーに参加すれば、暮林さんの経歴上、きっと彼女はひっかかってくるだろうって」

さらに希実は、斑目に言付(ことづ)かっていた内容も口にする。

「パーティーには斑目氏も同行するって。暮林さんがパーティーで上手く立ち回れるよう、フォローに徹するから、お任せあれって言ってたよ」

そうして翌週末、暮林と斑目は、連れだって婚活パーティーなるものに向かったのである。

パーティー当日は、冬晴れのいい天気だった。風は痛いほどの冷たさだったが、空気は澄んでいて空はひどく青かった。店にやって来た斑目は、ブランド物と思しきビジネススーツでキメていた。時計もやけにごついものをつけており、それもだいぶ高価なもののように思われた。しかし同じ腕にはやはりギプスがされたままで、頭にも包帯がぐるぐると巻かれていた。その状態でパーティーに行ったら、マジで必死に嫁探しをしてる男に見えるな、と弘基は評したほどだ。いっぽうの暮林は普段着のままで、後ろ髪には少し寝癖がついていた。そんな暮林について綾乃は、母性本能くすぐるからアリアリ～、などとはしゃいでいた。そして彼女は、ふたりの男に言い置いたのである。

「佳乃のために、ありがとうございます。でもでもふたりとも、悪い女に引っかかっちゃダメだからね～」

その言葉に暮林は、そうやな～と微笑み、斑目は、もも、もちろんであります！　と敬礼してみせた。パーティーがはじまる前からすでに、斑目は絶賛、悪い女に引っかかっている模様である。

そうして暮林と斑目は店をあとにした。ふたりを見送った弘基はすぐ、じゃあ俺らは開店準備だぞ、と言い出した。

「佳乃がクレさんをターゲットに絞った場合、クレさんに接触しようと近づいてくるのは、まず間違いなくこの店だからな。いつアイツがここに来るかわかんねぇから、準備万端にしとかねーと」

詐欺師の行動予測をそんなふうに立て、そういうわけだから、お前は当分店に立つな、と綾乃に言いつけた。

「クレさん目当てでこの店に来て、そこに綾乃がいたりしたら、アイツ絶対逃げるだろうからよ。だからしばらく接客は希実担当。綾乃は絶対、厨房から出んじゃねーぞ。わかったな？」

有無を言わさない弘基の口ぶりに、希実は、わかってるよ、と頷いた。

「どうにかこのタイミングで捕まえないとね、由井佳乃」

かくしてブランジェリークレバヤシは、一同総出で由井佳乃捕獲に向けて動き出したのである。

一月三十日までにはケリがつく。それまでに、もう少しお金を集めなきゃいけない。佳乃が残していったとされるそんな言葉から、弘基は断定していた。

「ターゲットが見つかったら、佳乃はすぐに動くはずだ。一月三十日まで、そう日はねーからな。相手に近づいて金を引き出すためには、それなりの時間と手間がかかるしよ。

パーティーが終わったら、即行でクレさんに食いつくに違いねーよ」

しかしそんな弘基の言葉に反し、一月三十日に向けての変化は、一向に起こらなかった。暮林が婚活パーティーに参加してすぐ、最初の二、三日あたりは、佳乃が店に現れるかもと、一同がそわそわしながら仕事に取り組んでいたが、日々は平穏無事に過ぎてしまった。

「やっぱり俺では、ダメやったんかなぁ」

暮林もそんなふうに肩を落とし、おかげで希実は暮林をだいぶ励ますことにもなった。そんなことないって。単なるタイミングの問題だって。しかし暮林は、自分の態度がエリートらしくなかったのではないかと、少しばかり思い悩んでいるようだった。気にすることないって、と希実はフォローを入れておいたが、しかしその実、もしかしたら暮林の言う通りなのかも知れないなとも考えていた。何しろ、パーティーに同行した斑目の様子が、だいぶおかしいのである。

パーティーに参加して以降、斑目はずっと部屋に閉じこもっている。調べ物をしているんだと本人は説明していたが、昨日希実がパンを配達に行った時など、尋常ではないほどにやつれ果ててしまっていた。どうやら不眠不休で、調査にあたっているらしい。まるで何らかの失敗を、取り戻そうとしているかのような頑張りぶりにすら見える。やっぱりパーティーで何かあったんだろうか、と勘繰ってしまうのも仕方がないほどなのだ。

そしてそのまま時間は流れ、気付くと一週間以上が過ぎてしまっていた。タイムリミットである一月三十日まで、もう十日を切ろうとしており、店の中にはピリピリした空気が流れつつあった。新たな展開を迎えたのは、そんな頃だった。

目が覚めると希実は、起床して一階に下り、それまでに佳乃らしき女が現れたかどうかを、確認するのが日課になりつつあった。

「おはよ！　夕べはなんか、動きあった？」

土曜日の明け方、希実が一階に下りるなり声を掛けると、弘基は腹立たしげに報告をした。

「誰もこねぇよ、残念ながら」

ちなみに暮林と綾乃は、連れ立って朝の配達に向かっていた。店のドアがノックされたのはそんな、すでに閉店時間を迎えた頃だった。弘基がエプロンを外し、コックスーツのボタンに手をかけたその瞬間、トントンとドアを叩く音が響いた。

何者かの来訪に、希実と弘基は顔を見合わせる。こんな時間に店にやって来るのは、おそらく客ではないだろう。だったら、いったい誰だ？

ドアはトントンと鳴り続ける。あんがい穏やかな音だ。しかし、少々しつこくはある。弘基に背中を押された希実が、ドアの前に立つまでのほぼ一分間、その音は一定のリズムでトントン鳴り続けたのである。

もしかして佳乃さんかな？　小声で言う希実に、弘基は、わかんねぇよ、とやはり小さく言い返す。わかんねぇけど、佳乃だったらとりあえず、お前が応対するのがベストだから、さっさとドア開けろって。開けて、どうすればいいのよ？　佳乃だったら、適当に話合わせて、クレさんが戻って来るまで引きとめろ。クレさんには、早く店に戻るように、俺から連絡入れとくから……。待ってよ！　引きとめるって、どうやるのよ？　バカヤロ！　お前も女なんだから、くだらねぇ話で時間保たせる技術くらいあんだろ？　な、ないよ！　そんなの……！　囁くように言い合う希実と弘基の間に、ノックの音は響き続ける。トントントントントン。

しつこいを通り越して、執拗な様相さえ感じさせる音だ。トントン、トン。そしてついに、ドアの向こうに立ったその人物は、口を開いた。

「やーなーぎーくん」

低い男の声に、希実は思わず体をすくめてしまう。やって来たのは、佳乃じゃない。だったら、誰？　傍らの弘基も、希実の背中を押すのをやめて、小さく息をのむ。ドアの向こうの男は繰り返す。やーなーぎーくん。その声はまるで、子供が友だちに呼び掛けるように響いていた。やーなーぎーくん。いーませーんかー？


現れたのは以前希実が店の前で遭遇した、神経質そうな男だった。

「ブラックコーヒーは飲めないから、ミルクと砂糖をお願いします」

希実がコーヒーを差し出すと、男はそんなふうに言った。いつまでたっても、舌が子供でね。微笑みながら男は言うが、その目があの時と同様に少しも笑っていないように見えて、希実は怖々作り笑いを返してしまう。そ、そうですか。じゃあ、すぐ、お持ちしますね。そしてすぐに、コーヒーマシンが置かれたレジへと向かう。

彼の名前は多賀田(たがた)という。多賀田は弘基の中学時代の同級生であり、現在は飲食店を経営する青年実業家であるとのことだった。つまり彼は以前弘基が語っていた、まともな神経ではない裏街道のエリートであるらしい。そして弘基が言うところの、佳乃が最も騙すべきではなかった、結婚詐欺の被害者でもあり、以前希実に婚約者と名乗った人物でもある。

「こんなふうに柳と会えるなんて、なんだか光栄だよ」

口元だけを微笑ませながら、多賀田が言う。いっぽうの弘基はマグカップを机の上にトンと置き、眉をあげて皮肉っぽく笑ってみせる。そりゃあ、どうも。しかし男は、笑みを浮かべたまま続ける。しかしあの柳が、こんな立派なパン屋、いやブランジェになるとはね。夢にも思わなかったよ。そんなふうに持ちあげてくる多賀田に、弘基は面倒くさそうに返す。別に大したこたねーよ。俺はただのパン職人だ。お前みてーにのし上がったヤツとは、比べもんになんねーだろ。すると多賀田は、フッと小さく笑って首を振った。そんなことないさ。その目元には、わずかなしわが浮かんでいた。

「けっきょくのところ、俺はまだあの場所から抜け出せてない。だから柳のことは、心底スゲーと思ってるよ」

希実がミルクと砂糖を持って行くと、多賀田はありがとうと頭を下げた。これで、この間の無礼は、許してあげるよ。そう言い置く多賀田に、希実は眉根を寄せてしまう。許すって……？ すると多賀田は、口の端を歪め言い継いだ。

「この前、俺がここに来た時、写真の女はいないと君は言っただろう？」

「あ……」

「まあ、嘘をつかれているのは薄々わかってたんだがね。俺の本当の目的はあくまで佳乃だから、お姉さんのことはまあいいかと思って、あの時は引き下がることにしたんだ。しかしここまで来ても、佳乃の行方が摑めないのでね。業（ごう）を煮やしてまたうかがいにあがった次第なのさ」

「……それは、どうも、すみませんでした」

抑揚のない声で希実が言うと、多賀田はいいよと笑って応えた。まあ、俺は柳のような爽やかなイケメンじゃあないし、君が警戒したのも、無理はなかったんだろう。うん、そう思うよう努めるよ。許してはくれているようだが、若干のわだかまりはありそうな物言いだ。それで希実は、再び頭を下げてみる。いや、なんていうかその、すみませんでした。そんな希実に、弘基は言い捨てる。謝る必要ねーよ。だいたい見るからに、多賀田が怪しいのがいけねぇんだからよ。相手が誰であっても、暴言を吐く姿勢は貫かれているようだ。怪しい？　俺が？　自覚ねーのか？　ヤベェぞ、それ。

言い合うふたりを横目に、希実はそそくさとレジへと戻る。希実が距離を置く中で、弘基と多賀田は淡々と会話を進めていく。で、お姉さんはどこなんだ？　パンの配達に行ってるよ。こんな時間から？　うちは真夜中営業だから、ちょうど明け方終わりで売れ残ったパンを、買い取ってくれるホテルやカフェがあんだよ。へえ、そんなことを。そりゃあいいな、うちの店も頼もうかな。え？　マジなら注文受けるけど？　ふたりの間からは緊張感が漂い続けているというのに、話しぶりは実にのん気な様子である。しかし、それがかえって不気味だ。なんせ相手は、弘基が言うところの、裏街道のエリートなのだ。何をしでかすかわからない。希実は内心はらはらしながら、ふたりのやり取りをじっと見守る。

　佳乃の居場所を知っているなら、教えて欲しいと多賀田が切り出すと、弘基は冷たく返した。んなもん、こっちだって知りてーよ。そう、ふんぞり返って腕を組んだ。

「こっちのカードは、佳乃の姉貴くらいのもんで。けどその姉貴も、ここ何年も佳乃と連絡取り合ってなかったっつーから、佳乃の居場所どころか、アイツがどこで何をしようとしてるのか、こっちはなんもわかんねーままなんだよ」

　その説明に多賀田は、ふうん、そうか、と返した。そして店のほうに顔を向け、店内の様子を探るようにじろじろあたりを見渡しはじめた。そんな多賀田に、弘基は訊き返す。

「つーか、何でお前は、いつまでも佳乃にしつこくしてるんだよ？　アイツとはもうとっくに別れたんだろ？」

　すかさず、多賀田は小さく笑う。

「俺たちが付き合ってたこと、ちゃんと調べてあるんじゃないか」

「まあな。振られた女に、未練がましく追いすがってるとか、そういう話ならいくらも聞いてるけどよ」

弘基の答えに、希実はビクッと体をすくめる。そんな思い切りのいいことを言って、キレられたらどうするつもりだと肝を冷やす。けれど多賀田は、吹き出すようにして笑い、すがってる？　俺が？　それ、地元の連中が言ってるのか？　とおかしそうに手を叩いた。どいつが言ってるのか知らんが、見当違いもいいところだよ。そんなことで追ってやるほど、俺は女を信じてないよ。そんな多賀田に、しかし弘基は不審そうな視線を送ったまま言葉を続ける。

「じゃあなんで、佳乃の携帯に脅しの電話をかけ続けたり、綾乃を連れ去ろうとしたり、綾乃のアパートに押し入ろうとしたりしたんだよ？」

瞬間、多賀田はぴたりと笑うのをやめた。そして突然表情を険しくし、なんだ？　それ？　とすぐに弘基に向かい、身を乗り出してきた。

「そんなことまで起きてるのか？」

その反応に、希実は少々戸惑う。知らなかったのか、この人。ってことは、佳乃さんを執拗に追ってる男って、この人じゃなかったってこと？　そんな希実の疑念に呼応するように、弘基も多賀田をじっと見据え、量るように口を開く。

「……お前がやったことじゃ、なかったのか？」

問われた多賀田は、当たり前だ、と吐き捨てるように言う。

「言っただろ？　俺は女に執着出来るほど、あいつらを信じてない」

そんな多賀田の言い分に、しかし弘基は食ってかかる。

「じゃあ、なんでだよ？　なんで佳乃を追ってんだ？」

すると多賀田は弘基を見詰め返し、そのままじっと動きを止めた。おそらくそうして、何かを考えていたのだろう。しばらくすると彼は姿勢を正し、テーブルの上で手を組んだ。そしてわずかに頭を下げ、弘基の顔をのぞき込むようにして切り出したのだった。

「俺は柳と違って、あの街を出ることが出来なかった。違う場所で暮らすようになった今でも、抜け出せてないいんだよ。あの街で叩き込まれた理屈や手法でしか、けっきょくのところ動けない」

その言葉を受けて、弘基はしかし冷たく返す。

「だからどうした？」

「――俺は、由井佳乃を救いたいんだ」

低い声で、彼は言った。

「アイツの闇は、浅くない。今のお前には無理だよ、柳」

瞬間、弘基がスッと目を細めた。その体から、怒りが立ち上ったのが見て取れた。しかし多賀田もまったくひるむ様子がなく、そんな弘基に対峙し続ける。希実は息を殺しつつ、ふたりの動向を見守る。見守るが、これはマズイと本能的に悟る。これはまるで、お互い摑みかかるタイミングを、見計らっているみたいじゃないか。

　希実の携帯が鳴り出したのは、ちょうどそんな頃合いだった。張り詰めた空気の中、まるでそれを無視するかのように軽やかに音をたてはじめた。もちろん希実は、慌ててポケットから携帯を取り出した。こんな状況なのに、こんな時間なのに、いったい誰だよ？　ディスプレイを確認すると、発信者は斑目だった。連絡は基本的にメールで寄こしてくる斑目が、電話をかけてくるのは緊急の時だけだ。何かあったのだろうか？　動転しつつも希実は、大急ぎで携帯の通話ボタンを押す。

「もしもし？　斑目氏？　どうしたの？」

　その声に、弘基と多賀田も希実のほうに目を向けた。見ないでよ。希実は思う。何しろ睨まれているようでおっかないのだ。いっぽう電話の向こうの斑目も、そうとうに取り乱した様子だった。だいぶ興奮した口調で、ややや、やったよ！　ついに、俺は！　などと叫んでいる。

「え？　なに？　落ち着いて、斑目氏……」

　希実が言うと、電話の向こうで大きく息を吸って吐く音がした。深呼吸しているようだ。そうしたのちに斑目は、大声で叫んでみせたのだった。

「由井佳乃が、俺に接触してきたんだ！」

斑目は佳乃と一緒に、外苑通りの二十四時間営業の喫茶店でお茶をしているところだという。店の名前と住所も教えられた。店は地下にあって電波が入りづらいらしい。だから斑目は、佳乃が席を外した隙に、大急ぎで地上に出てどうにか電話をくれたようだ。頑張って引きとめるから、早く来てくれ！　そんな斑目の言葉に、希実たちは連れ立って多賀田の車に乗り込んだのである。

明け方の２４６は空いていた。走っている乗用車もトラックも、充分な車間距離を保ったまま滞（とどこお）ることなく往来している。標識の上空では、車のエンジン音よりも、飛び交うカラスの鳴き声のほうが大きく響いているほどだ。希実たちを乗せた車も、そんな通りを静かに進む。

「ああ、クレさん？　なんか、斑目が佳乃を見つけたっつーからさ。なんか、一緒にいるっぽいんだよ。それで俺ら、斑目のとこに向かってっから」

希実の隣で、弘基は暮林に連絡を入れていた。時々電波が悪くなるせいか、声がやたらと大きい。うるさいなと顔をそむけようとするが、しかし反対側には多賀田が腕組みをして座っており、顔を動かすことが出来ない。多賀田は黙ったまま、窓の外をじっと見詰めている。喋っていても凄味があるが、黙るともっと威圧感が溢れてくる。どういう生き方をしたらこんなことになるんだと思いつつ、希実は体を縮ませる。

普通の車に比べたら、車内は広いほうなのだろうが、男ふたりに挟まれて後部座席に座るというのは、そうとうな圧迫感を覚えてしまう。しかも傍らの暴君弘基は、さっきからずっと暴言と失言を繰り返している。

「知り合いも一緒でさ。ああ、俺と地元が一緒だった、あーっと、友だちではねぇんだけど、いやぁ、友だちになれる感じの男でもねぇけどよ。そいつの羊羹(ようかん)みてぇな車に乗せてもらって……」

そこは友だちって言いなよ。それにこの車は、羊羹じゃなくてベンツだよ。しかも運転手付きの。傍らの多賀田は黙ったままである。ハラハラしながら希実はぎゅっとスカートの裾を握りしめる。なんでもいいから、早く斑目氏のところに着いてくれ。祈るように希実は思う。こんなにも斑目に会いたいと願うのは、おそらく最初で最後だろう。

「――あ！　いた、斑目氏！」

地下の店にいると思いきや、斑目は店の前に出てきており、人待ち顔で辺りを見回していた。そんな斑目の前に黒い羊羹が停まると、彼はそのまま踵を返しどこかに歩き去ろうとした。無理もない。車の窓にはびっちりスモークが貼られているのだ。まともな斑目なら、避けてしかるべき物件といえるだろう。

「待てよ！　斑目！」

弘基が慌てて車から飛び降り、斑目を確保する。腕を摑まれた斑目は、車と弘基を交互に見やり、なんなの？　あの車、と明らかに怯えた表情を浮かべる。しかもその後ろから多賀田が現れてしまったので、斑目は完全に弘基を盾にすると決めた様子で、彼の上着の裾を握りしめる。しかし弘基は、そんな斑目の動揺になど気付かない様子で、佳乃はどこだ？　とはじめる。すると多賀田も弘基の後ろに立ち、どこなんだ？　早く言えよ、と凄み出す。ふたりに囲まれた形の斑目は、どこから見てもカツアゲされている被害者だ。その様子があまりに忍びなくて、希実は弘基の背中を叩く。ちょっと！　斑目氏が怯えてるでしょ！　その発言に弘基と多賀田は、口を揃えて、あ、ごめん、つい、と返したのだった。

「もうバイトの時間だからって、彼女、帰っちゃったんだ。もしかしたら、俺が地上に出て、みんなに連絡入れたあたりで、何かを察したのかも知れないんだけど」

斑目は佳乃と会っていたという店に戻り、希実たちに事情を説明しはじめた。ただし、席は移動した。佳乃と座った席は、店の中でも一番奥側に位置しており、携帯が圏外になってしまうらしいのだ。

「でも、彼女が、あっちの席がいいって言うもんだからさ。たぶんあれは、わざと圏外の場所を選んでたんだろうな」

つまり佳乃は、斑目が彼女と会っている最中、外部と接触出来ない状態を作っていたようだった。弘基などはさすがに感心した様子で、本当に用意周到だよな、と繰り返していた。その発言には、希実も同意するよりなかった。確かになんにつけても抜かりがない。斑目と接触を持ったことにしても、だいぶ慎重に事を運んでいるようだった。

「彼女とは、オンラインゲームで知り合ったんだ。少し前にハマってたゲームを、この前久々に再開してみたんだけど。そこで、声を掛けてくれたのが彼女でさ」

斑目の説明に、多賀田は即座に待ったを入れた。その、オンラインゲームというのはなんです？　声を掛けるというのは、どういう？　そんな彼の問いかけに、斑目は体を薄く引きながらボソボソと返す。ネット上で出来るゲームのことです。ネットで繋がってるから、知らない人たちとも一緒にゲームを楽しむことが出来て、そこで仲良くなったりすれば、リアルでも会ったりすることがあるっていうか……。斑目のそんな回答を受け、多賀田は小さく弘基に耳打ちする。意味、わかったか？　すると弘基は実に面倒くさそうに返す。わかんねーよ。機械のことなんか、俺に訊くな！　それでもふたりは、まあとりあえず、と斑目に続きを促したのだった。

「佳乃ちゃんとは、一緒にドラゴンの髭を探し当てたんだけどさ。すごく礼儀正しい子でさ。絵文字もかわいいし、すごく好印象で。そのうちだんだん、お互いの話なんかもするようになったんだけど……。また話が合ってねぇ。好きな本や映画が同じなのはもちろん、はじめてのデートで行きたい場所や、彼に作ってあげたい料理なんかも、完全に俺のツボで！　これはもしかしたら、運命の相手かも知れないとすら、思ってしまったね」

何より斑目を驚かせたのは、彼女がドラマに詳しかったことだ。

「しかも、好きな脚本家に、斑目裕也を挙げたんだよ！　彼女は！　これを運命と言わずして、なんと言えばいいのか……！」

鼻の穴を膨らませながら斑目は言って、手元の水をごくごく飲み干した。そしてグラスをテーブルに置くと、深くため息をつくように言ってみせた。

「完璧な仕事ぶりだった。そこで俺は確信したんだ。この子が、由井佳乃だってね」

実は斑目、暮林と同行した婚活パーティーで、趣味の欄にオンラインゲームと書き記しておいたのだそうだ。その上でゲーム名もしっかり明かし、ハンドルネームも漏らさず記入した。

「まあ、俺なりの罠だったんだけどね。彼女、まんまとはまってくれてさ」

つまり斑目もこう見えて、経歴はご立派であるらしい。

ゲームの中で彼女が斑目に声をかけてきたのは、パーティーの翌々日だった。斑目が婚活パーティー参加時に書き記した、女性の好みや趣味嗜好等々を、踏まえた上で佳乃は斑目に近づいた。斑目にはそれが、手に取るようにわかったという。

「そりゃわかるって。俺の脚本を面白がったり、俺の愛読書を好んだりする女性が、あんないい子なわけがないからね！　そんなの人格として矛盾し過ぎだ！」

つまり斑目が不眠不休で行っていたのはオンラインゲームで、斑目なりに佳乃をおびき出すべく日々励んでいたらしい。そうして一昨日、ようやくその努力が実を結んだ。ゲームの中で、佳乃が言い出したらしいのだ。アイタイナ。

「それですぐに約束を取り付けて、昨日の夜に待ち合わせをして、由井佳乃と会ったんだ。でも会うまでは、万がいち人違いってこともあるかも知れないから、確認してから、連絡しようと思ってたんだ」

待ち合わせ場所で、斑目は目を見張ったらしい。何しろ本当に綾乃と瓜二つの女性が、自分を待っていたのだ。

「一卵性双生児っていったって、二十五歳にもなると見た目にも違いが出てきたりするけど、あのふたりは本当にそっくりなままだったよ。まるで神様が、ふたりの形をそう留めているみたいに、綾乃ちゃんと同じくうつくしかった」

そこまで斑目が説明すると、多賀田がふいに口を挟んだ。佳乃は、元気そうでしたか？　その響きに、希実はなんとなく柔らかさを感じた。そして単純に思ったのだった。この人、佳乃さんのこと、本当にちゃんと思ってそう。

多賀田の問いに、斑目は、ええ、と頷いた。綾乃ちゃんに比べたら、ちょっと疲れた様子ではあったし、なんとなく張り詰めたものは感じましたけど。やつれてるとか、顔色が悪いとか、そういう事はありませんでした。

そうして佳乃と会った斑目は、共に食事をし、バーに向かい、最終的にこの喫茶店に行き着いたのだという。店はすべて佳乃が選んだ場所で、どこもかしこも携帯の電波が繋がらない店であったという。

「何が何でも、外部とは接触させないぞっていう、強い意志を感じちゃったね」

斑目はそう唸りつつ、しかし他の男たちからしたら、携帯の圏外はふたりだけの世界の演出になって、それはそれで効果的なのかも知れないとも評した。

そうして冷静に佳乃の話を聞き続けた斑目は、ついにこの喫茶店で、核心に触れる話題を持ち出されたのである。

「お金を貸してって、言われたんだ」

ある程度想像通りの展開に、一同は、ああ、と頷く。弘基などは水を飲みつつ、で、いくら欲しいって？　などと軽く問いただしたほどだ。すると斑目は、ダブルピースをしてみせ言ったのだ。

「――四百万円」

その答えに、弘基は水を噴き出す。傍らの希実も、目をむきおうむ返しをしてしまう。よ、よ、四百万円!?　多賀田だけが唯一冷静に、その金額を受け止めていた。ほお、四百万ね。

「まったくいいところをついてくるよ。俺のドラマ一本分のギャラを、知ってるんじゃないかって疑ってしまいそうだ」

しかし水を噴き出した弘基は、濡れた口元を袖で拭うなり、よくやった！　さすが斑目！　と斑目の肩を叩く。

「出会った当日にカモられるなんて、手っ取り早くていい。やっぱ斑目は仕事が早ぇ！」

そういう問題か？　希実などはそう訝ってしまったのだが、斑目もまんざらでもなさそうに、笑顔を浮かべてみせた。

「まあ、俺だけの功績じゃないけどね、向こうも、けっこう焦ってたみたいだし」

だからそういう問題か？　しかし弘基は、希実の怪訝顔をまるで無視して話を続けた。

「だよな。一月三十日にはケリがつくって、アイツ自身が言ってたらしいもんな。それまでにまだ金が必要なら、今はなり振り構わずってところだろう」

そんな弘基の反応に、斑目も同意してみせる。

「ああ、そのことなら、俺にも言ってた。なんでも、一月三十日までに金を用意しないと、学校を除籍されちゃうんだってさ」

「学校？　何の？」

希実が訊くと、斑目は眉毛を八の字に下げて、それがさ～、と言い出した。

「なんか、悲しい話でさ。あれ聞いちゃうと、多少無理しても、お金援助してあげたいなぁって、感じになっちゃってさぁ。俺なんか、騙されてるのわかってたから、どうにか平気だったけど。人によっちゃあ、勢いでＡＴＭに走るヤツもいるかも知れないって思ったね」

「悲しい話って、何？　佳乃さん、何話したの？」

すると斑目は、うんと深く頷いた。

「なんでも、お母さんを癌で亡くされてね。お母さんの癌は、高度先進医療でしか救えないもので、けど彼女の家は一家離散したあとで文無しで、だからお母さんは治療を受けられずに、無念の死を遂げられたって。そんな話でさ……」

　聞き覚えのある話に、希実は、ああ、と頷く。それ、綾乃さんも言ってたね。希実の言葉に、斑目も頷く。

「うん。でも、続きはちょっと、眉つばなんだけどね……」

「続き？」

「ああ。そこでさっきの学校の登場さ。お母さんの死をきっかけに、彼女は医者を志そうと決めたんだって。お母さんのように、治療が受けられず亡くなる患者さんがいなくなるよう、医療の現場から治療の仕組みを変えていきたいって。それで、高校は家庭の事情で中退してたんだけど、心機一転して大検取って、猛勉強して医大を受けて、どうにか合格することができたんだってさ」

　そんな斑目の説明に、希実は思わず、へえ、と声をあげてしまう。

「すごいね、そんな状態で医大合格なんて……。そりゃ、よっぽど頑張ったんだね」

　感心しきりで希実が言うと、斑目は小さく笑って肩をすくめた。

「……いや、だから。本当かどうかはわからないよねって、そういう話だよ」

「へ？」

「実際、そんなふうに医大に受かるなんて、ちょっと考えられないからね。出来過ぎた話というほかない。実際合格したとしても、医大の学費はバカ高だからね。自分ひとりで、そうそうまかなえるもんじゃない。除籍っていうのは、大学に籍を置いてこそ出来るものでもあるからね。彼女が医大に籍を置いていたとは、到底……。だからまあ、医大とかは、お金を引き出す作り話かも知れないんだけどさ」

斑目の見解に、希実はまた、はあ、と声をあげてしまう。

「まあ、そっか。言われてみれば確かに、嘘っぽい話ではあるかあ……」

希実がそう納得すると、斑目も、だよねと眉をあげてみせた。

「……やっぱり、嘘ではあるんだろうけど、でもすごく本当っぽくってさ。大げさに語ってるわけじゃなくて、淡々とね、でも時々涙ぐんだりしながら話すもんだから、俺もついついほだされそうになっちゃって。あれはプロの仕事だね」

多賀田がフッと笑い出したのは、そんなタイミングだった。彼は少しばかり顔を俯き加減にして、口元に手をやり肩を揺らしはじめた。そんな多賀田の態度に、希実と斑目は顔を見合わせる。私たち、なんか、ヘンなこと言っちゃった？　いっぽう弘基は、大きく息をついて頭をかいてみせた。

「……あのさ、斑目。とりあえずその話、大検までは本当……」

弘基が言いかけると、多賀田が遮り先を続けた。

「医大の話も事実ですよ。彼女はちゃんと合格した。まあ、お察しの通り、入学は出来ませんでしたけどね。医大はバカ高。それもそれで、確かな事実ですから。彼女は嘘をつく時、真実をちゃんとまぜるんですよ。でないと、相手は騙せない」

そして多賀田は、弘基に向き直り笑って言った。

「ただし現実の話は、もっとシビアだがな。とても他人に同情してもらえるような、きれいな話じゃなかったはずだ。柳も、どうせ知らないんだろうが……」

その時、斑目の携帯が鳴りだした。発信者は佳乃で、弘基も多賀田も、電話に出るよう斑目を促した。

「は、はい、もしもし！　斑目ですが！」

緊張した様子で電話に出る斑目を、一同は固唾をのんで見守る。注目されている斑目も、だいぶ身構えてしまっているようだ。いつもは丸まっている背筋が、ピンと伸びている。

「はい？　ああ、僕も、たた、楽しかったです！　ええ！　こちらこそ、ありがとうございました」

どうやら会ったことに対する、お礼の電話のようだ。電話の向こうの佳乃の声も、断片的ではあるが漏れ聞こえてくる。本当……また……出来ると……嬉しい……。そうしている間に、斑目の背筋がさらにそりかえる。

「えっ？　次に、会える日ですか？」

斑目の言葉に、弘基と多賀田が目を合わせる。それとほぼ同時に、多賀田がスーツの胸ポケットから万年筆を出し、弘基がテーブルのペーパーナプキンを多賀田へと渡す。多賀田はすぐにその白いペーパーナプキンに万年筆を走らせる。すると斑目は、すかさず多賀田が書いた文字を読み上げる。

「えーっと。いつでもいい。早く、会いたい」

斑目の応対に、弘基と多賀田は小さく頷く。斑目はふたりを見ながら、また口を開く。

「あ、ああ、四百万だよね。それは、えっと……」

目を泳がせる斑目の傍らで、多賀田はまたペーパーナプキンに文字を記す。

「えと、四百万は、俺が出す――。って、ええっ？」

驚く斑目に多賀田が軽く蹴りを入れる。蹴りを入れた多賀田の頭を弘基が叩く。そんな弘基の腕を、希実が押さえつける。そんな一連のやり取りの中、斑目は、わわ、わかった、と言った。

「三日後、また、会おう」

かくして詐欺師由井佳乃が、こちらの罠にはまったのだ。電話を切った斑目は、どっと疲れた様子で、ソファの背もたれに寄りかかるようにして息をついた。そんな斑目に希実は、お疲れさま、と顔におしぼりを載せてやる。すると傍らの弘基が、多賀田に向き直って切り出した。

「で、さっきの話は、何だったんだよ？」

弘基の言葉に、多賀田は万年筆を胸ポケットにしまいながら、何の話だ？　と首を傾げてみせる。すると弘基は、身を乗り出し凄むようにして言い継いだのだった。

「どうせ俺の知らない、佳乃の話だよ。面白そうだから、さっさと聞かせろよ」


希実がブランジェリークレバヤシに戻ると、店では暮林と綾乃が希実たちの帰りを待ちわびていた。

「お帰り、希実ちゃん。なんや、色々あったみたいやな。大丈夫やったか？」

心配そうに訊いてくる暮林に、希実は、ああ、うん、と頷く。私は、大丈夫。しかし希実の傍らの斑目は、肩を落とし俯いたままだ。斑目さん？　と綾乃が声をかけても、ああ、と弱く笑うばかり。そんな斑目の様子を察してか、暮林はいつもより少し陽気な声で言ってきた。

「パン焼いといたで。まあ、俺のパンやで、弘基のとは比べ物にならんやろうけど。腹が減ってはなんとやらやでな、朝飯にしよう」

暮林の言葉に、綾乃もそっと付け足した。あたしも手伝ったから、けっこうおいしく仕上がってると思うよ？

そうして一同は、店のイートインコーナーで暮林が焼いたという、謎の丸いパンをかじりはじめた。暮林の説明によると、ブールにベーコンを入れて焼いてみたらしい。あつあつのそれを半分に割ると、中にはぶ厚いベーコンがさいの目切りにされ入っていた。脂が乗っていて、香ばしい肉の香りが顔を包み込んでくるようだ。

「ハチミツつけて食べても、甘いのとしょっぱいので、うまいはずやで？」

言われるがままハチミツをバターナイフですくい、希実は湯気がのぼるベーコンの上に、たっぷりとたらした。そしてそのまま、いただきます、とかじりつく。斑目や綾乃も同じようにベーコンにハチミツをたらし頬張る。そうしてパンをかじりはじめれば、みんなが笑顔になっている。

なんだか不思議だなと希実は思った。落ち込んでいてもお腹は減って、おいしいパンを頬張れば、ちゃんとおいしいと思ってしまう。心にはまだ、充分過ぎるほどのわだかまりがあるはずなのだが。

「さっき、電話あったけど、弘基はやっぱり、うちに帰ったんか？」

暮林の問いかけに、希実は小さく頷く。うん。すると今度は、綾乃が顔をのぞき込んでくる。

「佳乃のこと、色々聞かされたんだって？」

喋ったのか、弘基のヤツ。希実は俯いたままの斑目と目配せし合い、どちらからともなく、うん、とまた頷いてみせる。なんか、佳乃さんと、ちょっと付き合ってたみたいな、人で。ああ、そうなんだ。中学の同級生でもある、男性らしいんだけど。そんなふたりのぎこちない返答に、綾乃は小さく笑顔を浮かべ切り出した。

「あたしにも、聞かせてくれない？　あたし、母が死んだ時以来、佳乃と会ってなかったから。あの子のこと、よくわからないままで。別にそれでもいいと思ってきたけど、こんなことがあると、やっぱりちょっと気になるんだよね」

切り出したのは、斑目だった。

「お母さんが亡くなった時から会ってないとなると、佳乃ちゃんが大検とって医大に進もうとしたことも、知らないままかな？」

その言葉に綾乃は、え？　と目を丸くする。医大に？　どうして、佳乃が医大なんかに？　答えたのは希実だ。

「お母さんが亡くなったこと、すごく悔しいって思ってたみたい。思うような治療を受けさせられなかったって。だからお医者さんになって、お母さんみたいな人を助けたいって、それが目指した動機なんだって」

希実がそう説明すると、綾乃は不思議そうに首を傾げた。え？　でも、あの子は……。ママのこと、恨んでたはずだよ？　ママが亡くなっても言ってたもん。ママのことは、絶対に許せないって。言ってた、はずなんだけど……。そんな綾乃に言い聞かせるように、斑目は静かに口を開いた。

「……誤解だったんだよ、綾乃ちゃん」

「え？」

「佳乃ちゃんがお母さんを許せないと言ったのは、お父さんのことをどうこう言っていたせいじゃない。ただ最後に、生きようとしてくれなかったこと。それが許せないって、言ってたらしい」

綾乃はきょとんとしたまま、じっと斑目を見詰めている。

「お金がかかるから、迷惑をかけるからって、お母さんは治療を拒否したらしいけど、迷惑をかけても生きて欲しかったって、彼女は……」

もしかしたらその目で見ているのは、斑目ではないのかも知れないが。綾乃はそのまゆっくりと目をしばたたき、静かに俯いた。そしてうわ言のように、呟いたのだった。

それって、もしかして、あれ？　あたし、佳乃のこと、勘違いしてたってこと……？

勘違いしていても仕方がないと思うよ、多賀田はそう言っていた。佳乃は、ちょっと言葉が足らないところがあるからな。双子の姉だったらなおのこと、わかってもらえるって思い込みの上で喋ってたのかも知れない。けど、姉妹だって双子だって、命が別なら、他人なんだよ。そんなものだろ、人なんて。そのことを思い出しながら、希実は静かに綾乃を見守る。すると綾乃は、薄く苦笑いを浮かべて、ペロッと舌を出したのだった。

「なーんだ。バカだね、あたし。この世は、バビロニアだなんて、言っちゃって。わかってもらえないって、そんなことばっかり言って……」

言いながら鼻にしわを寄せて、肩をすくめる。

「わかってなかったのは、あたしだって同じだったんだねぇ……」

そんな綾乃に斑目は、そんなことないよ、と諭(さと)す。バカじゃないよ。仕方ないよ。そういうことって、たくさんあるからさ。そう言う斑目に、綾乃は顔を向けほかには？と問いただす。

「あたしが傍にいない間、あの子、どんなふうに過ごしてたの？」

斑目の目が泳ぐ。伝えていいものかどうか、決めかねているようだ。しかし綾乃はそんな斑目を前に、また笑って言ったのだった。大丈夫。ヘヴィなのには慣れてるから。

しかし希実と斑目は、また顔を見合わせて、小さく息をついてしまった。何しろここからは、伝えていいのかよくわからない領域だ。知れば間違いなく、綾乃はそれ相応の傷を負うだろう。それで斑目と共に、希実はしばし黙り込んでいた。けれど綾乃に、何を聞いても、あたしは大丈夫だから、と促され、けっきょく斑目が、重いその口を開きはじめたのだった。

「……頑張ってたみたいだよ。少なくとも、最初のほうは」

斑目のそんな説明に、偽りはなかった。多賀田が言う通り、そして弘基がそう認めていた通り、佳乃は母親の死後、必死に勉強し大検を取りそのまま医大にまで合格出来た。その頃には恋人も出来ていたらしい。厳しい境遇にめげず、ひたむきに前に進もうとしている佳乃を、見初めた男がいたのだ。

「同族経営の会社の次男坊で、当時は大学生だったらしい。いい青年で、彼女の頑張りをずっと支えてくれていたんだって。若いのに、お互いちゃんと結婚も視野に入れて、真剣に付き合っていたそうだよ。けど、彼女が大学に合格した前後で、ちょっとした事件が起きてね」

斑目の話を聞くうちに、希実もだんだんと滅入ってくる。

恋人の支えもあり、医大に合格出来た佳乃は、しかしお金を持っていなかった。母が残した貯えがいくばくかあったそうだが、入学金であっさり消えてしまうことは必至で、授業料まではまかなえそうもなかった。奨学金、バイト、どうにかやりくりしても、足が出るのは目に見えていた。

「そんな折、お父さんがひょっこり現れて、彼女に詫びてきたらしい。その上で、彼女が学費に困ってるって知って、いい投資の話があるって、彼女に持ちかけたそうなんだ。もちろん、彼女は信用して金を預けた。そしてお父さんは、いなくなった」

斑目の言葉に、綾乃は言葉をなくす。当然だ。佳乃の父親は、つまり綾乃の父でもあるのだ。自分の父親の暴挙ともいえる仕打ちに、愕然とするのは自然なことと言える。

「それで大学の入学金も消えて、その年の入学は諦めざるを得なくなったんだって。けど、話はここで終わりじゃなくてね……」

斑目がいよいよ言いよどむ。そりゃそうだよなと、希実も思う。希実に父親というものはないが、世間一般で聞く父親なるものと、双子の父親はずいぶんと様子が違っている。

「佳乃さんのところに、警察が来たんだって」

言葉を濁す斑目に続き、希実が説明をはじめる。

「お父さんが、詐欺グループのメンバーとして指名手配されたって。つまりその投資の話っていうのは、詐欺そのものだったんだよ」

その事実は、恋人の知るところとなった。元々ふたりの交際に反対していた彼の両親は、もちろんもう別れるよう、息子にきつく言い渡した。佳乃にも使いをいくらも寄こし、息子と別れるように説得を繰り返したそうだ。しかし彼は、佳乃を擁護(ようご)してくれた。父親がどんな人間であろうと、彼女は彼女だと言い切ってくれたのだそうだ。

「そうやって、ふたりの付き合いは続いたらしいんだけど。ご両親の反対も、同じように続いて。彼氏のほうが大学を卒業して、就職したっていうのに、結婚の話は出ないままで。たぶんちょっと、佳乃さんも焦ってたんだとは、思うんだけど……」

そんな折、また警察から連絡が入った。父親に似た男が、遺体として発見された。確認に来て欲しい。そんな連絡だったそうだ。それは何年か前の状況と、ひどく酷似していたという。佳乃は恋人に付き添われ、遺体の安置所に急ぎ向かった。

「ビニールシートの中にいたのは、お父さんとは別人で、佳乃さんはその場に崩れてしまったんだって。どうしてなのって……」

希実の言葉に、綾乃が静かに息を吐く。

「お父さんが死んでてくれたら、私、逃亡犯の娘じゃなくなれたのにって、言ってしまったらしいんだよ」

そう、彼女は自らの母と、同じことを、口にしてしまったのだ。

「彼との結婚にあたって、父親の不在はどうしたって負い目になる。それならまだ死んでてくれたほうが格好がつく。犯罪者として逃げ回っていられるよりは、ずっといい、そういうことだったんだろうけど……」

しかし彼は、その言葉を許さなかったのだという。

「犯罪者の娘であることが、許せないんじゃない。実の父親に、死んでくれと願う君が、恐ろしい。そう言われて、フラれたんだって。君は、あさましい。僕には、付き合いきれない」

希実にこの話を聞かせながら、多賀田は薄く笑っていた。つまりね、彼はまともだったんだよ。

実の父親に死んでくれと願うことを、恐ろしいと感じてしまえるほど、そんな祈りを、あさましいと断じられるほど、彼は、まともだったのさ。

君たちにはわかるかな？　この感覚の隔りが、いったいどこから来ているのか。

わかるかな？

「佳乃さんが、詐欺に手を染めたのは、そのすぐあとらしい」

希実が言い終えると、暮林が大きく息をついた。

「ずいぶんと、たいへんやったんやな」

そうかも知れないと、希実も思った。十七歳からの人生がそうでは、なかなか骨が折れたことだろう。弘基も、言っていた。なんなんだよ？　それ。何で佳乃が、そんな目にあってんだよ？　冗談じゃねぇよっ！

佳乃について語った多賀田の胸倉を摑み、なぜか彼を怒鳴りつけていた。それに何だ？　あさましいって？　その男、どこのどいつだよっ!?　上等じゃねーか！　話しつけてやる！　お前、相手がどこのどいつか知ってんだろっ!?　言えよ！　今すぐソイツんとこ、行ってやるからよ！

そんなふうに怒鳴る弘基を目の当たりにして、希実は思い出していた。綾乃が言っていた言葉。弘基は佳乃のこと、ちゃんと好きだったと思うよ？

ブランジェリークレバヤシで暮らして、半年以上が経っている。その生活の中で、怒鳴る弘基など何度も見てきた。何しろ気が短い、爆竹みたいにすぐパチパチはじけてしまう男なのだ。

でも、本気で怒った顔は、たぶん、はじめて見たんだよな。

斑目との二度目の逢瀬の場所として、ひと気の多いとあるカフェを佳乃は指定してきた。その店と場所を確認した斑目は、今度は携帯の電波がちゃんと入る場所っぽい、と説明した。

「時間は夜の九時。この前と、同じ時間だ。その時間に、お店で落ち合おうって」

斑目が取り付けてきたそんな約束に対し、弘基は返した。その時間は、仕事だな。俺がいねぇと店が開けらんねーから、クレさん行ってくれ。多賀田にも行くように連絡入れとくし。ふたりがいりゃあ、女ひとりくらい捕まえられるだろ。

そしてその計画に、希実も手を挙げたのである。私も、行く。もし逃げられたとして、女しか追いかけていけない場所もあるし！　かくして一同はついに、由井佳乃との接触に臨んだのである。

指定された店には、まず斑目が入店した。比較的空いた位置のテーブルにつき、佳乃の到着に備えた。時間を少しずらして、暮林も店に入った。暮林は斑目の隣の席を選んで座り、佳乃の到着と斑目のフォローに備えた。いっぽう、多賀田と希実は、斑目や暮林より十分以上早く店に足を運び、観葉植物で仕切られた位置にあるテーブルについた。そこで、すべての状況の把握に努めたのである。

店内はサラリーマンやOL、学生と思しき若者たちで賑わっていた。席数は五十程だろうか、喫煙席と禁煙席とにわかれていて、喫煙席は階段を三段ほど上がった場所にあった。希実と多賀田はそんな喫煙席の隅っこで、わずかばかりに低い階下を見守る。喫煙席のほうが圧倒的に空いていて、そのことを多賀田は、感じ悪いよな、と呟いた。タバコくらい、自由に吸わせろと思うがね。

階下では斑目が、肩から提げたデイパックを抱えるようにして、テーブルに着いている。明らかに落ち着かない様子で、表情は硬くあちこちを怯えるようにうかがっている。もう少し普通にしていたほうがいいのではと希実は心配になるが、彼のデイパックの中には四百万円という大金が入っているので、まああのくらいの警戒ぶりは仕方がないことなのかも知れない。ちなみにそのお金は、多賀田が用意した。彼にとっては、すぐに用意出来なくはない額なのだそうだ。つまり、ペーパーナプキンに金は俺が出すと書いたのは、ハナからそのつもりだったということだ。彼は笑って言っていた。中学時代の気高い彼女が、堕ちていくのはしのびないんだよ。

「まあ、男子生徒の、憧れというかね」

つまり多賀田少年にとっても、由井佳乃は憧れであったらしい。

斑目の隣のテーブルでは、暮林がのんびりとお茶を飲んでいた。暮林を隣の席に置いてくれと懇願したのは斑目だ。大金を手に、ひとりで詐欺師を待つのは耐えられなかったのだろう。近くに仲間がいてくれれば、どうにか冷静を保てる気がするんだ。斑目がそう言い出した時、すかさず多賀田が、じゃあ俺が隣のテーブルに、と言ったのだが、斑目はそれを頑なに辞した。あのですね、俺は、冷静を保てる状況にしたいのであって、緊張を助長するのは、まま、ま、真っ平なんです。怖いながらも精いっぱい、自己主張してみせていた。

　そうしてそれぞれの配置についた一同は、佳乃の到着を静かに待った。しかし九時を回っても佳乃は姿を現さなかった。斑目の携帯には、少し遅れますというメールが届いたようで、そのメールが、希実の携帯に転送されてきた。

「遅れるって、彼女」

　希実がそう多賀田に報告すると、彼は、そうだろうな、と頷いた。あまりに当たり前のように多賀田が言うので、佳乃さんて、時間にルーズなんですか？　と訊いてしまった。すると多賀田は首を振り、佳乃本人は、時間には正確だよ。ただ、こういう時の詐欺師は、多少遅れて来るものさ。自分自身の安全を確認してから、やって来るのが普通だからね。じゃあ、今は、確認の最中ってこと？　まあ、そうだろうな。淡々と語る多賀田を前に、希実もなんとなく冷静になってしまう。詐欺師を待っているはずなのに、気分はだいぶ落ち着いている。他人の緊張というのは得てしてうつりやすいものだが、冷静さというのもあんがい伝わるものなのかも知れない。それほどに多賀田は平常心といった様子だ。斑目の隣で悠々とお茶を飲んでいる暮林も大したものだが、多賀田の冷静さは暮林とはまた違い、どこか緊張をはらんでいる。

おかげで短い間ではあるのだが、佳乃を待つその時間がひどく長く感じられる。それで冷静を保つため、なんとなく希実は多賀田に話しかけてしまう。

「……質問しても、いいですか？」

多賀田は観葉植物の間から、こっそり斑目をうかがいつつ返す。

「なんだい？」

「多賀田さん、佳乃さんを捕まえたら、どうするつもりなんですか？」

希実としては素朴な疑問のつもりだったのだが、訊かれた多賀田は手にしていたタバコを落としそうになり、慌てて摑み直したせいで火が手元に当たったらしく、あちっ！と叫び声をあげた。もちろん周囲の注目を集めないよう、声を落としてはいたが。思わぬ多賀田の反応に、希実のほうが驚いて、むしろあわあわとしてしまったほどだ。あ、あの、すす、すみません……！　悪気は、なかったんですけど……。すると多賀田はタバコの火を消して、い、いや、いいんだよ、と作り笑顔を浮かべてみせた。悪気はなかったという君の言葉を、信じることに、するよう努めるよ。しかしやはり、わだかまりはあるようだ。

そうして多賀田はしばらく黙ったのち、またタバコに火をつけ言い出した。

「彼女を捕まえたあとのことは、俺にもよくわからんのだよ」

「え……？」

「どうにかしたいとは、思っているんだが。どうすればいいのかは、わからんままだ」

そんな多賀田の回答に、希実は思わず質問を重ねる。

「取られたお金を、取り返すとか？」

しかし多賀田は首を振る。

「俺は、大して取られてないんだ。付き合い出してすぐの頃にたかられた金は、別れる時にほとんど耳を揃えて返されてしまってね」

「そうなんですか？」

「俺の金は、いらないと言い出してね」

その言葉に希実は、ああ、と思い出していた。確か佳乃は、男からお金を騙し取る時も、相手を選んでいるようなことを、綾乃に語っていたような……。

「まあ、俺は佳乃がターゲットにしているような、エリートとは違うからね。奪う価値も、なかったのかも知れないが」

そうして多賀田は、静かにタバコをくゆらせながら、わずかに低いだけの階下を見おろしながら淡々と語った。まあ、君の質問には、うまく答えられないのが答えだということかな。詐欺なんて真似、もうやめて欲しいのは事実だが、やめるよう説得する自信があるのかと問われれば、あると胸は張れない。そこまで言って、少し我に返ったのか、希実のほうに顔を向けた。

　でもこのこと、柳には言うなよ？　俺が救うと、見栄を張ったばかりだからな。その物言いに、希実は小さく笑ってしまう。見栄って……。すると多賀田も少し笑って、額(ひたい)のあたりをかいてみせた。そして、少しばつが悪そうに言ったのだ。まあ、見栄だよ。人を救いたいなんて、そんなものはさ。

　ついでに希実は多賀田に対し、佳乃が一月三十日に、何をするつもりなのか、心当たりがあるかどうかも訊いてみた。しかしそれについても、多賀田は渋い顔をして首を振ってみせた。

「これまではずっと、医学部の学費を稼ごうとしているんだと思ってたんだが。一月三十日がどうこうと言うのなら、学費の問題じゃないんだろう。俺としても見当が外れてばかりで、あれの企みがまったく見えていない状態なんだ」

　佳乃が店に現れたのは、多賀田がそんな説明をしてみせた直後だった。自動ドアが開き、ひとりの女が店へと足を踏み入れた。その姿を、すぐに多賀田が捉えたため、希実も彼女の来店に気付くことが出来た。

白いコートを羽織った佳乃は、首に青色のストールを巻いていた。彼女は店内を見渡して、斑目の姿をみとめると、笑顔で手を振りそのテーブルへと向かった。その様子に、希実は目を奪われていた。何しろ本当に、綾乃とそっくりだったのだ。形のいい大きな目、通った鼻筋、薄い唇の小さな口、陶器のような白い肌。彼女が歩き出すと、その場の空気がパッと華やぐ。テーブルの客たちが、歩いていく佳乃にふっと顔を上げる。それほどのオーラが彼女にはある。まるでその場が明るくなるような、空気が浄化されるような不思議な佇まい。

しかしその彼女は、目の前の男を騙そうとしているのだ。

斑目の下へと向かった彼女は、彼と向かい合うように席につく、そしてストールを外しながら、笑顔で何やら斑目に話しかける。愛くるしい笑顔だなと希実は思う。あんな笑顔で、人は人を騙せるのか。そうまでしていったい何を、彼女は得たいというんだろう？

その時、おもむろに暮林が立ちあがった。それをみとめた希実は、思わず小さく声をあげる。

「――え？　暮林さん？」

　暮林は隣の席の斑目にも佳乃にも目を向けることなく、すたすたと前へ進んでいく。給仕している店員とすれ違い、レジに向かおうとしている客を追い越し、どこか急（せ）いた様子で入口へと向かっている。何をしてるんだ？　あの人――。希実は怪訝に思い、暮林の姿を追う。

　するとふいに、入口付近のテーブルに座っていた客が立ちあがった。スーツにダッフルコートを羽織った彼は、来店したばかりなのかまだマフラーも取っていない。しかしそんな彼は、向かってくる暮林から逃げるようにして、踵を返し店の外へと飛び出してしまったのである。走り出した男を、暮林も追いかけ走り出す。

　瞬間、こんどは多賀田が立ちあがった。そして、待て！　佳乃！　そう叫び、階下のフロアへと飛び出した。それにはじかれるようにして、希実は斑目のテーブルを見やる。そこにはもう佳乃の姿はなく、彼女は厨房に向かって駆け出していた。

「待ってくれ！　佳乃！」

　そうして多賀田も、厨房へと走り出してしまったのである。

　その日の佳乃捕獲作戦は、つまり失敗してしまった。佳乃に逃げられてしまった一同は、開店直後のブランジェリークレバヤシで、その顚末（てんまつ）について弘基に報告していた。

「……で、クレさんは誰を追いかけたっつーんだよ？」

イートイン席に腰をかけ、腕組みをしてふんぞり返る弘基を前に、暮林はいつもの笑顔で返す。

「知らん男や。けど、佳乃さんが店に入って来てすぐ、そいつも店にやって来てな。そんで、ずっと佳乃さんを見とって。まるで尾行しとるみたいな感じでな。それで、ちょっと気になって観察しとったら、その男と目が合ったんや。そしたらそいつが、びっくりしたような顔して逃げようとするもんで。それで追いかけたんやけど、逃げ足がはようて。取り逃がしてしまいました、と」

そんな暮林の説明に、多賀田も続く。

「俺は、そちらの暮林さんが男を追いはじめた時も、佳乃を見張り続けてたんだけど、佳乃、逃げ出した男に気付くなり、慌てて立ちあがってな。たぶんソイツから、逃げようとしたんだろう。そのまま駆け出したからさ。これは逃げられるなと思って、追いかけたんだが。アイツ、あの店の設計知ってたみたいで、非常出口からあっさり外に出てしまってな。それでまあ、逃げられてしまいました、と」

最後に斑目も、ひと言だけ言い添える。

「俺は、ちょっとビビっちゃって。けど、お金だけは盗られませんでした、と」

そんな彼らに対し、弘基は呆れ返った様子で言い捨てた。

「揃いも揃って、何やってんだよ？」

佳乃に逃げられてから、斑目は何度か彼女の携帯を鳴らしたが、留守電に切り替わるばかりで連絡がつかなかった。メールも送らせてみたが、返信はなかった。

「また振り出しに戻るのかよ」

弘基がいら立たしげに息をつく中、希実はそっと手を挙げる。

「あのー、私、ちょっと気付いちゃったんだけど」

その言葉に、一同が希実を見やる。なんだよ？　どうしたの？　何だい？　何に気付いたんや？　口々に言う男たちを前に、希実はそそくさとレジに向かい、棚に置いてあった例の名簿を取り出すと、パラパラそれをめくりはじめた。

「暮林さんが追いかけてた、あのサラリーマンみたいな男の人なんだけど……」

そして青くマークされたとある名前を見つけた希実は、やっぱり、と小さく呟き、同じくレジの引き出しにしまってあった名刺を取り出した。

「ビンゴだ……！」

希実の行動に、一同は怪訝そうな表情を浮かべながら、なんだよ？　とレジに集まり出す。やって来た一同を前に、希実は名刺と名簿を向けて、名簿のほうのマークされた名前を指さしてみせる。

「見てみて？　ほら、同姓同名でしょ？」

　その言葉に、一同は名刺と名簿を交互に見やる。そこには確かに、「萩尾修司」なる名前が記されている。

「この名刺、元日に綾乃さんを追ってきた男のひとりが、置いてってたものなの。でも彼は今日、佳乃さんを尾行していた。しかもこの名簿に名前があるってことは……」

　そして希実は多賀田を指さしてみせる。

「しかも、佳乃さんや綾乃さんを追ってたんだと思われた多賀田さんは、ストーカーみたいなことはしてないって言ってる。言ってるし、実際してなさそうだなって、私も思う。てことは、彼女たちを追いかけてたのは、多賀田さんじゃなくて……」

　瞬間、弘基が名刺を手に取り、憎々しげに言い放った。

「――この男か」

　うん、たぶん。希実が頷くと、弘基は少し何か考えたのち、斑目に手を差し出した。すると斑目は怪訝そうに、ちょこんと弘基の手に自分の手を添えてみせる。もちろん弘基はそれを振り払い、ちげーよ、携帯貸せって言ってんだよ、と空気を読めと言わんばかりの無茶を要求する。しかし斑目もおとなしく、自らの携帯を弘基に差し出す。

携帯を渡された弘基は、勝手にそれを操作しはじめる。何してるの？　と斑目が訊くと、佳乃にメールしてんだよ、吐き捨てるように返した。

佳乃さんにメールって、何考えてんの？　弘基？　希実が問いかけると、弘基は、うるせーよ、とまた嚙みついた。

「この様子じゃ、斑目にもう接触はしてこねーだろ。だったら、こっちから全部晒して交渉するだけだ。こっちには、綾乃もいる。ボストンバッグもある。斑目っていうカモもいる。それを交渉材料にして、一度会おうって打診してみるんだよ。何よりもうじき一月三十日だ。どの道、向こうだって切羽詰まってるだろ。付きまとってる妙な男にも、いよいよ尻尾摑まれたみてーだし」

え、でも、それでダメだったら、どうする気？　そんな希実の言葉を無視して、弘基はさっさとメールを送信してしまった。

「ダメだったら、そん時考えりゃいいんだよ。これが今の最善策だ。結果はどうあれ、最善なんてもんは尽くすことに意義があんだよ」

そしてその最善は、叶ったのである。

佳乃からメールの返信があったのは、その二日後のことだ。

お会いするというお話、了解です。その時、綾乃に渡しておいたお金も、持って来てください。それとプラス、昨日もらえるはずだった四百万。確実に頂きたく存じます。

そしてメールの最後には、意味深な一文が添えられていた。

私も、ずっと弘基に会いたかったの。会えること、楽しみにしてます。


多賀田が経営するという店は、ブランジェリークレバヤシからあんがい近かった。都心に向かってワゴンで約二十分。道が空いた朝の時間帯なら、十五分で充分だろうと暮林などは言っていた。

店は大通りを少し入った路地の角にあるビルの四階と五階部分で、近々地下一階部分も多賀田の店としてオープンする予定らしかった。

「最近、店をたたむ経営者が多くてね。安く買い叩けていいけど、遊びに金を使う人間自体減ってるからなぁ。まあ、楽ではないよ」

そんなことを言いながら、多賀田は希実たちをビルへと迎え入れた。今日はパンの試食会なのである。先日弘基が、そんな約束を取り付けてきたのだ。

「多賀田が新しくワインバーみてーなのやるっていうからよ。ワインと言えば、パンだろ？　だからうちのパン出せよって、提案してやったんだよ」

昨夜、得々とそう弘基は言って、ワインに合うというパンの試作をいくつもしてみせた。希実としては、ワインと言えばパン、などと言う話は聞いたこともなかったが、大人たちの間ではそうなのかも知れないと、聞き流しておいた。そして本日、学校から帰って来るなり弘基に言いつけられたのである。

「これから多賀田にパンを試食させに行くから、お前も荷物持ってくの手伝え」

パンを持って行くだけなのに？　怪訝に思った希実だったが、付き合わされた理由はすぐにわかった。何しろ弘基、パンだけではなくパンに添えるジャムやパテはもちろん、チーズやハチミツ、さらにはワインそのものまでいくつも準備していたのだ。

多賀田が希実らを案内したのは、地下一階の店舗だった。

「まあ、箱自体は面白いしね。なんでワインバーで熱帯魚なんだよって感じだろ？」

多賀田が説明する通り、店の奥の壁は一面水槽になっており、そこには大きな鰭(ひれ)を持つ熱帯魚たちが、ふわふわとただ揺れるように泳いでいた。そんな水槽を前に、希実は少々呆気にとられてしまった。水族館でもないのに、ヘンな店。傍らの弘基と暮林もこそこそ言い合っている。この魚、食うためのじゃねぇんだよな？　まあ、食ってもうまくはなさそうやしな。なんで酒飲みながら、魚見なきゃなんねぇんだろ？　もしかすると、これは酒のサカナっちゅう……。いや、それただの親父ギャグだろ？

そんなふたりのやり取りが聞こえたのか、多賀田も苦笑いを浮かべていた。

「まあ、こういう作りだと、箱っていう策に溺れて、本末転倒になりやすいって傾向はあるからさ。だから柳の提案にも乗ってみたんだ。ワインとパンって言うのも、悪かないと思ってさ」

多賀田の言葉に、弘基は任せとけよと胸を張った。そしてすぐさま、持参したものをテーブルの上に広げてみせた。

暮林や希実も、弘基に指示を受けていた通り、ワインのコルクを抜いたり、パテを切り分けたりと素早く動いた。いっぽう弘基は準備をしながら、多賀田に講釈をたれはじめる。パテやチーズっていう、本来ワインに合う食材を、パンに載せてっていうのもアリだけどな。けどそもそもパンは、ワインと食うぐらいのもんだからよ。単体でぜんぜん合うんだよ。組み合わせは大事だけどな。産地なんかを考えると、わりと組み合わせはしやすいぜ。オリーブをパンに入れるにしても、そのオリーブと同じか、よく似た産地のワインにするとかな。そして言葉通り、黒オリーブ入りの白パンと、赤ワインが注がれたワイングラスを多賀田に差し出してみせる。ほら、試してみろよ。ラングドックの赤。

弘基に言われるがまま、多賀田はワインとパンを交互に口に運ぶ。そして、ああ、と納得顔で、合うね、と断言する。なるほど、こういうことか。そうそう、そういうことなんだよ。このキッシュなんかは、こっちのブルゴーニュのほうが合うし、この白ワインには、クロワッサンの濃厚なバターの風味がよく合ったりもするんだぜ。次々とグラスにワインを注いでいく弘基に、多賀田も口と手をとめることがない。なるほど、と、合うね、を繰り返しながら、感心しきりで試食を続けていく。

弘基が例の話を持ち出したのは、パテやチーズの試食も終わり、多賀田が仕入れのためらしきメモを取り出した頃合いだった。

「ああ、そういや多賀田さ、明日の昼間ヒマ？」

メモに目を落としたまま、多賀田は返す。ヒマじゃないよ。普通に仕事だ。すると弘基は、ふーん、そっかぁ、それは残念だな、とワインをぐいと飲んだ。

「うち、明日定休日でさ。それで昼間に、佳乃と会う約束を取りつけたんだ。で、お前も一緒に、どうかと思ったんだけどよ」

え？　何それ？　そんな気楽に誘うこと？　暮林の陰に隠れて、こっそりレバーパテを賞味していた希実は、少し驚き弘基と多賀田を見やってしまう。希実と同じく、ポークリエットをつまんでいた暮林も、お？　という表情で弘基たちのほうに向き直る。

「そっか、仕事か。じゃあ、来られねぇか」

弘基の言葉に、多賀田は一瞬動きをとめ、しかしまたすぐに、ワインとパンを口に運び、メモを取りはじめてしまった。

「ああ、そうだな。プチ同窓会って柄でもないし」

そんな多賀田の態度を受けて、弘基は顔をしかめる。なんだ、意外とノリ悪ィな、多賀田。弘基の言葉に、多賀田も肩をすくめる。言ってるだろ、柄じゃないんだ。すると弘基が、また軽々しく言い出した。

「じゃあよ、とりあえず俺が、明日アイツをとっ捕まえるからさ。そのあと多賀田が、アイツを警察に突き出してくんねぇ？」

思わぬ弘基の言葉に、希実は思わずパンを喉に詰まらせそうになる。飲み物をと思ったが、テーブルに並んでいるのはワインばかりで、飲めそうもない。むせる希実の背中を、暮林がさする。希実ちゃん、大丈夫か？　大丈夫ではない。弘基と多賀田の会話は、どう考えても雲行きが怪しい。暮林も、一応それには気付いているのだろう、希実の背中をさすりつつも、それとなく弘基たちのほうをうかがってはいる。

「まあ、それほど急ぎでもねーし。仕事終わりで構わねぇからさ」

そしてワインを、またぐいとやる。多賀田はしかし相変わらず、メモを取り続けているままだ。弘基の発言を受け流そうとしているようにも見える。

「佳乃を警察に引き渡すつもりなのか？」

多賀田の問いかけに、弘基は頷く。

「ああ、色々考えたんだけどよ。まあ、それが一番、妥当なんじゃねぇかなと思うんだよな。事情はどうあれ、詐欺は詐欺なんだし。被害者一人が訴え出りゃあ、罪は成立するしよ。まあ、償いっていうのは、ある種の救いにもなんだろ？　それでいいんじゃねぇかなと思ってよ」

弘基の提案に、多賀田はなるほどと小さく返す。まあ、確かにな。そういう救い方も、なくはないな。そうしてメモを取り終えたらしい多賀田は、万年筆をスーツの胸ポケットにしまい、笑顔を浮かべる。

「けど、申し訳ないが、俺には出来ない。考えてもみてくれ。俺が警察に行けるわけがないだろ？　叩けばほこりがでるのは、むしろこっちの体なんだ」

お手上げ、といった様子で、両手をあげてみせる多賀田に、弘基も笑って返す。

「ダッセーな、お前。救いてぇとかぬかしたの、どの口だよ？」

「二枚舌なんだよ、生まれつき」

「アイツに惚れてんじゃねぇのかよ？」

「惚れてるよ？　けど、それとこれとは話が別だろ？」

すると弘基が、首を傾げながら暮林に話を振る。わっかんねー。それって別かな？

クレさん。そんな弘基の言葉に、暮林はあっさりと笑顔で返す。いいや、同じ話やで？　そして当り前だと言わんばかりに言い継ぐ。

「そこは、同じにしといたほうが楽や」

多賀田に睨みつけられても、いつもの笑顔で柔らかに続ける。

「愛情なんていう、形のようわからんもんは、わかりやすく見せたほうがええ。好きなんやったら好きなんやで、助けたいんやったら助けたいんやで、そのまま動いたほうがずっと楽やで？」

笑顔で言われた多賀田は、フッと苦笑いをこぼし、まいったな、と額のあたりを指で小さくかいた。

「どうせこの間、そこの希実ちゃん、だっけ？　彼女に言ってしまったから、白状するけど。俺には佳乃は、救えないんだよ。救い方が、わからない。警察に突き出すのが正しいかどうかもわからない。償いが本当にアイツを救ってくれるのかもわからない。もう、わからないことだらけなんだ」

そうして多賀田は、小さく肩をすくめて、言い訳していいか？　と言い出した。それを受けて弘基は、ダメだっつっても、どうせするんだろ？　と多賀田の言葉を促す。

「俺は、誰にも救われなかった。ひとりでここまでやって来たんだ。だから他人の救い方がわからない。お前と違って、わからないんだよ、柳」

言い切る多賀田に、弘基は顔をしかめる。

「んだよそれ、要するにお前、俺にアイツを救えって言ってんのかよ？」

いら立った様子で言う弘基に、多賀田は苦笑いを浮かべ、そうだよと返す。

「お前は、俺とは違う。お前だったら、きっと……」

その言葉に、弘基は椅子を蹴りあげた。ふざけんなよっ！　おかげで希実は、飛んでくる椅子を避けようとして、転びそうになってしまう。暮林が支えてくれて事なきを得たが、かなり危ないところだった。なんて乱暴な奴なんだ。希実はひきつった顔で弘基を睨みつける。

「どいつもこいつも、お前は違うとか、お前だったらとか、何でもかんでも押しつけやがって……。冗談じゃねぇよ！」

しかし弘基の怒りも、収まるどころかいよいよ激しさを増すばかりのようだ。

「誰がお前らの代わりになってやるかっつーんだよ！　お前らがやれよ！　お前らの人生だろ！　テメーの人生、人に託してんじゃねぇよ！」

そうしてドカドカと多賀田の前に歩み寄ったかと思うと、彼の胸倉を摑み凄むように言った。

「一回、だけだからな」

「は？」

「救うってのがどういうことなのか、見せてやるからよ。一回で覚えやがれっつってんだよ！　じゃあな！」

　言い放って弘基は、帰るぞ！　と希実や暮林を怒鳴りつけた。

　かくして多賀田の店をあとにした希実は、ワゴンの中で弘基を問い詰めた。救うって、弘基、どうするつもり？　なんか、考えがあるの？　しかし弘基は、助手席でふんぞり返り、そんなのねぇよ！　と言い返す。

「俺だってわかんねーから、多賀田に押し付けようとしたんだろうがよ！　アイツが、お前には無理だ～、とか、佳乃の闇は深い～、とか、意味深に言いやがるからよ。期待したらこのザマだよ。ったく、使えねぇ男だよなぁ」

　腹立たしげに言う弘基に、希実は呆れて声をあげる。バッカじゃないの？　アンタ。なんにも考えてないのに、あんな啖呵（たんか）きったわけ？　希実の非難に、弘基も怒鳴り返す。しょうがねぇだろ！　あの場合、他に何を言えっつーんだよ。俺にもわからないって、素直に言えばいいじゃん！　男がそんなこと言えるかよ！　嘘つくよりマシじゃん！　男はホラ吹いてナンボなんだよ！　バーカ！　バカはそっちでしょ!?　この、大バカ！

すると運転席の暮林が、ハハッと笑いながら言った。

「まあ、嘘から実も出るって言うで。あんがいどうにかなるかも知れんで～」

そうして店に着いた一同を、待っていたのは斑目だった。彼は綾乃が近くにいないことを確認すると、すぐさま弘基を捕まえて、わかったんだ！　と言い出した。

「佳乃ちゃんが、何をしようとしてるのかがわかった！」

そうして斑目も、多賀田と同じ言葉を口にしたのだった。

「――彼女の闇は、思っていたより深いかもしれない」


綾乃には聞かせたくないからと前置きし、斑目はワゴンの中で話をはじめた。

「とりあえず俺、ボストンバッグに入っていた札束のことが、引っ掛かっててさ」

そこにあった金額は、合計で五千六百万円だった。そのことに注目したのだと、斑目は自説を展開しはじめた。

「それで、俺に要求してきた四百万だろ？　トータルすると六千万。最初俺に要求してくる額は、俺の懐具合を見てのことかと思ってたんだけど、けど普通に考えて、いきなり四百万出せって言うのは乱暴だろう？」

斑目の言葉に、希実も暮林も頷いた。弘基などは、乱暴にもほどがあるよな、と付け足した。一同の反応に、斑目も納得顔で頷いて続ける。

「それで、考えを変えてみたんだ。彼女は、一月三十日にケリがつくと言っていた。しかもそれまでにもう少しお金を集めなきゃならないとも、言ってた。つまりそのもう少し集めなきゃいけないお金っていうのが、四百万なんじゃないか。そして、ボストンバッグのお金、五千六百万円と足した金額、六千万円で、彼女は一月三十日、何かを買おうとしてるんじゃないのか」

そこで暮林が、小さく呟いた。六千万の、買い物か。普通に考えると、株か、不動産あたりかな？　すると斑目は、正解、と指をさした。

「それでとりあえず、佳乃さんが関係してる施設や場所を洗い出して、六千万で売り出してるものを探してみた。教会施設が一番の有力候補だったんだけど、あんがい地価が暴落しててね。六千万も必要じゃないんだ。あとは、元恋人の会社の株とかね。けどそこじゃあ、六千万なんてはした金だ。それで、もしかしたらと思って、彼女たちが昔家族で住んでたっていう、高層マンションを当たってみたんだけど」

そうして、斑目はポケットから一枚の紙を取り出した。

「これ、東京都で行われる競売物件のリスト」

斑目が差し出した紙切れを、一同はまじまじとのぞき込む。

「そこに、彼女たちが住んでいたマンションの同じ部屋が売りに出されてた。まったく同じ物件が、しかも競売で売りに出されてるなんて俺も少し驚いたんだけど……」

そこで希実は、あ！　と紙に記された日付を指さす。

「これ、入札日、一月三十日だ！」

すると斑目が、そういうこと、と笑みをこぼした。

「それで一応、落札予想金額を当たってみたんだけど……」

「六千万あれば間違いなく大丈夫だったってことか？」

弘基の問いかけに、斑目は頷いた。ああ、不動産屋の話だと、それで確実だろうって。

そして斑目は、紙切れに目を落とし続けたのだった。

「でもさ、こんなマンション買い戻したって、なんのメリットもないんだよね」

斑目の言葉に、一同は顔をあげる。斑目はめずらしく難しい表情を浮かべて、何やら少し考え込んでいるふうでもある。そんな斑目に、希実は、どういう意味？　と訊いてみる。メリットがないって、それが、どうかしたの？

問われた斑目は、うーんと言葉を濁しながら、さらに表情を険しくする。

「……マンションを手に入れたところで、何の利益を生むわけでもない。誰かのためになるわけでもない。せいぜい、自分の中の溜飲(りゅういん)が下がる程度だろう。奪われた場所を、取り戻せたような気分には浸れるかも知れない。でも、それだけなんだよ」

説明を聞きながら、希実も確かにと思う。かつて暮らしたマンションを取り戻したとしても、確かに大した意味はない。なのにどうして、そんな無駄な真似をするのか？

希実の疑問を察するように、斑目は続ける。

「意味があることには、善であろうが悪であろうが、ある程度の行動予測が立つ。モチベーションも保ちやすいし、人にも理解されないし、人の共感も得られる。でも、意味のないことには、困難がつきまとう。人にも理解されないし、何よりモチベーションが保ちづらい。どうしてこんなことをやってるんだろうって、普通だったら思うからね。前に進むためには、共感や理解やそれ相応の報酬や利益が生じないと、普通は心が折れてしまう」

そう分析する斑目に、希実は呟くように返す。

「けど、佳乃さんは、その意味のないことを続けた……」

斑目は、うん、と神妙な面持ちで頷く。

「ただ前に進むためには、もうひとつ、まったく違う要素で代替出来ることもある。これは、俺の個人的な見解なんだけど……」

その見解が示されるのを、一同は黙って待つ。斑目は少し言葉を選ぶようにしながら、俺は、違うけどね、と前置きをして続けたのだった。

「心に怪物を飼っていればね」

カイブツ？　一瞬意味がわからず、希実が首を傾げる。

「それがいれば、前に進めるんだ。たとえ意味のないことでも、それさえいれば、どんどん前に進んでいける」

斑目の言葉に、希実は静かに息をのむ。思い出していたのだ。由井佳乃の、形のいい大きな目、通った鼻筋、薄い唇の小さな口、陶器のような白い肌。歩き出すと、その場がパッと華やぐ。テーブルの客たちも、歩いていく佳乃に思わず目を奪われていたはずだ。

けれどそれは、うつくしさばかりのせいではなかったのかも知れない。

彼女は笑顔で、話をしていた。目の前の人間を騙そうとしながら、笑っていた。うつくしい笑顔で、何の迷いも疑いもなく、おそらくなんの汚れもなく、彼女は――。そこにいる怪物の気配に、空気は変化していたのか。人は惹かれていたのか。

「救いを求めていない者の手は掴めない。俺はそう思ってるんだけど……」

そんな斑目の言葉に、弘基はじっと前を見据えていた。

「由井佳乃は、救いを必要としているんだろうか？」

そう言われた弘基は、面倒くさそうに舌打ちをして言い放った。

「アイツの気持ちなんて、知ったこっちゃねーよ」

そうしてワゴンのドアを開け、吐き捨てるように言ったのだ。

「俺がアイツを救いたいと思ったんだ。それだけで、手を差し出す理由としちゃあ、お釣りがくるくらいのもんだろ」

するとドアの前に、綾乃が立っていた。ワゴンの中の話を、聞こうとしていたのかも知れない。突然車から降りようとしてきた弘基を前に、彼女は驚いたような表情を浮かべ目をしばたたく。

形のいい大きな目、通った鼻筋、薄い唇の小さな口、陶器のような白い肌。由井佳乃とまるで同じ形をした綾乃は、しばしの沈黙ののち、フッとうつくしく笑ってみせる。

「弘基はそう言うと思ってた」

その言葉を、弘基は鼻で笑って言って返した。

「うっせーよ。バーカ」

＊＊＊

弘基は、時おり夢に落ちる。

繰り返し、見る夢だ。目が覚めた時などは、どちらが現実かわからなくなるほど、リアルな夢だ。目覚めた弘基は、いつも思う。ここは、どこだ？　俺は、どうして、こんな明るい場所にいる？

見渡せる部屋は整然としていて、正しい暮らしがそこにあることを感じさせる。柔らかなベッド、清潔なシーツ、カーテンのついた窓、その先の窓にヒビは入っていない。かざした両手も、汚れていない。ところどころに、火傷（やけど）のような痕はあるが、悪い印象は受けない。よく働いている人間の手だと、彼はぼんやり思う。

でもこれは、誰の手だ？　俺の手なのか？　まさか――。

先ほどまで見ていたものが、悪い夢だと気付いても、しばらくの間は身構えてしまう。またすぐに目を閉じれば、あちらの世界で目を覚ましてしまうのではないかと、心臓が早鐘を打ち出してしまう。

いやだ、戻りたくない。

俺は、こっちにいたい。

弘基は知っている。夢の中の自分が、時おり夢想していることを。甘っちょろく、しかしどうしようもないほど切実に、願っている。もし自分の人生に、誰かが救いの手を差し伸べてくれていたら、こんな暮らしからは抜け出せたかも知れない。何かを盗むためではなく、誰かを殴るためではなく、何かを生み出し、誰かを抱きしめるために、この両手を使えたかも知れない。誰でもいい、ホンの少しでもいい、手を差し伸べてくれていたら――。

そしてその願いは、叶えられた。彼は美和子に救われた。

昔から繰り返し見るこの夢について、美和子に話してみたことがある。他人が見た夢の話ほど、つまらないものはないだろうに、美和子は最後まで黙って聞いてくれた。そして、彼の頬に手を添え笑って言ったのだ。

「ヒロくんたら。ずいぶん長い夢を、見てたのね」

その手の温もりは、こちらが現実なのだと教えてくれた。そう言われた時、弘基は強く実感したことを記憶している。そうだ、これが現実なんだ、と。

それまでは、ずっとどこか不安だった。これは夢なんじゃないか。そう思いながら、美和子の傍らに居続けた。こんなまともな人生が、俺の人生であるわけがない。こんな優しい人が、俺の隣にいてくれるわけがない。けれど美和子の言葉で温もりで、ようやく信じることができたのだ。夢は向こうだ。こっちが、現実なんだ。

どん詰まりのような暮らしから、どうにか弘基は抜け出せた。製パンの修業を積み技術を身に付け、腕のいいブランジェになった。毎日のようにその手からパンを生み出し、充分な報酬を得ている。生きた美和子を抱きしめることは叶わなかったが、冷たくなった彼女を最後にかき抱いたのは、他の誰でもない弘基だった。

美和子の夫である暮林は、海外にいたためにすぐの帰国が叶わなかったのだ。だから遺体を確認したのは、他人であるはずの弘基だった。

「少し、驚かれるかも知れませんが」

警官のそんな言葉に、しかし弘基は微動だにせず、ビニールシートが持ちあげられるのを待った。するとそこにいたのは紛れもない美和子で、彼は当り前のようにその体に手を伸ばしてしまった。警官たちに制止されたが、そんなことはどうでもよかった。

美和子さん、美和子さん――。

血の匂いがした。温もりはなかった。髪が柔らかかったんだと、初めて知った。思っていたより、ずっと華奢な体だった。俺はこんな小さな人に、救われて変えてもらったのか。この人はこんな小さな体で、俺に救いの手を差し伸べてくれたのか。

そんなふうに、彼女の最期を見たおかげかもしれない。弘基はちゃんと、誓うこともできた。

俺は、生きるよ、美和子さん。

あなたが変えてくれた人生を、俺はちゃんと生きてみせる。

その日も弘基は、夢を見た。人を殴る夢だ。目覚めてやはり、動揺した。それでもベッドの上でどうにか時間をやり過ごしたら、現実感を取り戻せた。ああ、大丈夫だ。こっちは、夢じゃない。

今日弘基は、由井佳乃と会う。十年ぶりの再会だ。昔、まだ美和子と出会う前、弘基は彼女をひどく傷つけた。

たぶん佳乃は、弘基を救おうとした。幼いながらに、彼女は感じ取っていたのだろう。弘基が救われたがっていることを。けれどその手は幼過ぎて、弘基を守るには到底足らなかった。弘基もすぐに見下した。いい気になってんじゃねぇよ。テメーに俺は救えないよ。傲慢だったのは自分だったことを、弘基は知っている。救われたい人間など、得てして傲慢なものなのだ。救いたいと、願う人間と同様に。

「……さて、行くか」

それでも弘基は、今日、佳乃と会う。

たぶん、彼女を救うために。

Cuisson

——焼成——

暮林陽介が妻である美和子の訃報を受け取ったのは、彼女が亡くなって丸一日が経過したのちのことであった。そこから帰国し家に辿り着けたのは、さらに三日も過ぎた日のことで、だから暮林は美和子の遺体と対面していない。彼が家に着いた時には、彼女はもう荼毘に付されていた。

そうとうに混乱していたせいか、当時のことをそれほど鮮明には覚えていない。しかし美和子の死は、暮林にとってまるで想定外の出来事で、その現実を受け止めるにはかなり時間を要した気がする。

死ぬなら自分だと思っていた。当時の暮林は紛争地域に赴任していて、自分の死というものに対してある程度の覚悟を有していたのだ。しかし、死んだのは美和子だった。平和であるはずの日本で、美和子の命は奪われたのだ。

暮林が弘基と対面したのは、帰国後すぐである。何しろ家に弘基がいたのだ。美和子の死から暮林が家に戻るまでの間の、警察への対応や葬儀屋、美和子の親類――彼女の両親はすでに他界していた――友人知人等への連絡は、すべて弘基が行ってくれていた。

美和子は生前、彼を弟のようにかわいがっており、彼のほうも美和子を製パンの師と仰いでいるのだと、そんなふうに説明を受けた。しかし弘基は、その説明に自ら注釈を入れた。

「俺、美和子さんのこと、愛してました。彼女は俺の運命の人だったんです。あと十年あったら、俺はきっと、あなたから彼女を奪えてたと思います」

だからもちろん第一印象は最悪だ。向こうも同じだろう。愛する人の夫が、妻の死後四日も家に戻らないのだ。初めて会った時など、弘基は暮林を怒鳴りつけたほどだった。アンタ、何してたんだよ!? 今頃のこのこ戻って来やがって! 美和子さんのこと、散々ほっぽらかしといて、最後の最後までこのザマかよ? 夫が聞いて呆れるぜ!

しかしそれからも弘基は、しょっちゅう暮林の下を訪ねた。正確には、亡き美和子の家へとやって来た。日本を離れ長年海外に赴任していた暮林には、美和子の日本での暮らしというものがまるでわからず、形見分けをして欲しいと美和子の知人が現れても、開店予定だったパン屋をどう処するか業者に迫られても、暮林にはほとんどなす術というものがなかった。その対応のほとんどを、弘基がこなしてくれたのだ。

とはいえ弘基は、ほぼ暮林を無視していた。目が合っても睨みつけてくるばかりで、体からは怒りがいつも立ちのぼっているようだった。なんで夫のアンタが、俺より美和子さんのことを知らないんだよ？　怒りにはそんな思いが含まれているように感じた。仕方のないことだと、暮林も思っていた。確かに俺は、美和子のことを、何も知らん。自分の勝手で仕事を決め、自分の勝手で海外を飛び回っていた。夫が危険地域に身を置くことを、美和子だって不安に思ってはいただろう。しかしそのことを口には出さなかった。自分を思ってくれていたからなのかも知れないが、不安すら聞いてやることをしなかったのではないかと、後悔する気持ちのほうが今は強い。弘基の怒りは、もっともだった。俺は、美和子を、幸せに出来なかった。

そんな暮林と弘基の関係が大きく変わったのは、ブランジェリークレバヤシをはじめようと決めてからだ。美和子は亡くなる直前まで、自らのパン屋を開く準備をしていた。パン屋家の一階部分はすでに改築が済んでおり、機械も器具もすべて用意されていた。パン屋のコンセプトを書き記したノートも見つけた。真夜中のパン屋。彼女はそんな一文を、ノートにしたためていた。営業時間午後十一時～午前二十九時。この場合、午前五時と書くべきなんじゃないのか？　そんなことを思いながら暮林は、ノートを読み進めていった。書いてあることは他愛なかった。売り出したいパンについてや、イートインコーナーで出す飲み物の種類、空き時間には、子供たちを相手にしたパン教室を開きたいとも書いていた。そしてノートの最後には、ミミズがのたくったような字で記されていた。

誰かの傘になれるような、店。おそらく、寝ぼけて書いたのだろう。お世辞にも字が綺麗とは言えなかった彼女は、眠気に襲われながら文字を記すと、たいていこんな字になった。

　誰かの傘になれるような、というその表現については、思い当たるふしがあった。学生時代に、話したことがあったのだ。それは、暮林と美和子、共通の友人である田中（たなか）の言葉だった。田中は言った。

「自分のしてきたことが、時々ひどく不毛（ふもう）なものだったように思えてくるんだ」

　彼は学生時代の多くの時間を、地雷撤去運動に費（つい）やしていたような男で、難民キャンプや紛争地域にもしばしば足を運び、精力的にボランティア活動にも携わっていた。そんな、強い信念と過剰な情熱を持ち合わせた彼が、不毛などという言葉を使うのが少し意外で、内心面食らったことを今でもよく覚えている。しかし当の田中は自嘲気味に笑って続けたのだった。

「たとえて言うなら、そうだな。川で溺れてる人間を相手に、もうじき雨が降るから、濡れないようにこれをどうぞって傘を差し出しているみたいな、そういう類（たぐ）いの不毛さを感じてしまうんだ。彼らはもう十分にずぶ濡れで、傘なんてなんの助けにもならないのに。バカな俺は川に飛び込むことも出来ずに、ただただ意味のない傘を差し出しているだけなんじゃないかってさ」

海外での活動について語っているのだということは、すぐに察しがついた。田中ほどではないが、暮林も一般的な大学生たちに比べたら、海外へと多く足を運んでいる学生ではあったのだ。田中の言葉は、暮林自身の実感でもあった。人を助けたいと願うこと自体、不毛といえば不毛なのだ。それが当時の暮林の、偽らざる心境だった。

しかし美和子は、そんな田中の言葉に対し笑顔で返してみせた。

「――それでも、傘を差し出そうとする田中くんが、私は好きだけどな」

もちろん陽介のほうが、百倍好きだけどと付け足し、その上できっぱりと言い切った。

「間違った傘でもいいと思う。なんの手も差し伸べられない絶望よりはずっといい。お門違いな傘でも、上手く摑んで川から這い上がる人だっているかも知れないし」

そんな美和子に、田中は苦く笑った。お門違いな傘って、お前。美和子も美和子で、笑って言ってのけていた。だって私、摑んだんだもの。そうして暮林の腕を取った。お門違いな傘を、上手に摑んでみせたの。暮林が傘だって言うのか？　首を傾げる田中に、美和子は大きく頷いていた。

「そう、陽介は私の傘なの。だから、間違いないのよ、田中くん。傘は、ないよりあったほうがいい。できれば色んな傘が、たくさんたくさんあったほうがいい」

けっきょく暮林は、美和子の店をオープンさせようと決めた。誰かの傘に。そんな美和子の意思を、彼女の死というもので終わらせたくなかった。しかし、パンについて暮林は何も知らなかった。パン生地を捏ねたことすらなかった。それで弘基に話を持ちかけたのだ。美和子を師としていた彼なら、美和子が思っていたようなパン屋を、はじめることが出来るんじゃないか、そんな思いが暮林にはあった。

ただし、勝算はなかった。当時の弘基は有名店で働いており、そこでの評判はすこぶるよかった。おそらく待遇も給与も十二分なものが与えられていると思われた。それを蹴って、真夜中のパン屋などというものに付き合ってくれるはずがない。期待を寄せるほうがどうかしている。けれど弘基は二つ返事で、やるよ、と答えた。

「やるに決まってんだろ。美和子さんのパン屋に、俺がいなくてどうすんだよ?」

その時暮林は、はじめて弘基の笑顔を見たのだ。笑うとずいぶん、印象が柔らかくなる男だなと暮林は思った。そうして暮林の誘いに乗った弘基は、ひとつだけ条件を出してきた。それが、パイルームだった。

「美和子さん、ちょっと雑なところがあったからさ。パイは、寒いところを見つけて仕込めばいいって、思ってるようなとこもあったけど。俺はちゃんとパイルームが欲しいんだよ。うまいクロワッサンを作るためには必要不可欠なんだ。そもそもクロワッサンっつーのはさ、俺の原点とも言えるパンでさ……」
おかげでだいぶ貯金が飛んだが、初期投資としてはまあそんなものだろうと暮林も納得していた。何より実際、弘基の作るクロワッサンは絶品だった。

一緒に仕事をしていく中で、暮林は弘基について少しずつ知っていった。そうしているうちに気付いたのだった。弘基が、ヒロくんであることに。美和子はヒロくん、なる少年について、だいぶ前のことではあるがよく口にしていた。

「家庭教師を頼まれたんだ。中二の男の子なんだけど、九九から教えてやってくれって」

ヒロくんと出会ったばかりの頃、美和子は暮林にそんな説明をしていた。

「……ちょっと、暮らしが楽じゃないみたいで。学校には行ってるそうなんだけど、勉強どころじゃないみたい」

いつだったか、こうも言っていた。日本にも、戦場ってあるのよね。目に見えない分、戦い方も難しい。ヒロくんはたぶん、そういうところに、立ってるのよね。あの子の育ってる環境そのものが、いろんなあおりを食ってる感じで——。

銃を抱えた少年を、暮林は何度も見たことがある。海外に行けば、そんな子供はいくらもいる。日本は平和だ。平和だと、信じるのは易（やす）い。何しろ銃を抱えた少年などいない。砲撃もなければ、空襲もない。少なくとも目に見える形では、ないことになっている。しかしそのことで、得をしているのは誰なのか。背負わされているのは、誰なのか。

けれどヒロくんは、立派なパン職人になっていた。その手からうつくしいパンを生み出し、口にするものを笑顔にする。パンは平等な食べもの。誰にでも平等においしいだけ。そんな美和子の口癖を、弘基のパンは体現しているように感じられる。

美和子に救われたのだと、弘基は言う。

彼女は傘になり得たのだなと、暮林は思う。

そしてそんな弘基は今、自ら他人を救おうとしている。地元の知り合いだという彼女たちは、美和子が言うところの戦場にいた少女たちなのかも知れない。

あのヒロくんは、いったい何をどうするつもりなのか、暮林はその行動をその決断を見守っている。

美和子が救った少年は、誰かの傘に、なり得るのだろうか。

＊　＊　＊

佳乃のストーカーであるらしい萩尾修司という男に関して、斑目は俺が調べておくよと自ら手をあげた。

「佳乃ちゃんとのお金の引き渡し日までには、完璧に調べ上げておかなきゃだもんね！」

　自らそんなふうにリミットを設けて、斑目はやけに張り切って調査をはじめた。おそらく綾乃へのアピールだろうと希実は思っていた。案の定、調査をあらかたすませた彼は、意気揚々と店にやって来て、まず綾乃に告げたのだった。

「調べましたよ。妹さんに付きまとってる男のこと。もうこれ以上ヤツに、勝手な真似はさせませんからね」

　閉店ギリギリの時間だった。ラスト一個のメロンパンをかじりつつ、斑目はニタニタと笑みを浮かべ、ストーカーについての調査報告をはじめた。

「萩尾修司、二十八歳、独身。某有名私立大学卒業後、大手広告代理店入社。父親はキャリア官僚。ちなみに、バリバリのコネ入社組らしい」

　言いながら斑目は、調査内容を記した書類を弘基に渡した。

「コネ入社にも二種類あって、使えるボンボンと使えないボンボンがいるけど、彼は後者みたいだね。自覚もあるようだ。合コンではそれを使って、自虐ネタで笑いをとっていたらしい。彼のそういう寄る辺なさに、佳乃さんは上手くつけ込んだってとこなのかな。出会って三ヶ月でプロポーズしたっていうんだから、たいしたもんだよね」

自分だって出会って二ヶ月足らずの綾乃に、ティファニーの指輪を用意したクセに、斑目は得々と語る。

「それで佳乃さんが、医大の学費が必要だとか、奨学金が打ち切られただとか、金の無心をしてくるのを全部信じて、そうとうな額を渡しちゃったみたい。でも付き合って半年で、彼女から一方的に別れを切り出されて――。そこからはストーカー街道まっしぐらさ」

そんな斑目の報告を受け、弘基は泰然と頷いた。

「よっし。それだけ身元が割れてりゃあ、こっちにだっていくらでも出方はあるな。とりあえずはほっといて平気だろ。まずは目先の佳乃から、ケリつけに行こうぜ」

しかし斑目は、そのまますぐに席を立ち、俺はちょっと失礼するよ、と言い出した。綾乃が戸惑い気味に、え〜？　今日は斑目さんも一緒に、佳乃のところに行ってくれるんじゃないの？　と問うと、斑目はニヒルな笑みを浮かべ、残念だけどと首を振った。

「こういう日だからこそ、俺が萩尾を見張っておかなきゃいけないと思ってね。気持ちが高ぶると、何をしでかすかわかんないタイプみたいだからさ」

やっぱり綾乃に対するアピールだなと、希実は白けた気分でそのやり取りを見守る。

わあ、斑目さんてば、やっぱり頼りになるぅ！　いやいや、このくらい男の嗜みです。や~ん、かっこいいかも！　そ、そうですか？　そして斑目は鼻の穴を膨らませつつ、弘基の胸をトンと叩いて言ったのだった。

「じゃあな、弘基くん。そっちは佳乃ちゃんを、しっかり助けてやってくれよ」

するとは弘基は、鼻で笑って答えてみせた。

「当ったりめーだろ。あんなヤツ、三分で救ってやるよ」

その言葉に、思わず希実は訊いてしまった。方法、思いついたの？　好奇心を示した希実に対し、弘基は不敵に笑って答える。

「ああ、もちろんだよ。その目、皿にしてよーく見てろ」

そうして斑目を見送った一同は、閉店作業を終わらせると、さっそくワゴンに乗り込んだ。佳乃との待ち合わせは午前八時の予定だ。パンの配達をすませて、約束の場所に向かえばちょうどいい時間だ。何しろちょうどいいように、弘基が時間を指定したのである。

待ち合わせ場所は、工場地帯にほど近い川沿いの公園だった。川の向こうには、いくつものタワーマンションが建ち並んでいて、その様はまるでちょっとした山脈のようにも見えた。

暮林が公園脇の駐車場に車を停めると、一同はそこで人員配置について相談をはじめた。交渉のテーブルならぬ交渉のベンチにつくのは弘基と綾乃で、暮林と希実は何かあった時のために、ワゴンに隠れて様子をうかがうという任務を負った。

「佳乃のことだから単独行動だとは思うけど、もしもの時は援護頼むぜ。あと、佳乃が逃げ出したら、ちゃんと確保してくれよ」

そんな弘基の命を受けて、暮林はにこにこと頷いた。了解、了解、今度こそ、逃がさんでな～。頼りないが、やる気はあるのだろう。たぶん。

希実が携帯を確認すると、時刻は七時四十五分だった。佳乃との待ち合わせまで、あと十五分。すると綾乃が、希実の携帯をのぞき見て言い出す。

「あたしと弘基は、そろそろスタンバイしたほうがいいかな？」

その直後のことだった。突然ワゴンがドンと揺れた。驚いた希実は、何事かと顔をあげる。するとその目に、珍妙な光景が飛び込んで来た。フロントガラスに、斑目が張り付いていたのである。

「――ま、斑目氏!?」

ぎょっとしながら希実が叫ぶと、斑目は声を出さないまま、口をパクパクさせていた。その口の動きが、開けて！　であると気付いた希実は、慌てて後部座席のドアを開けてやる。すると斑目は息を切らしながら、スライディングするように後部シートへ滑り込んで来た。

シートに横たわり肩と背中で息をしている斑目に、希実は恐る恐る声をかける。

「ど、どうしたの？　斑目氏。今日は、ストーカーを見張ってるんじゃないの？」

希実が声をあげると、斑目は絞り出すように答えた。

「そのストーカーが……このあたりに……潜伏してるんだよ……！」

思わぬ斑目の発言に、一同は、ええっ⁉　と声をあげる。すると斑目は、シーと口元に指を立てながら、みんなが声を大きくするのを制する。

「最初は……朝の犬の散歩を……してるのかと……思ったんだけど。アイツ……どんどん家から離れて行って……。気付いたら、この公園近くまで来てて……。信じられないよ。十キロくらい……歩き続けたんだよ？　あの男……」

そしてその犬の散歩に、おそらく斑目も付き合ったのだろう。走ってはいないはずなのに、頭からほかほかの湯気がのぼっている。

「それで、そのストーカーはどこに？」

希実が訊くと、斑目はうなだれるようにシートに頭をこすりつけ、無念そうに呟いた。

「それが、見失って……。たぶん……このあたりに、いると思うんだけど」

その言葉に、綾乃がわずかに声を震わせる。

「もしかしてその男、佳乃がここに向かってるの知ってて?」

するとと弘基が、サラリと返した。

「まあ、間違いねぇだろうな」

一同の間に、緊張が走る。そんなふうに別れた女を追いかけて、いったい何をしようというのか。しかし弘基は、特に表情を変えることなく、足下に置いてあったらしい魔法瓶を手に取り言った。

「まあ、いいじゃねぇか。この際だから佳乃もストーカーも、まとめてケリつけてやろうぜ」

あくまで強気な弘基を前に、希実は素朴な疑問を投げかけてみる。まあ、それはわかったけど、なんで弘基、魔法瓶なんて持ってんの? すると弘基は、シート脇に置いていたらしい、パンが詰め込まれた紙袋を抱え、当り前のように返したのだった。

「パン食うのに、コーヒーくらい持ってくんのは常識だろ?」

しかし希実も食い下がる。パンって、誰と食べる気? その言葉に、弘基はあっさり答えてみせたのだった。

「この状況から考えて、佳乃に決まってんだろ」

そうしてワゴンのドアに、手をかけたのである。

「ほら、綾乃もさっさと行くぞ」


詐欺師は時間に遅れて来る。

そんな多賀田の言葉に反して、由井佳乃は約束の時間きっかりに現れた。

佳乃は今日も、白いコートに青いストールを合わせていた。先日と変わらない笑顔をたたえたまま、真っ直ぐに弘基と綾乃が待つベンチに歩を進めて行く。やはり歩くたび、周りの空気が澄んでいくように思われるのは、彼女のうつくしさのせいなのか、あるいは斑目が言うところの、心の怪物なるもののためなのか。ただ歩いているだけの彼女には、しかし言いようのない存在感がある。

表情は穏やかだ。今日の空のように、澄み渡っている。それともそう、見えるだけなのか。心の内と外では、だいぶ様子が違うんだろうか。

そんな佳乃の様子を、希実と斑目はワゴンの中からうかがっていた。斑目は希実の隣で、息をつくようにポツリと漏らした。

「……今日はまた、一段とうつくしいね」

希実も、同じように感じていた。ベンチで弘基の傍らに座っている綾乃とは、どうも雰囲気が違う。同じ姿形をしているはずなのに、それでもふたりの間には、はっきりとした隔たりがある。むろん、奇異なのは佳乃のほうだが。

そんなふうに、希実と斑目が佳乃に見入っていると、ふいに背後のスピーカーから、お、おいでなすった、という弘基の声が流れて来た。その声を確認した斑目は、満足そうにうんうんと頷き出す。

「いいね、感度良好だ」

現在弘基は、ダウンジャケットの中に盗聴器を潜めている。そのため喋り声や周りの物音は、すべてワゴンの中のスピーカーに届く状態なのだ。その盗聴器は、無論斑目が所持していたものである。尾行中に何かあった時のために、用意しておいたんだ。斑目はそう胸を張って説明していたが、それを聞いた綾乃は、薄く引いていた。無理もない。このままだと斑目氏、やっぱりティファニーは、無駄な買い物になっちゃうかな。

しかしそんな斑目の変態ぶりのおかげで、希実たちは弘基たちのやり取りを聞くことが出来ているのも事実。変態となんとかは使いよう、と言えなくもない。

ちなみに暮林は、盗聴器操作を斑目に任せ、自分は公園内にいるかも知れない、萩尾なる男を捜しに向かってしまった。

「まあ、ひとりくらい外におったほうが、いざって時に安心やろうし。うまくいけば、佳乃さんにちょっかい出す前に、捕まえられるかも知れんしな」

大丈夫かな、暮林さん。そんなことを頭の片隅で思いつつ、希実は窓ガラスにおでこを寄せ、外の様子をじっとうかがい続ける。

弘基と綾乃の前に着いた佳乃は、ちょうど何か話しかけようとしている。それと同時に、背後のスピーカーから、佳乃のものらしき声が聞こえてくる。久しぶりだね、弘基。綾乃とまったく同じ声だが、そこに甘さはほとんどない。どうしてるかと思ってたけど、元気そうだね。すると今度は弘基の声が続く。ああ、ご覧の通りだよ。その声に呼応するように、弘基が傍らに置いていた店の紙袋を手に取り、佳乃の前に差し出す。まあ、そんなことはどうでもいいか。佳乃、パン食わねぇか？　突然の弘基の誘いに、佳乃はきょとんと目を丸くする。え？　パン？　声も、やはりどこか戸惑っている。しかし弘基は、まったく動じることなく続ける。ああ、俺が焼いたパンだよ。うまいぜ？　焼き立てだから、けっこう温けぇしよ。

スピーカーの声に聞き入っている斑目は、腕組みをしてむうと唸る。またずいぶんと乱暴な誘い文句だねぇ。そんな斑目の感想通り、佳乃は弘基の誘いをあっさり断わる。ありがとう、でも大丈夫だから。しかし弘基はひるまない。いいから食えって。腹が減ってたら、冷静な話し合いが出来ねぇだろ。けれど佳乃も笑顔を崩さない。気にしないで？　私は冷静だから。あっそ。じゃあ、俺と綾乃は食わせてもらうぜ。仕事終わりでメシがまだなんだ。言いながら弘基は、魔法瓶のカップにコーヒーを注いでいく。遠目からも、白い湯気が立っているのがわかる。

「どうするつもりかねぇ？　弘基くん」

スピーカーに寄り添うようにしながら、斑目が言う。窓ガラスに張り付いたまま希実も返す。

「……とりあえず、パン食べちゃうんだろうねぇ」

予想通り、ベンチでは弘基と綾乃が、パンを食べはじめた。ヤダ、これ、おいしい！　これ、じゃねぇよ、キャラメリゼバナーヌだよ。そっちのもおいしそう。一口ちょうだい。そっちじゃねーし、ネージュだし。盗聴器はそうとうな高性能なのか、サクサクとデニッシュ生地をかじる音まで届けて来る。

そんなふたりの前で、佳乃は黙ったまま立っている。どうやら冷静に、ふたりがパンを食べ終わるのを待っているようだ。

「なんか、やたら落ち着き払ってるね。佳乃さん」

希実がそんな感想を漏らすと、斑目はまあねと小さく頷いた。

「でもだから、怖いんだけど」

弘基が話を切り出したのは、自らと綾乃がパンをひとつ食べ終えた頃合いだった。

「よし、腹も少しは膨れたし。そろそろ本題に入るか」

スピーカーから聞こえてくる声に、希実と斑目は身を乗り出す。救ってみせると啖呵を切った弘基が、いったい何を言い出すのか、希実は窓ガラスに張り付きながら、スピーカーの音に耳をそばだてる。

「ちょっとこっちでも推理してみたんだけどよ。佳乃、お前、アレを買い戻そうとしてんのか？」

ベンチの弘基は、川向こうの山脈をあごでしゃくっている。その仕草を前に希実は、向こうのタワーマンション群の中に、かつての双子たちの住まいがあったんだろうと察する。実際目にしてみると、本当に高い建物たちだ。今日は晴れているからわからないが、もしかしたら曇りの日には、屋上あたりに雲がかかるほどかも知れない。バベルの塔と評していた綾乃の言葉が妙にしっくりくる。お金を積みさえすれば、あの空に届きそうな場所を手に入れられるのかと感じ入る。

弘基からの質問ののち、佳乃もしばらく川向こうの景色に望んでいた。そして大きく息をつき、笑顔を浮かべ、そうだよ、と言い切った。

「私、あそこに、戻りたいの」

淡々とした様子で佳乃は言って、弘基に向かって手を伸ばした。

「だから早く、お金を渡して欲しいの。時間がないの、私……」

佳乃のそんな言い分に、弘基は小さく肩をすくめ、綾乃が膝に置いていたボストンバッグをひょいと持ち上げると、佳乃を見上げるようにして言った。

「六千万。耳揃えて入ってるぜ。お前が最後にカモろうとした、斑目の分もちゃんと入れてある」

弘基が掲げたボストンバッグを、佳乃は迷わず手に取ろうとする。しかし弘基も、簡単に渡す気はないようだ。佳乃が手を伸ばすなりひょいとバッグを引っ込めて、小さく鼻で笑ってみせた。

「しっかしお前、ひでぇことすんだな。斑目みたいな、真面目で善良な男からも金引っ張ろうとするなんてよ。えげつないっつーか、なんつーか」

その言葉に、佳乃がわずかに表情を曇らせる。希実は思わず、うわ、と小さな声を漏らす。何考えてんのよ？　弘基のヤツ。こんな時に、相手を怒らせてる場合じゃないでしょ？　しかし弘基は、口汚い言葉をいくらも言い継ぐ。

「金持ちのお嬢さんが、一家離散で落ちぶれたかなんか知んねーけどよ。人間、こんなふうになっちゃあおしまいだな。男から金騙し取って、昔住んでたマンション買い戻すってか？　どういう根性してんだよ？　お前」

弘基のそんな口ぶりに、思わず希実はシートから腰を浮かせてしまう。さっきから何言ってんのよ？　アイツ……！　あんなんじゃ、話し合いになんないじゃん！　しかし斑目は、そんな希実を、まあまあ、となだめる。そして弘基たちの様子をうかがいながら、推理してみせる。たぶんあれは、弘基くんの作戦だよ。作戦？　ああ、見てればわかる。斑目のそんな指摘に、希実は不承不承口を閉じる。まだしばらくは、黙って成り行きを見守るべきなのか。しかし次の弘基の言葉で、希実も気付いた。

「――あさましいっつーんだよ、そういうの」

見下すように言う弘基に、そういうことかと希実は納得する。それは確か、佳乃のかつての恋人が、彼女に向かって言い放った言葉のはずだ。

「最低だよ、はっきり言って」

するとそれまで黙って雑言を受けてきた佳乃が、静かに笑って口を開いた。

「そうかもね。弘基の言う通りかも知れない」

しかしスピーカーから聞こえてくる声は、冷静さを保っているように感じられた。ワゴンから見える姿も、特に取り乱した様子はない。目の前の弘基に、淡々と語って聞かせているようだ。

「私は、終わってるの。あさましいの。最低なの」

そんな佳乃に、もちろん弘基も笑って返す。

「んだよ、それ？　開き直りかよ？　どこまで根性曲がってんだよ？　お前」

「本当にそうだよね。昔とはずいぶん、違ってしまったもの、私……」

そうして佳乃は、また川向こうのマンションを見上げる。

「あのマンションにいた頃は、こんな自分になってしまうなんて、思いもしなかったよ。みんなが優しくて、だから私も、人に優しくしなきゃって思えてたのに」

言いながら佳乃は、弘基のほうに向き直る。

「そうなんだよ。あの場所にいられた頃は、ちゃんと私、人に優しく出来てた。今みたいに、誰を騙そうとか誰を陥れようとか、そんなことちっとも考えてなかった。考えなくてよかったんだ。だってとても恵まれてて、充分な余裕があったんだもの。私があさましい人間になってしまったのは、こっちに落ちたからなんだよ」

佳乃は苦笑いを浮かべ、足下を見詰めている。こっちに落ちた。それはつまり、この地上のことなのか。

「だから、戻りたいの、私、昔いた場所に、戻りたいんだよ」

切実さを含んだような笑顔で、佳乃が言う。

「こっちは最低だよ。みんな辛くてみんな弱くて、だからみんなで傷のなめ合い、足の引っ張り合い。それが生きるってことだって、かわいそうに、みんな信じてる。人に優しく出来ないのは、いろんな意味で恵まれてない人間だからなのに。こっちの世界は、人に優しくない。世界そのものが、少しも恵まれてないのに」

スピーカーから聞こえてくる佳乃の声は、ずいぶんと悲しげに響いていた。

「こんなところにいたら、どんな人間だって荒んじゃう。お姉ちゃんだって、そう思うでしょう？」

ふいに佳乃は、姉の綾乃に話を振る。

「パパやママも、そうだった。昔はふたりとも、優しくて正しい人たちだったのに。みんなに公平で、誰にでも優しくて、そういう人たちだったのに……。あのマンションを追われて、こっちの世界に落とされて、だから変わってしまったんだよ。ふたりとも、最低の人間になってしまった。かわいそうに、変わってしまった」

佳乃の言葉に、綾乃は黙ったままだ。窓ガラス越しに見えるその横顔はどこか無表情で、彼女はそんな冷めた目をしたまま、ぼんやりと妹を見上げている。しかし佳乃は笑顔を浮かべ、滔々と続ける。

「私たちはあの場所を、失うべきじゃなかったんだよ。あの場所にいられたら、パパもママも、私たちだって、変わることはなかったはずなのに」

目に涙を浮かべながら話す佳乃を、しかし弘基はピシャリと断ずる。

「何言ってんだよ？　お前。昔の場所に行けば、自分が元に戻るとでも思ってんのか？」

すると佳乃は、きょとんと返した。

「変わるのは、私じゃないよ？　周りだよ。でもそれでこそ、私も変わることが出来る」

そして通り向こうの住宅街を見やり、抑揚のない声で続けた。

「うんざりなの。力のないお金のない、弱い人間でいることに辟易（へきえき）してるの。私は、元の場所に戻る。そうすれば、あさましい私じゃなくなるはずだもの」

そんな佳乃に、弘基はあっさりと言い返す。

「はぁ？　お前。お前があさましいなんて、昔からじゃん」

その言葉に、佳乃が動きを止めた。けれど弘基は容赦なく続ける。

「昔は優しかった？　冗談じゃねぇよ。お前はただ、お嬢さんヅラして優しいフリして、気持ちよくなってただけじゃねぇか。人に感謝されたくて、人から誉められたくて、いつもうずうずしてた。そういうのも、あさましいって言うんじゃねーの？」

佳乃が表情を険しくしたのがわかる。弘基は薄い笑いを浮かべている。綾乃はそんなふたりの様子を、黙ったまま見守っている。

すると次の瞬間、佳乃が悔しそうに、険のある声で言い出した。

「弘基は、けっきょくそう言うのね。昔から、そうだった。私が何を言っても、ぜんぶ皮肉で返してきて……」

そして憐れむように、言葉を継いだ。

「かわいそうな人なんだよね、弘基は。人の優しいを受け取れないんだよ」

佳乃は、目許をそっと拭って続けたのだった。

「私、わかってたんだよ。弘基のお家が、大変だったってこと。お父さん、仕事してなかったよね？　昼間からお酒飲んで駅前をブラブラして。お母さんも、いつも疲れた顔してたし。時々顔にアザが出来てたのは、お父さんに殴られてたからなんでしょ？」

佳乃の言葉に、弘基は無言で返す。しかし佳乃は、切なげに言い募る。

「私は、弘基の力になりたいって、思ってたんだよ？　弘基を助けたかった。それであんなふうに告白して、私は……」

そんな佳乃の言葉を遮ったのは綾乃だった。

「嘘だよ、そんなの」

佳乃とまったく同じ顔をした綾乃は、妹に言い継いだ。

「佳乃はただ、弘基のことが好きだっただけでしょ？　弘基、昔からカッコよかったじゃない。アンタはそれに惹かれただけ。他の女の子にキャーキャー言われてる弘基を、自分のモノにしたかっただけ。かわいそうとか、助けたいとか、そんなのは単なる言い訳だよ」

姉からの言葉が思いがけなかったのか、佳乃は黙り込んでいる。しかし綾乃は飄々と続ける。

「あたしもそうだったからわかるんだ。まあ、好きって気持ちにご大層な理屈をつけたがるのも、理解出来ないわけじゃないけど。でも、あたしたちの好きなんて、そんなもんだったんだって。あたしたち双子は、ただのミーハーな面食いだっただけ」

身も蓋もない綾乃の物言いに、弘基は目を細め呟く。なんかどっちにしろお前ら、ふたりとも俺を貶めてる気がすんだけどよ。すると綾乃が、仕方ないじゃない、と言い放つ。中学生の好きなんて、しょせんそんなものなんだから。んだよ、俺のよさは見た目だけだったのか？　へ？　それ以外に、なんかあると思ってた？　そんな弘基と綾乃のやり取りを、佳乃はじっと見詰めている。そうしてどこか冷めた様子で、声を低くして言ったのだった。

「そうだよね、お姉ちゃんは、そうだったかも知れない。体を使って弘基のこと、私から盗ろうとしたくらいだし」

佳乃の発言を受け、ワゴンの中は重い沈黙に支配される。体を使って、という部分がよくなかったようだ。斑目はそのあたりで、耳の穴に指をつっ込んで、何か入っていないか確認したり、頬をぎゅうっとつねったりしつつ、これが夢でないかを確認していた。しかしこれは、現実なのである。スピーカーの声も淡々と続く。

「でも私は違う。弘基のこと、ちゃんと助けようと思ってた。助けたくて付き合いだしたんだよ。困ってる人は、助けなきゃって思ってたんだもん。ママだって、よく言ってたじゃない？　誰にでも優しくしなさいって。人はみんな、平等なんだからって。だから私は弘基を、助けようとして――」

言い募る佳乃に、綾乃が返す。

「それならどうして、最後にわざと弘基を傷つけようとしたの？」

綾乃の言葉に、佳乃は言葉を失くす。

「佳乃、すごく考えたでしょ？　何を言えば、弘基が傷つくか。それで言ったんでしょ？　あなたは、人を愛することが出来ないんだって。まるで人を欠陥品みたいに、言ってみせたんでしょ？」

「あれは、お姉ちゃんと弘基が、悪かったんじゃない……」

「それは確かにそうだけど。でも佳乃にだって、人を傷つけてやりたいって気持ちは、あったってことでしょ？　けっきょく、そういうことなんだよ。どんなところにいたって、人の思うことなんて考えることなんて、大して変わったりしないんだよ」

綾乃の指摘を前に、佳乃は言葉を失くす。

「あんな高いところに戻らなくったって、いいじゃない」

熱っぽく語る綾乃に、佳乃は何も返さずにいる。

「どこにいたって、佳乃は佳乃のままなんだから……」

するとその瞬間、佳乃はすっと綾乃から目をそらした。そらして、ぽつりと言った。

「……意味がわかんない」

「え？」

「……お姉ちゃんの言ってること、意味がわかんない」

そうして佳乃は、弘基が手にしていたボストンバッグに手を伸ばし、引っ摑むようにしてそれを奪った。

「私はこのお金で、人生を元に戻すの。昔の私に、戻るの。もう、あさましい私でいるのは、真っ平なの。昔の、誰にでも平等に優しい、私に戻るの」

そんな佳乃に、綾乃も強く言い返す。

「そんなことで、自分を変えたりは出来ない！　人生を元に戻すなんて無理だよ」

「それならお姉ちゃんは、いつまでもこっちで這いつくばってればいい」

吐き捨てるように佳乃は言って、そのまま踵を返し歩き出そうとする。そんな佳乃の腕を綾乃はぎゅっと摑み、佳乃が手にしていたボストンバッグも勢い奪ってしまう。

「何するのよ!?」

「もうやめなさいよ、こんなこと！」

しかし佳乃は、祈るように叫ぶ。

「嫌だよ！　私は、もう誰からも、あさましいなんて言われたくない！　正しい自分に戻りたい！　人を羨んだり妬んだり、そんなふうに毎日毎日やり過ごすのはもうたくさんなの！　みんなに優しく出来た私に、戻りたいの！」

すると弘基が、ぼりぼりと頭をかいて大きく息をついた。

「……あのさぁ、佳乃」

そして、傍らに置いてあった紙袋を再び手に取ると、中をごそごそ物色しはじめる。

「俺が思うに、お前は大して昔と変わっちゃいねぇけどさ」

弘基の言葉に、佳乃と綾乃は彼のほうを振り返る。

「けど、変わるも変わらねーも、場所の問題じゃねーんだよ」

そうして紙袋の中から、チョコクロワッサンを取り出す。

「誰といるかだろ、けっきょくのところ」

言いながら弘基は、チョコクロワッサンを佳乃に向かって、ひょいと放り投げる。チョコクロワッサンは放物線を宙に描きながら、佳乃のほうへと落ちていく。飛んできたパンを前に、佳乃はとっさに綾乃から手を離す。手を離して、投げられたチョコクロワッサンをキャッチする。そんな佳乃を見て、弘基は、

「ナイスキャッチ」

と笑って言う。佳乃は黙ったまま、弘基を見ている。

「まだちょっとあったけぇだろ？　うめぇから、食ってみろって」

そう言われた佳乃は、パンに目を落とす。そして、自分がどうするべきか量りかねた様子で、弘基とパンとを交互に見やる。

犬の鳴き声が響いたのは、ちょうどそんなタイミングだった。ウォン！　ウォンオン！　ドーベルマンを連れた男が、ベンチの前を通りかかったのである。その瞬間、ワゴンの中では斑目が、ああ！　と声をあげた。な、何？　驚いて希実が訊ねると、斑目はドーベルマンを指差し言った。

「萩尾！　あれ、萩尾修司だよ！　佳乃ちゃんの、ストーカーの！」

その声に、希実も再び窓ガラスに張り付く。目を凝らして、ベンチのほうを見る。すると確かにそこには、ほのかに見覚えのある男の姿があった。くだんの怪しいダッフルサラリーマン。間違いない。執拗に佳乃を追いかけていたあの男だ。

彼は黒いジャージを着て、黒い大きなドーベルマンを従え、弘基たちの前を過ぎようとしていた。するとスピーカーから、男の声が聞こえてきた。ああ、佳乃じゃないか。偶然だな。どうしたんだ？　こんなところで。屈託のない、朗らかな声だ。しかし、ベンチ脇に立つ佳乃は、身をすくませてわずかに後ずさろうとしている。うつくしい横顔は、恐怖に歪んでいる。

「たまたま、こっちまで散歩に来てみたんだけど。まさか佳乃に会えるとはなぁ。久しぶりだな、元気だったか？」

笑顔を浮かべながら萩尾は言う。足下のドーベルマンはお座りをしたまま、飼い主が進めと指示を出すのを待っている。どうやらかなり飼い主に忠実な犬のようだ。しかし逆に言えば、飼い主の指示とあらば、人に飛びかかることも厭わなそうな雰囲気もある。

「あれ？　もしかして、そちら、佳乃のお姉さん？　佳乃とそっくりだけど……」

綾乃に目をやり、萩野が言う。綾乃も佳乃と同じく、男に対して身構えている。

「いや、すごいな。本当にそっくりじゃん。もしかして、双子なの？　なんだよ、佳乃。双子の姉妹がいたんなら、教えてくれればよかったのに。びっくりするじゃん」

　笑顔で佳乃たちを交互に見やり、萩尾は嬉しそうに続ける。そうか、双子なのか。いいね、双子って、なんかいいよ、うん。足下のドーベルマンは、じっとお座りをしたままだ。しかし佳乃たちが少しでも動こうとすると、小さく唸り声をあげる。真っ黒な顔からのぞく白い牙は、そうとうに鋭い。

「でも、ここで会えてよかったよ、佳乃。ちょっと、話があるんだ。一緒に来てもらえないかな？」

　弘基が口を開いたのは、ちょうどその時だ。

「いや、今こっちも話し中なんで、邪魔しないでもらえます？」

　すると萩尾は、初めて弘基の存在に気付いたといった素振りで、ああ、こちらにも、人がいらしたんですね。気付かないままで、すみませんでした、などと頭を下げて言った。足下のドーベルマンが、一際大きな声で唸る。飼い主の様子から、何らかの気配を感じとったのか。

　しかし萩尾は、へりくだった態度に出たその刹那(せつな)、でもさぁ！　と、突然声を荒らげた。

「アンタは話し合いだって言うけど、俺が見てる感じだと、さっきから佳乃のこと、責めたてるばっかりだったじゃん！　悪いけど俺さ、ぜんぶ聞いてたんだよね！」

突然の男の豹変に、希実は思わず絶句する。すると斑目が、突然ワゴンのドアを開けようと、ドアロックに手を伸ばした。もちろん希実は驚いて、斑目を制する。な、何？斑目氏、どうしたの？　すると斑目は表情を険しくしながら、あの男、ヤバイよ！　と言い出す。なんか、おかしい。嫌な感じがする。綾乃ちゃんを、助けに行かなきゃ！ちょっと待ってよ！　今出て行ったら、余計ややこしくなるって……！　でも！　弘基がついてるじゃん！　でも……！

言い争う希実と斑目の間に、スピーカーの声が響く。佳乃は俺の女だし、こんなところで朝っぱらから男と会ってたら、なんだろうって思うじゃない？　てゆうか、アンタなんなんだよ？　なんで美人の双子連れて、こんなところで楽しそうにやってんの？ベタついた感じの、少し甲高い声だ。萩尾は弘基を責め続ける。アンタ、なんなの？佳乃との話なら、早く終わらせてくれよ。彼女、俺と帰るんだからさ。

そうして佳乃の方に向き直ると、媚びたような声を出しはじめる。なあ？　俺と帰ろう、佳乃。今の話、だいたい聞いたから。マンションが欲しいんだろ？　俺が買ってやるよ。買ってあげるからさぁ、一緒に帰ろうよ。ねえ？　佳乃。言いながら萩尾は、佳乃の腕へと手を伸ばす。佳乃はその場に立ち尽くしたまま、ビクッと体をすくめる。萩尾はそんな佳乃の反応には構わず、そのまま彼女の腕をぐいと摑む。さあ、行こう、佳乃。囁かれた佳乃は、体を硬くしている。

ちょっと待って！　綾乃が立ち上がると、ドーベルマンも立ち上がり吠えはじめる。ウォンオン！　ウォン！　ウォン！　その鳴き声に呼応するように、萩尾も語気が強くなる。ほら、佳乃さぁ！　早くしてよぉ！　いつまで待たせるんだよぉ！　言いながら佳乃の腕を、ぐいと引っ張る。

その時、ワゴンのスピーカーの音が割れた。うっせーぞっ、コノヤロウ！　弘基が大きな怒鳴り声をあげたからだ。ワゴンの中の希実と斑目は、顔をしかめ耳を塞ぐ。

ベンチでは弘基が立ち上がって、萩尾に詰め寄っている。その顔は無表情なままのようだが、無表情な時ほど、弘基の顔は凄みが増すのだ。萩尾は先ほどまでの勢いをなくし、とたんに落ち着きをなくしたように見える。弘基はそんな萩尾を睨み付けると、佳乃を摑んでいた彼の腕を取り、そのままひょいと軽くねじりあげた。

「テメーこそ、人の女に、気安く触ってんじゃねぇよ」

腕を取られた萩尾は、突然のことで声もあげられずにいる。同時に彼の手からドーベルマンを繋いだリードが離れて、地面にぼたりと落ちる。飼い主の危機に、ドーベルマンはもちろん弘基に襲いかかろうとする。萩尾もこれ幸いと、犬をけしかけるような声をあげる。よし、いけっ！　やれっ！　しかし犬が弘基に飛びかかるより少し早く、駆けつけた暮林が地面に落ちたリードを手に取った。おかげでドーベルマンは首をグンと後ろに引かれ、蹴り上げた前足をそのまま地面にスタンと降ろしてしまう。

「おお、よしよし」

子供をあやすように言う暮林に、ドーベルマンは最初こそ唸り声をあげたが、しばらくしておとなしくお座りをしてしまった。そんな愛犬を前に、萩尾は目をむく。おい！　おい！　何してんだ！　おい！　しかし当のドーベルマンは、伏せの状態まで体を倒し、完全に戦意を喪失してしまった模様。

その段では、希実も斑目もワゴンから降り、ベンチのほうへと向かっていた。萩尾が犬のリードを手放すなり、斑目がワゴンから飛び出したのだ。どうやら綾乃の身を案じての、とっさの行動だったらしい。そして希実もついうっかり、そんな斑目に続いてしまったのである。

しかし弘基は、希実たちがやって来ていることになど、気付く様子もなく萩尾の腕を締め上げていた。そして、彼の耳元で、凄むように言ったのだ。

「佳乃をずっと追い回してたの、アンタだろ？　これ以上コイツを付け回すようなら、こっちにも考えがあるぜ？　萩尾修司さん」

名前を知られていたことに、萩尾は驚き息をのむ。弘基はさらに言い継ぐ。

「それに、佳乃はもう俺の嫁だから。今後二度と、付きまとうんじゃねぇぞ」

弘基の告白に、萩尾は、はあ!?　と声をあげる。お、俺の嫁って、ど、どういうことだ!?　すると弘基は、だから言葉通りだよ、と萩尾を突き飛ばしダウンジャケットのポケットをまさぐりはじめた。

もちろん、弘基の発言に驚いたのは、萩尾だけではない。希実はもちろん、斑目もポカンと口を開けていたし、暮林も目をぱちくりさせていた。何より佳乃自身が、怪訝そうに弘基を見やっていた。

しかし弘基は、そんな一同の反応など意に介する様子もなく、ポケットから小さな指輪を取り出し、萩尾の前に突きつけた。それを見た萩尾は怪訝に眉をひそめ、なんだこれは!?　と叫ぶ。受けて弘基は、フンと鼻を鳴らし返す。

「婚約指輪だよ。こいつがティファニーがいいって言うからよ」

言いながら弘基は不敵な笑みを浮かべ、一同にその指輪を向けてみせる。彼が手にしているのは確かにひと粒ダイヤが燦然と輝く、立派な指輪だった。

「……え？　これ、ど、どういうこと？」

希実が声をあげると、弘基は、十年愛だよ、と言い捨てた。そして、絶句したまま立ち尽くす佳乃に対し、さらに折りたたんだ紙切れを差し出した。

「昔、一緒に書いただろ。婚姻届」

その言葉に佳乃は、え？　と小さく首を傾げる。そんな佳乃に、弘基は柔らかな笑みを向ける。

「名前以外も、全部ちゃんと書いたから、早く出してこようぜ」

弘基の説明に、希実は小さく、へ!?　と声をあげる。綾乃が持って来た婚姻届のことを言っているのだと、すぐに気付いた。弘基と佳乃が中学生の頃書いたという、あの婚姻届を、これから出しちゃうってこと……!?　斑目も希実と同じ思いだったようで、マジですか、と目をぱちくりさせて呟いていた。そんな中で暮林だけは、おお、そうか、結婚か、などとのん気に笑っていた。結婚するんならこれからは、ちゃんと佳乃さん、守れるなぁ。

チョコクロワッサンを手にしたままだった佳乃は、弘基が差し出した指輪と婚姻届を見詰めたまま、呆然とその場に立ち尽くしている。

「――十年も待たせて悪かった」

言いながら弘基は、パンを持っていないほうの、佳乃の左手を摑み、その薬指に、指輪をはめた。

指輪はまるであつらえたように、佳乃の指にぴったりはまった。

弘基が持ち出したダイヤの指輪は、斑目のものであったようだ。

「あんなご立派な指輪、俺には用意できねぇからよ。けど、ビシッと決めるためには、あのくらいのが必要かと思って、斑目のをちょっと、拝借しといたんだ」

公園からの帰りのワゴンで、弘基はそんなふうに説明をしてみせた。

「まあ、そういうわけだから。今日からお前は、柳佳乃な。雅(みやび)でいい感じじゃん」

助手席に座った弘基は、後部シートに座った佳乃を見やりつつ、満足そうに頷いた。

「俺との婚姻関係がありゃ、あのアホストーカーも、今までみてぇには追って来ねぇだろうし。それに佳乃のほうも、結婚詐欺なんてバカげた真似は出来なくなんだろ。何しろもう、既婚者だからな。結婚詐欺はこれにて廃業、ああメデタシメデタシ」

希実はワゴンの一番後部座席で、弘基の説明を黙って聞いていた。どうやらこれが弘基なりの、佳乃の救い方ということらしい。指輪はひとまず斑目に返したが、欲しけりゃ買ってやるよ、と弘基は佳乃に言っていた。まあ、安物に限るけどよ。つまり弘基は、本気で佳乃と結婚するつもりのようなのだ。

マジなのか？　弘基。希実は驚き半分、呆れ半分で、しかしそのでたらめなプロポーズが、佳乃に受け入れられるか否かを、じっとうかがっている。

希実の傍らの斑目も、佳乃の隣に座った綾乃も、黙ったままだった。もちろん運転席の暮林もである。おそらくみんな、佳乃の言葉を待っているに違いない。しかし佳乃は黙ったまま、ぼんやりと窓の外の景色を眺めていた。

彼女が口を開いたのは、ブランジェリークレバヤシに着いてからだ。弘基が先ほど渡したチョコクロワッサンを温め直し、イートイン席に座らせた佳乃に差し出した頃、ようやく彼女は、ひと言だけ口にしたのだ。

「……いい匂い」

その言葉に弘基は、当ったりめーだろ、と鼻を鳴らした。俺が作ったパンなんだからな。心して食えよ。

そう言われた佳乃は、頂きます、と小さく手を合わせ、皿の上のチョコクロワッサンを手に取った。少し熱いのか、持つ指を時々入れ替えながら口に運ぶ。ひと口かじると、サクッと音が響く。何層にもなった生地が、彼女の口の中で解(ほど)けていく。彼女は少し驚いたように目を開き、弘基を見やる。そんな佳乃の反応に、弘基はただ笑っていた。言った通り、うめぇだろ？　その言葉に、佳乃は何度も頷き再びチョコクロワッサンを口に運んだ。そのたびに、サクサクと薄い生地が、柔らかく解けていく音がした。

「まあ、佳乃が嫌なら、無理に籍を入れろとは言わねーからな。ストーカーは、とりあえずビビらせたしよ」

弘基のそんな言葉に、佳乃は小さく口の端をゆるめた。

「そんなこと言って。どうせ私が、結婚を断ると思って、あんなふうにしたんでしょ？」

佳乃の反応に、弘基は不思議そうに首を傾げる。別に、お前がどうするかなんて、あんま考えてなかったけど？ じゃあ、どうしてこんな方法を？ 結婚詐欺をやめさせんのと、ストーカー対策を両方出来るって、これしかねーなと思ってさ。それで、結婚？ まあ、手元に昔の婚姻届もあったしよ。ちょうどいいと思ったんだよな。つーか、ほかの方法も思いつかなかったしよ。

弘基の説明に、佳乃は呆れたような笑顔を浮かべた。

「発想が乱暴過ぎ」

「だから、ほかに思いつかなかったんだから、しょうがねぇだろ」

弘基が言うと、佳乃は少し何か考えたのち、ふっと笑って眉を上げた。

「まったく、もう。じゃあ私が、この婚姻届を提出するって、言い出したらどうする気？」

すると弘基は、別に、と言い捨てた。

「お前がそうしたいんだったら、そうすりゃいいよ」

「本気で言ってるの？」

「ああ、かまわねぇよ？　俺はこの先、誰とも結婚する気ねーしさ」

「……どういうこと？」

佳乃に問われた弘基は、薄く笑った。

「心に決めた人はいるんだけどよ。その人はもう、死んじまったからさ」

そうして新たに温めたパンを、次々厨房から持ってきた。イートイン席に着いた一同に向かい、弘基はかごいっぱいのパンを差し出す。甘くこうばしい香りが、一同を包む。

そしてそれぞれが思い思いのパンを口に運ぶ中、佳乃はそっと弘基に告げた。

「変わったね、弘基」

希実にはその声が届いていたが、聞こえないフリをしてやり過ごした。

「――弘基は、ちゃんと人を、愛せるようになったんだね」

もちろん、弘基の言葉のほうも聞こえないフリを、してやった。

「当たりめぇだろ。人は、変われるんだよ」

佳乃が姿を消したのは、その翌日のことだ。

そしてさらにその翌日、新聞に小さな記事が載った。結婚詐欺師逮捕のニュースだ。

「こっちがちょっと目をはなした隙に、佳乃のヤツ、金持ってあっさり自首しちまったんだよ。きっと今頃、騙された男たちのほうも大騒ぎだろうな。佳乃が何を理由に、被害者を黙らせてたのか知んねーけど、そっちの秘密も暴露されちまうんだからさ」

多賀田のワインバーにパンを届けに行った際、弘基は彼にそんな報告をしてみせた。もちろん、例の新聞記事も持参してだ。多賀田は記事に目を通すと、まあ妥当な落としどころだなと呟いた。償いを救いに選ぶあたりが、なんていうか佳乃らしいよ。救われたかったんだろうな。アイツも、たぶん。

話し込むふたりをよそに、同行した希実は水槽の熱帯魚を見ていた。お店だと思うと妙な感じだが、水族館に来たのだと思えば意外と楽しい店なのだ。おかげで希実は、あんがい多賀田の店が気に入ってしまった。水槽を眺める希実の後ろでは、男ふたりが延々話を続けている。

それにしても柳、お前ずいぶんな大技を使ったもんだな。あの流れで結婚してしまおうとは恐れ入ったよ。だから言っただろ？　一回だけ、俺が救ってやるってよ。まあ、確かにその方法じゃ、そう何度も人は救えないよな。いいんだよ、スーパーマンじゃあるめぇし。ひとり救えりゃ充分だろ。

言い放って弘基は、多賀田の背中をトンと叩いた。

「まあ、そうは言っても、あれが俺の限界ではあったからよ。続きはお前に任せたぞ」

すると多賀田も、穏やかに笑って手をあげた。

「ああ。やり方はちゃんと覚えたからな。お前より上手に、アイツを救ってみせるよ」

多賀田が宅配パンの申し込みをして来たのは、その直後のことだ。

「そういや、個人宅にもパン運んでくれるんだろ？　うちのマンション、お前の店にけっこう近いんだよ。週に二、三回、柳のパンを朝飯にするっていうのも、悪くないと思ってな」

そんな多賀田の申し出に、弘基は、毎度あり！　と手を叩いた。そしてポケットからメモ帳を取り出し、配達はいつからにする？　パンは何がいい？　などと訊きはじめた。これであんがい、商売人なところがあるのだ。

弘基に問われた多賀田は、そうだなぁと頭をかきながら、ああ、とひらめいたように言い出した。

「——クロワッサン、頼むよ」

その時弘基が、どうして動きをとめたのか、希実にはよくわからなかった。しかし弘基は多賀田を前に、ポカンと口を開け、マジで？　と呟いたのだった。

「ああ、俺、けっこうあれ好きなんだよ」

次の瞬間、弘基は多賀田に抱きついた。もちろん多賀田は驚いて、なんだ？　ちょっと、柳？　おい、離れろよ。俺は、そういう趣味はないんだからな？　と弘基を引き離そうとした。しかし弘基は多賀田に抱きついたまま、うるせーよ！　だから配達いつからにすんだよ!?　クロワッサン何個だ？　種類もいろいろあんだぞ、コラ！　などと、嬉しそうにじゃれついていた。

「……そうか、多賀田。お前、クロワッサン、好きか」

そう呟く弘基の目が、少し潤んでいるように見えた。クロワッサンを頼まれたのが、そんなに嬉しかったのか。いや、どう考えても、泣くほどのことじゃないだろ。釈然としない思いで希実は弘基の様子をうかがっていた。しかし弘基はいつまでも、多賀田にクロワッサンの説明をし続けた。

「――クロワッサンはさ、俺がはじめて、レシピを覚えたパンなんだよ」

少しだけ震えたような声だった。

そんなことがあったからなのか、二月を迎えて程なくして、弘基が突然宣言した。

「今年のバレンタインは、クロワッサンでいく」

高らかにそう告げた弘基を前に、希実はしばし逡巡した。バレンタインに、クロワッサン？　何？　その組み合わせ。

しかし弘基は大量のクロワッサンを焼きあげ、バレンタイン用の試作をすると言い出した。

「クレさん、とりあえず天板にこれ敷き詰めて、カラカラになるまで焼いてみてくんねぇ？」

クロワッサンをスライスしながら言う弘基に、暮林は、ああ、と手を叩いてみせた。

「クロワッサンを、ラスクにするんか」

暮林のそんな言葉に、弘基は不敵に笑って返した。まあ、そういうことさ。

「クロワッサンラスクにチョコレートかけて、ブランジェリークレバヤシ特製ラスクとして売り出す。最近じゃあれだろ？　男にチョコ渡すんじゃなくて、女友達同士で、チョコを交換し合ったりすんだろ？　そこにつけ込んでいきゃあいいんだよ。クロワッサンにラスクにチョコなんて、女が好きな要素しかねぇんだからよ。これは、売れるぜ。バレンタインは、うちがもらったも同然だな」

そんな無粋なことを言いながら、しかし弘基は見事なチョコクロワッサンラスクを作り上げた。

試食会では、ソフィアもこだまも大興奮で、貪るように次々とラスクを口に運んでいた。

「これ、これ、これ、これ、超おいしいわ〜ん！　いくらでも入っちゃう！　どうしよう!?クロワッサンとチョコレートなんて、カロリーの塊なのにぃ！」

ソフィアが叫ぶ傍らで、こだまも口の周りを黒くしていた。

「ねえ、希実ちゃん！　バレンタインって、これいっぱいもらえるの？　俺、もらえるのかな？　希実ちゃん！」

つまりどうやら、こだまのチョコは、希実が用意しなければならないようだ。しかし希実も心ひそかに、このチョコクロワッサンラスクなら、自分のために作るのも悪くないなと思っていた。何しろそうとうにおいしいのだ。普通のラスクの素朴な歯ごたえもいいが、クロワッサンのラスクのパリパリ加減は癖になりそうだ。ひと口目は、パイ菓子のようにも感じられるが、しかし嚙み砕いていくほどに、パンの風味が口の中に広がっていくのである。しかも弘基が用意したチョコレートが、またいいのだ。

「クーベルチュールのブラックに、フレーバービーンズを少し混ぜて、あくまで大人の味わいにしとくんだな。その中に、フランボワーズを混ぜたチョコも用意しておく。で、一袋にひとつだけ、ほのかに赤いチョコクロラスクをしのばせるのさ。どうどう？　女って、こういうのに弱くねぇ？」

嬉々として語る弘基に、正直希実はアホかと鼻白んでしまった。なにが女って、弱くねぇ？　だ。しかし弘基が作り上げたフランボワーズ風味のチョコクロワッサンを口にしたら、アホかはいっきに吹き飛んだ。そのラスクを口に放り込んだ瞬間、口の中に広がった甘酸っぱいフランボワーズの味わいと、同時にやって来たブラックチョコレートの香りと甘味、そして程よい苦味が口の中にぎゅっと詰まって、思わず希実は足をばたつかせてしまったのである。

「――何これ!?　めっちゃおいしいんですけど!!」

そんな希実を、弘基は鼻で笑ってみせた。つまりは、叫んだ希実の負けだった。

試食を店に並べると、すぐに注文が殺到した。綾乃が店に来て以来、男性客ばかりで賑わっていた店内に、女性客の姿が交じりはじめた。そんな店内の様子を前に、弘基は満足そうな笑みを浮かべていた。やっぱり女は、ラスクとチョコだな。

いっぽうで希実は、弘基からチョコレートのテンパリングを覚えさせられた。チョコレートを溶かす作業のことだ。常に温度計をうかがいつつ、チョコレートを湯煎にかけて溶かし、その温度を上げたり下げたりする。ブラックチョコレートを溶かす温度は、四十六度。その温度が二度以上狂うともれなく弘基にどやされる。それを保たないと、口どけとつやが失われるらしい。

「テンパリングは覚えといて損ねーよ。バレンタインにチョコを作るのに、必須の技術だからな。まあ、希実にバレンタインという行事が必要かどうかは知らねぇけど」

私だって、そんな技術の必要性は、感じたことがありませんけどね。弘基の教えを受けながら、イライラと希実は思ってしまったが、それでも作業そのものは科学の実験のようで面白かった。しかも結果、おいしいチョコが食べられるなら、確かに覚えて損のない技術といえるのかも知れない。

何より、チョコクロラスクの試食をする人たちの顔を、見るのが少し楽しいのだ。

「——おいしい！」

目の前でそんな笑顔を見せられると、なんだか悪い気がしない。

ちなみに綾乃は、バレンタインを前に店を出て行った。

「あたしを、守ってくれてありがとう。佳乃を、救ってくれて感謝！　ここに来て、ホントよかったです」

そんなふうに別れの挨拶をする綾乃を前に、希実はむしろ斑目のことが気になって仕方がなかった。斑目氏の思いは、あのティファニーはどうなるの？　そう案じる希実をよそに、綾乃はあっさり店を出て行ってしまった。

「じゃ、またどこかで！」

八方美人で誰にでもいい顔をするだけあって、割り切りも相当にいいようだった。

もちろん斑目は、三日三晩落ち込んだ。希実がメールをしても三秒後には、失恋中！という返信が返って来るばかりだった。しかし四日目の夜にブランジェリークレバヤシに現れた斑目は、少し大人になっていた。

「まあ、綾乃ちゃんのおかげで、現実の恋というものを知れたわけだからね。彼女には、感謝してるんだよ」

遠い目で語る斑目の首には、双眼鏡がぶら下がっていた。聞けばティファニーを売り払ったお金で、新しく買い直したもののようだ。まったく役に立つ指輪である。しかも新しい双眼鏡は、夜昼兼用の高性能な一品らしい。

「……変態は、卒業するんじゃなかったの？」

希実が訊くと、斑目は颯爽と笑って答えた。

「――むしろ、留学って感じだよねぇ」

どうやら斑目、機動性のある変態に生まれ変わろうとしているようだ。

呆れる希実だったが、しかし思わぬ奇跡が起きた。それは二月十四日未明、斑目はもちろんブランジェリークレバヤシにいた。イートイン席を陣取り、バレンタインとか、本当にくだらないよね！　などと、店で知り合った仲間たちと語り合っていた。

そんな中、あの恋泥棒はやって来たのだ。

「道間違えちゃって〜。遅くなっちゃったぁ」

そうのたまいながら斑目の前に立った綾乃は、斑目を見かけるなり、あ、斑目氏だ〜などと言いながら、嬉々としてイートインコーナーに向かった。そして肩から提げたバッグをごそごそやり、中から赤いリボンで飾られた小さな箱を取り出すと、斑目の前に差し出した。

「これ、あたしからのチョコレート。どうか、もらってあげてください」

綾乃のそんな言葉に、斑目は鼻の穴を膨らませ、ぎ、ぎ、義理チョコですね!?　ありがとうございます!!　と叫んだ。すると綾乃はきょとんとした表情を浮かべ、本命だけど？　とあっさり返した。

のちにその出来事は、ブランジェリークレバヤシの常連客の間で、〝バレンタインの奇跡〟と呼ばれ、長く語り継がれることとなった。

弘基にテンパリングを仕込まれて約半月、希実は自分でも驚くほど、チョコレートの扱いに慣れてしまった。バレンタイン前日に、厨房でこっそり作ってみたチョコレートを前に、自身の才能に唸った。

作ってみたのはフランボワーズ風味のトリュフだ。厨房にあったチョコ菓子のレシピに載っていた。店にあったクーベルチュールチョコレートと、フランボワーズを主に拝借した。柔らかな口当たりで、チョコレートの味わいも深い。そこにフランボワーズの甘酸っぱさが混ざり合い、口の中で溶ける。試食した段で、希実は身悶えた。私、才能あるかも。そんなふうに思いはしたが、ここで問題となるのはむしろ、渡すほうの才能だ。

生まれて十七年。いまだ希実は、バレンタインなる行事に参加したことがない。それでもこうして作った以上、誰かに食べてもらいたいのが人情。渡す当てはいくらでもある。そう高を括った希実だったが、運命は彼女の邪魔をした。バレンタイン当日、しっかりと風邪を引き寝込んでしまったのだ。

「バレンタインに熱を出すなんて、お前、バレンタインの才能がねぇんだな」

弘基にそう言い捨てられた希実は、部屋で大人しく寝ているよう言いつけられた。客に風邪うつすといけねぇから、店には降りてくんなよ。言われなくても起き上がるのは困難で、ふうふう言いながら希実はベッドで横になっていた。

来客があったのは、夕方を過ぎた頃からだ。ふすまがノックされ、こだまが顔をのぞかせた。希実ちゃん、風邪？　ベッドに駆け寄って来たこだまに、希実は少し泣きそうになってしまったが、次にこだまが言い出したセリフを前に、涙はすっと引っ込んだ。

「今日、バレンタインなんだけど！　風邪、大丈夫？　チョコ、もらう日だけど！」

どうやらチョコの要求だった。それでもくだんのトリュフを渡すと、こだまは飛び上がるほど喜んで、ありがとう！　と叫び階下に駆け下りて行った。チョコ！　チョコ！

次に現れたのはソフィアだ。風邪なんですって？　バレンタインなのに。バレンタインなのに？　現れてものの三分ほどでバレンタインなる単語を、三十回以上口にしたソフィアを前に、希実は大人しくチョコを差し出した。するとソフィアは顔を輝かせ、え〜、なんか悪いわね〜、などと笑顔でチョコを持ち帰った。男性時代の名残なのか。

斑目もやって来た。ハッピーバレンタイーン！　と言いながら現れた斑目を前に、斑目氏、お前もか、と希実はチョコを渡した。ただし斑目は、貰ってもいいんだけど、綾乃ちゃんの許可を貰わないとな〜、などとほざき、その場で綾乃と電話をはじめた。彼女が出来ると、そうとうに鬱陶しくなるタイプのようだ。

店に来るなと言っていた弘基も、なぜか希実の部屋にはちょいちょい顔を出した。冷熱シートいるか？　氷枕溶けてねぇか？　メシ食えるか？　今日バレンタインだぞ？　しかしお粥を持って来てもらったところでチョコを渡すと、そこからパッタリと部屋に来なくなってしまった。どうやら弘基もチョコだったようだ。

　翌日の明けがたにも、来訪者があった。暮林だ。

「おはよう、具合どうや？　昨日、バレンタインやったけど」

　ふすまの向こうから顔をのぞかせて、暮林は言った。いつも通りの笑顔で、取り立てて変わった様子はなかった。もう閉店したのだろう。エプロンの紐を解こうとしている。そんな暮林を前に、希実はポカンと口を開けてしまった。

「……暮林さん？」

　そこに彼がいることが、不思議でならなかった。何しろ希実はよく覚えていたのだ。美和子を亡くして以来、暮林はこの部屋はおろか、二階にすら上がれなくなっていたはずだ。亡き妻の思い出が詰まったこの場所に、足を踏み入れることが出来ないと——。

　しかし目の前の暮林は、笑顔のまま当たり前のように部屋の中へと入って来る。ポカンとしたままの希実を前に、どうした？　まだ具合悪いんか？　などと言いながら、ベッド脇にかがみ込む。それで希実は、思わず言ってしまう。暮林さん、大丈夫、なの？　すると暮林はきょとんと首を傾げ、何がや？　とまた口の端を上げる。希実はそんな暮林の顔を見詰めつつ、だから、と呟く。二階に、この部屋に、入って来るの、辛いって、聞いてたから……。

口ごもりながら言うと、暮林は、ああ、と小さく笑った。そんなふうにも、思っとったな、確かに前は、と肩をすくめた。けどもう大丈夫や。この通り。笑顔を浮かべる暮林に、希実は、本当に？　と念を押す。暮林はまた笑って、ああ、と頷く。まあ、ひとりなら思うこともあるやろうけど。今は、のぞみちゃんも一緒やし。ゆったりと話す暮林に、希実は、そうなの？　と小さく返す。暮林はまた頷き、ああ、そうや、と目を細めた。

チョコレートを渡してみると、暮林は、やや！　とわざとらしく驚いた。まさか希実ちゃんが、用意してくれとるとは！　芝居がかったその口ぶりに、希実はうっかり笑ってしまった。この口ぶりだと十中八九、みんなに言われたんだろうな。私がチョコを用意してるから、部屋に取りに行けとかなんとか。

希実が渡したチョコレートを、暮林はその場で開けて、ひとつを口にぽいと投げた。投げて叫んだ。んん！　これは、うまい！　これ、希実ちゃん作ったんか？　そうだよ、と希実が返すと、暮林は、ははぁ、と唸った。これは大したもんや。希実ちゃん、チョコレート作りの才能があるんやないか？　自分でもそう思っていた希実は、だよね、と頷いた。初めて作ったとは思えないよ、我ながら。

その言葉に、暮林が顔を上げた。初めて？　驚いたような顔をしている暮林に、希実は、そうだよ、と返す。

「作ったのも初めてだし、誰かに渡したのも初めてだよ、そういえば」

同時に希実は、実感していった。そうだよな、私、初めてこんなことしたんだよな。

目の前の暮林は、トリュフを味わいながら唸り続けている。これは、大したもんやで。店に出してもおかしゅうないわ。そんな暮林の姿に、希実は不思議な心持ちになる。ここに自分がいることが、夢のように思えてくる。

「……ここに来てから、初めてのことばっかりなんだ」

まだ熱が、少しあるのかも知れない。体が少し熱い。頭はぼんやりしていて、耳の奥に薄い膜が張られているような感じがする。ぼわぼわと、わずかに音が響いている。

「クリスマスも、お正月も、ガレットデロワも、バレンタインも、初めて。みんなで、こんなふうに、色々するのって、初めて、私――」

言いながら、鼻の奥がツンとした。なんでツンとするんだろう？　不思議に思いながら希実は、スンと鼻を鳴らす。

「……なんか、楽しい」

呟くように希実が言うと、暮林はまた静かに微笑んだ。そうか。そりゃ、よかった。そうして楽しそうに続けたのだ。それやったらまた、みんなでなんかせんとなぁ。今度はなんやろ？　季節で言うと、そやなぁ……。お花見なんか、よさそうやな。

「……お花見？」

「ああ、みんなで、一緒に行こうな」

その言葉に希実は、うん、と小さく頷いた。

＊＊＊

部屋の暖房をつけると、エアコンがごうと唸った。暮林は床に腰をおろし、上着を脱ごうとする。瞬間、ポケットにチョコレートの箱が入ったままであることに気付く。

今朝がた希実に貰ったものだ。暮林は上着を脱ぐのをやめ、ポケットから小さなその箱を取り出す。蓋を開けると、中には丸いトリュフが並んでいる。初めて作ったチョコがこれとは、まったく器用なもんやなと暮林は改めて感心する。口の中に放り込み舌の上で溶かしていくと、ほろ甘くほろ苦く、甘酸っぱい味が広がっていく。

「……うん、うまい」

静かに呟いたつもりだったが、その声すら妙に部屋に響く。荷物が極端に少ないこの部屋では、物音がやけに大きく響くのだ。荷物を増やす気はあまりない。特に何がいるとも感じないからだ。美和子が死んでから、彼の人生に要（よう）というものがなくなった。仕方のないことだと、彼は思っている。美和子はそういう存在だった。

そんな暮林の部屋の隅には、写真の束がぽんと置いてある。一番上にあるのは、少女の入学式の写真だ。真新しいランドセルを背負った彼女は、睨むようにカメラのレンズを見詰め、小学校の校門の前に立っている。その傍らには若い女が笑顔で佇んでいて、少女の肩に手を置いている。一見すると親子連れのように思えるが、彼女たちは赤の他人だ。少女は幼き日の希実で、その隣に立っているのは若き日の美和子である。暮林はつい先日、斑目からこの写真を譲り受けた。

「……実はこれ、こだまくんが、以前使っていたデジカメの写真なんです。綾乃ちゃんから貰ったカメラだと、こだまくんは言っていたんですが……」

そんな斑目の説明に、暮林は思い出した。去年の年末頃、こだまはどこから見つけてきたのか、古いデジカメを使ってよく写真を撮っていた。そのカメラの出所について、斑目は言いにくそうに説明した。

「実はあれ、綾乃ちゃんのカメラじゃなくて、綾乃ちゃんが、暮林さんの奥さんの部屋で見つけたものらしくて。あまり深く考えずに、こだまくんに渡してしまったそうなんですけど……。俺もそんなこと知らないから、中の画像、全部写真にしちゃって……」

そう言って斑目は、こだまが写したのであろう写真以外を、暮林に渡して来たのだ。そのほとんどが、美和子が旅行先で撮ったと思われるものだったが、一枚だけ妙なものが交ざり込んでいた。それがくだんの入学式の写真なのである。

写真を受け取ってすぐの頃、暮林は少々考え込んだ。希実は美和子の異母姉妹だと、ブランジェリークレバヤシに転がり込んで来た。しかし実は彼女たちが、赤の他人であることを、暮林もおそらく弘基も知っている。何しろ美和子の父親は、二十年前に他界しているのだ。つまり、十七歳の希実の父親であるはずがない。それでも美和子が生前、希実を妹と認める旨の手紙を残していたこともあって、暮林は希実を義妹としてこの家に置くことにしたのである。

ただし、その手紙の内容から察するに、美和子が希実の存在を知ったのは、自身が亡くなる直前であったはずなのだが。

本当のところは、昔からの知り合いやったんやな。写真を前に、暮林はそう判断した。幼い希実はさておき、美和子のほうはずっと前から、希実という存在を知っていたに違いない。それをどうして美和子は、知らなかったことにしていたのか。

そうするうちに暮林は、希実が美和子の顔を知らなかったことを弘基から聞かされた。
「美和子さんのアルバムを一緒に見たんだけどさ。アイツ、美和子さんの顔、初めて見た感じだったぜ？」

それで暮林は思い至った。美和子は暮林を騙そうと、異母姉妹という嘘をついたのではない。彼女は希実を、騙そうとしたのだ。自分の妹だと、だからうちにいらっしゃいと、希実に告げようとしていたのではないか。美和子は希実に対しても、傘を、差し出そうとしていたのではないか——。

まあ、今となっては、ようわからんがな。

そんなことを思いながら、暮林はチョコレートをまたひとつ口に運ぶ。やはりおいしい。舌触りもなめらかだ。テンパリングが上手く出来ている証拠だと、弘基は言っていた。アイツ、けっこう見所あるじゃん。若者は、覚えがいいんやろうか。チョコレートを味わいながら、暮林は考える。いつまでもパンを捏ねるのが覚束ない自分とは違って、希実はするするとパンを作れるようになっている。その上チョコレートまで、器用に作ってしまうときた。変わっていくなぁ、若者っちゅうのは。

眼鏡を外しながら、暮林はぼんやり思う。確かに変わっていく。春にやって来た時には、仏頂面をぶら下げてばかりいた希実だったが、今ではしょっちゅう楽しそうに笑っている。こだまの世話を焼き、なぜか斑目の世話も焼き、弘基とは言い争ってばかりいるが、あれはあれで楽しんでいるのだろう。最初は客におつりを渡すのに、声をうわずらせていたのに、今ではいらっしゃいませと、笑顔で言えるようになった。さっきもそうだ。春になったら花見に行こうと言ってみたら、嬉しそうに笑っていた。

「……桜、どこに見に行こうかな？」

ひとりごちながら、暮林はチョコレートをぱくりと頬張る。そして、ふと気付く。自分が、未来の約束をしてしまったという事実に。

美和子が死んで、すべてが終わったと思っていた。しかし当然ながら、暮林の命は続いて、日々は当たり前のように過ぎていく。終わらせてはもらえないのだ。気付けばあちこちに、美和子が残していった傘が差し出されている。

そのことに、暮林は思わず笑ってしまう。終わりやと、思っとったのにな。そしてすぐに考えはじめる。花見はどこの桜がいいだろう？

この辺りやと、目黒川の桜並木か、それとも蛇崩（じゃくず）れの緑道か？　ワゴンで遠出するのも悪くない。上野（うえの）か、井（い）の頭（かしら）公園か、こういう場合は、どこがええんや？　どこでもええのかな。どこでもあの子は、喜んでくれそうやけど。みんなの都合も合わせんと。こだまも誘おう。斑目さんも綾乃ちゃんも、ソフィアさんもや。もしかしたらソフィアさん、花見弁当でもこしらえてくれるかも知れん。弘基も用意するやろうな。アイツはあれで、けっこうマメやで。そしてまた、改めて思う。

未来の約束を、俺はしたんやな。

まだ外はだいぶ寒いが、寒いの先には春がある。

今年の桜は、いつ咲くだろう?

Closed

大人気！大沼紀子ワールド

“まよパン”シリーズ
ついに始動!!

第1弾

真夜中のパン屋さん
午前0時のレシピ

都会の片隅に佇む、
真夜中にだけ開く不思議なパン屋さん。
夜な夜なやってくる一風変わった
お客様たちが、
嵐のように巻き起こしていく
事件とは?

真夜中のパン屋さん
午前1時の恋泥棒

またまた、真夜中を騒がす事件発生!
今回のお客様は、午前1時に
“ある秘密”を抱えて飛び込んできた、
ひとりの女性客。
みんなのバレンタインの
行方とは!?

第2弾

てのひらの父

家族のいない老年男と、
年ごろの三人の女たち。
ひとつ屋根の下ではじまった、
他人同士の共同生活の中で
みえてくるものとは……。
おかしくて切ない“父と娘”の
距離の物語。

単行本

『真夜中のパン屋さん』に
つづく感動!

ばら色タイムカプセル

老人ホームの老女たちと、
家出少女との奇妙な共同生活。
咲き誇る薔薇の庭の秘密が明かされるとき、
止まったままのみんなの時間が動き出す。

2012年4月 ポプラ文庫より発売予定

真夜中のパン屋さん
午前1時の恋泥棒

大沼紀子

2012年2月5日　第1刷発行

発行者　坂井宏先
発行所　株式会社ポプラ社
〒一六〇-八五六五　東京都新宿区大京町二二-一
電　話　〇三-三三五七-二二一二(営業)
　　　　〇三-三三五七-二三〇五(編集)
　　　　〇一二〇-六六六-五五三(お客様相談室)
ファックス　〇三-三三五九-二三五九(ご注文)
振　替　〇〇一四〇-三-一四九二七一
ホームページ　http://www.poplar.co.jp/ippan/bunko/
フォーマットデザイン　緒方修一
印刷・製本　凸版印刷株式会社

N.D.C.913/381p/15cm
ISBN978-4-591-12751-3